ALVINA

Adolfo Sabalza

Pie rojo Ediciones

Alvina
Primera edición, diciembre 2020
D. R. © 2020, Pie Rojo Ediciones Carlos Sagredo #2504-B,
Col. San Cayetano, C.P. 20010 Aguascalientes, Ags.
E-mail: pierojo.ed@gmail.com
www.pierojoediciones.com
Tel. 449 890 6260

© del texto: Adolfo López Romo (Adolfo Sabalza)
© de la edición: Sandra Reyes Carrillo
© del diseño editorial y portada: María Estela González Acevedo
© de la foto de portada: Eduardo Cornejo
Modelo: Ruby Vizcarra

ISBN 978-607-97641-6-6
Hecho en México
Made in Mexico

Los personajes y eventos que se presentan en este libro son ficticios. Cualquier similitud con personas reales, vivas o muertas, es una coincidencia y no algo intencionado por parte del autor.

CONTENIDO

A mi familia, por su amor.
A Ruby, por su apoyo.
A todos los "NO" que he recibido a lo largo de mi vida, por enseñarme paciencia y perseverancia.

...fue creciendo y creciendo, y se transformó, finalmente, en una doncella vestida con un exquisito velo blanco hecho como de millones de copos en forma de estrella. Era hermosa y distinguida, pero de hielo, de un hielo cegador y centelleante, y, sin embargo, estaba viva; sus ojos brillaban como límpidas estrellas, pero no había paz y reposo en ellos.

HANS CHRISTIAN ANDERSEN

PREFACIO

Tala existe y, según datos censales, hay en él más de 80 mil habitantes.

Querido lector, si al terminar esta novela sientes la necesidad de ir y ver con tus propios ojos el lugar que ha dado inspiración a mis letras, no te detengas. Y si al hacerlo descubres diamantes olvidados en sus bosques, entonces habré acertado.

Al crear esta historia he decidido alejarme de la típica caricaturización de los pueblos mexicanos en zonas rurales del siglo XX y los personajes que hay en ellos, inclinándome por un tono convergente entre el sentimentalismo del romanticismo y la crudeza del realismo y el naturalismo.

Tala existe y, según esta novela, hay duendes en sus montes, empanadas de cereza rondando por sus calles, y forajidos y mujeres de fuego que la invaden para incendiar las buenas costumbres.

CAPÍTULO UNO

TROTAMUNDOS

I

Su piel era tan blanca como luz de invierno, suave y radiante como una perla custodiada por la ostra más escrupulosa del mar; su cabello descendía como en largas hebras de algodón hasta la espalda y un flequillo le cubría las cejas casi invisibles sobre la frente que, más que parecer de carne, daba la apariencia de estar hecha de parafina; era delgada, con un cuerpo inocuo y de construcciones infantiles. Brillaba. Su sola presencia conmovía el ambiente. No osando desfigurar su silueta, a la distancia los confines le temían, era una efigie perpetua- mente distinguible: caminando, andando y luciendo como un ángel exiliado en busca de la redención que le permitiera volver junto a sus hermanos celestiales.

Desde que tenía memoria, todos creían que sus ojos eran rojos, la llamaban conejo algunas veces, pero en realidad eran grises, muy claros, casi violáceos. Tenía dieciséis años y un fuerte deseo de conocer el amor, aquél que transformara su pálido y alicaído corazón en un rubí, uno que mantendría seguro dentro del cofre de huizache que creaba su pecho. Sabía lo que un cálido sentimiento como el cariño de su madre –al prepararle su platillo favorito– o el de su padre –cuando, en todos los días de campo familiares, instalaba carpas de loneta para que ella pudiera disfrutar del verde exterior provocaba en cada fibra de su ser, trayendo esos colores que en su vida diaria no poseía; y por lo tanto estaba convencida de que una intensa pasión daría un eterno tono sonrosado a su cuerpo, quizá castaño o ébano a su cabello y carmesí a sus labios, pero hasta que eso sucediera seguiría manteniendo el blanco.

Ir por la avenida rumbo a su casa no era algo frecuente, los únicos parajes por los que solía moverse eran los pasillos de su hogar, lejos del sol y su abrasivo roce. La claridad del día no era desconocida para ella, pero sí desafiante; la primera vez que le enfrentó fue hacía años atrás, luego de tener una pelea con su hermano: el chico había estado tratando de mantenerla como una princesa atrapada en su castillo y a la espera de un salvador, pero ella, exhausta de ser considerada una figura de cristal, había echado abajo la fortaleza –construida de almohadas y sábanas– de un manotazo, proclamándose a sí misma como su propia defensora. Agustín había refunfuñado al no permitirle actuar como su príncipe.

— Debes dejar que yo sea quien te rescate, ¡ése es mi deber! –había gritado el entonces pequeño de ocho años, extenuado de que su hermana arruinara el juego.

— ¡No quiero! ¡No quiero! Estoy cansada de estar encerrada –había dicho ella, no sólo refiriéndose al castillo imaginario, sino a su casa–, prometiste que haríamos algo diferente, que me llevarías afuera para ver cómo bailan las flores –se había quejado. La animación de unas rosas danzarinas exhibidas en el deteriorado televisor de la sala la tenían impresionada desde hacía semanas.

— Te he dicho que no puedo... sólo te prometí eso para que dejaras de chillar –le respondió el niño mientras recogía las almohadas para levantar una nueva ciudadela.

— Pero... –quiso debatir la pequeña.

— Si dejo que te dé el sol morirás, ¡¿por qué no lo entiendes?! –le interrumpió Agustín. Al igual que la conjunción de un puñado de polvo metálico de aluminio y una porción de ácido en cantidades idóneamente catastróficas, la desesperación y la sinceridad infantil nunca eran una buena mezcla.

— Eso no es verdad... ¡Dices mentiras! –la pequeña conocía de boca de sus padres que nunca debía salir de casa, pero no sabía la razón; al oír las palabras de su hermano había mirado angustiosa por la ventana, luego lo había mirado otra vez a él. La sorpresa sufrida a esa corta edad le hizo derramar lágrimas al instante–. Te lo probaré –le desafió, abandonando la habitación de golpe. Su hermano había tratado de interceptarla, pero ella se movió veloz como una gacela.

—¡Detente! –gritó Agustín.

Sin hacerle caso, la niña recorrió diligente el pasillo hasta la escalera y luego bajó a la primera planta. Al tener la puerta principal delante se sintió victoriosa, sin vuelta atrás.

Cuando su hermano apenas tomaba los escalones, ella ya cogía la perilla, girándola con emoción.

La puerta se abrió y con ello un cegador resplandor la recibió... El recuerdo de lo que había sucedido después le dibujó una nostálgica sonrisa, dejando las memorias de cuando ella y su hermano eran niños, y volviendo nuevamente a su caminata por la calle.

— ¡Hey! ¡Hey! –escuchó la joven, descubriendo unas figuras dirigiéndose hasta ella.

— Sombrilla viajera, ¿puedes resguardarnos del sol un momento?

— Cuidado, Rubén, si te acercas demasiado puede contagiarte y volverte un conejo como ella –dijo burlón Manuel Socorro, uno de los chicos que, junto a Rubén Atencio, se mofaba constantemente de su apariencia. Cargar con un gran sombrero oscuro, en plena primavera, agravaba las cosas, y tal como Rubén lo había dicho, le hacía parecer una sombrilla andando en dos piernas.

— No es contagioso, desde que me acuerdo soy así, nadie en mi familia se ha vuelto de esta forma por estar a mi lado. Pueden estar tranquilos –respondió con ternura la joven. Estaba acostumbrada a ese tipo de comentarios, aunque la mayor parte del tiempo era Agustín quien respondía por ella actuando como su fiero defensor –*como un príncipe*–; pero esa tarde caminaba sola, desde temprano se había escabullido al mercado del pueblo.

— ¿Es verdad que tus ojos son rojos? –preguntó Rubén con malicia. Aun así, a la chica le agradó que alguien le dirigiera la palabra sin antes observarla por horas, intentando deducir si se trataba de un maniquí o una especie de actriz callejera que se ganaba la vida caracterizándose como estatua griega, con mierda de pájaro molida maquillando su rostro y cuerpo.

— Pienso que son violetas, ¿quieres ver? –respondió ella, dispuesta a despojarse de sus lentes oscuros.

— No la escuches, es una puta loca. Pinche miedo que da... Ya vámonos, Dolores y Nazaria nos esperan. Recuerda que nos prometieron una tarde llena de sorpresas –dijo Manuel.

— ¿Van a alguna clase de fiesta? ¿Puedo ir? –cuestionó la chica.

— No a la primera pregunta y no, para nada nunca, a la segunda –respondió Rubén, sintiendo el mismo poder de un rey al gobernar sobre sus súbditos, o en su caso sobre una descolorida moza que rondaba el feudo con espanto.

Las risas por la negativa no se hicieron esperar, las caras de los jóvenes se desfiguraron –ante la ingenua vista de la chica–, mostrando filas de dientes roídos por el consumo de mezcal adulterado y mejillas, polinizadas de vello, contraídas hacia los pómulos; el sonido de la carcajada apareció cual tren avanzando por la garganta y silbando al encontrarse con el final del paladar. Altaneros, Rubén y Manuel se alejaron por la acera; ambos vestían el uniforme de la preparatoria pública, ésa en la que la joven soñaba algún día ingresar. Miriam Duarte, su madre, se había opuesto a ese anhelo, no concebía que su hija quedara a merced de chiquillos listos para destrozarla con sus mofas; al llegar a casa, la misma ya la esperaba con los brazos posicionados en la cintura, el arco que formaban sus cejas le indicaba a su hija cuando un regaño se le estaba cocinando en las entrañas. El encuentro con Manuel y Rubén quedó olvidado.

— Mamá, vi flores, frutas de todos los colores: nanches, guayabas, higos; piñatas... niños jugando a los vaqueros con pistolas de plástico; gente comiendo barbacoa recién preparada, traída de los hornos en los establos. El mercado parecía una enorme celebración en la que no necesitabas invitación para entrar –contó la chica.

— Cielo, las personas sí que tienen una invitación, se llama dinero, nadie va ahí sólo a observar. Un mercado no es para eso –le dijo Miriam.

— Yo sí, disfruté caminar por horas en él. Las imágenes de ahí afuera nunca terminan de maravillarme –dijo la joven animada, mientras su madre se limpiaba las manos en el delantal.

— Me tenías preocupada, sé que debería acostumbrarme a que te vayas sin ton ni son, pero creí que tu última escapada sería el mes pasado –expresó la mujer, sus ojos luchaban con el peso de los párpados que año con año parecía aumentar–. Mi niña, sabes que sólo quiero protegerte, los mercados me traen memorias desagradables. Dime... la gente... ¿Te vio?

La pálida joven bajó la mirada, ya había dejado su amplio sombrero en el perchero y los lentes oscuros en la mesa del recibidor; unas marcas en lo alto de sus pómulos, ocasionadas por el peso de las micas, formaron óvalos que ella y su hermano conocían como "ojos de marciano". Entendía a lo que su madre se refería. Sí que la habían visto, la detectaron como una intrusa; un niño creyó confundirla con un espectro, otro con una bruja, finalmente entre los dos llegaron a la conclusión de que era una escultura parlante de yeso.

— Eso creo, aunque traté de pasar desapercibida, usé la crema protectora –dijo la chica.

— ¿Te llamaron de alguna forma? –preguntó la madre.

— Si lo hicieron no los culpo, ¿te imaginas si vieras a una chica despintada caminando a tu lado? –comentó la joven.

— Es de eso de lo que quiero protegerte, nadie entiende tu

belleza–dijo Miriam.

—Ni yo misma la entiendo –dijo la chica.

— Si tan sólo pudieras ver los arcoíris que yo observo en ti. Eres única, una estrella bajada del cielo –comentó Miriam y se acercó hasta su hija rodeándola con los brazos, la carne que le colgaba junto a las axilas bien podría haberla cobijado como las alas de un águila.

Un leve aroma a sudor llenó el ambiente, era amargo, invasivo, como el que su padre despedía cuando reparaba el autobús.

—¿Qué es ese olor? Huele a... –preguntó la chica.

— ¿Qué olor? –cuestionó Miriam, y notó las muñecas de su hija–. ¡Jesús Santísimo! Déjame ver eso –expresó y la tomó de los brazos–. Mira nada más, debiste de haber olvidado el bloqueador en esta parte. Uno de estos días no podrás deshacerte del enrojecimiento y terminarás pareciendo una langosta.

—A ellas parece gustarles su apariencia, quizá yo pueda acostumbrarme también –bromeó la chica.

—Tienes una imaginación fascinante, cielo, pero prefiero mantener a mi niña en su forma humana; ahora ve y ponte algo para calmar esas quemaduras. Agustín no tarda en llegar y ya sabes que se vuelve loco si ve algo mal en ti, ¡ese jovencito se atreve a regañar a su propia madre si no cuida bien de su hermana! Te quiere, eso no lo puedo negar. Me tranquiliza saber que siempre contarás con él como tu protector –dijo Miriam.

— Pues a mí me basta con éste –respondió la chica y le mostró a su madre la botella de crema contra el sol que cargaba en su bolsa. En un lugar como Tala era difícil conseguir aquel producto, pero Miriam y Lorenzo hacían uso de sus limitados fondos, mensualmente, para adquirirlo en la capital.

— No más lugares sin avisarle a tu madre –respondió Miriam y la besó en la frente. En la cocina se escuchó un barullo de trastes saliendo de las gavetas, como si fuera una avalancha de lata y porcelana refractada.

— ¿Quién anda ahí? ¿Ocultas algo, mamacita? –preguntó

curiosa la joven y, antes de que Miriam interviniera, se adelantó para descubrir lo que causaba el alboroto. Un rostro surgió inmediatamente parando su carrera: dos ojos castaños, tostados por peripecias acumuladas bajo unas finas cejas; piel olivácea, una nariz puntiaguda y un cuello imitando la delgadez de una vela. Había ánimo en la mirada, fuego contenido detrás del iris.

—¡Ángel!

—¡Tío Ricky!

Un hombre recibió a la chica en los brazos y la elevó haciéndola girar como un reguilete; la espigada figura y las piernas de la joven, lejos del suelo, formaron un molino de viento con aspas de diamante.

— ¿Qué haces aquí? Deberías estar viajando en el vagón de algún tren hacia Sudamérica, navegando por un *ferry* o escalando el Everest –preguntó la chica.

—Me conoces bien, ángel –le dijo el hombre, llamándola de la misma forma desde que su sobrina era una niña: "ángel"–, pero las aventuras terminaron para mí. Pude haber sido el gran trotamundos de esta generación, inspirar cuentos, relatos, grabar mi nombre junto al de los héroes que cambiaron el mundo: Morelos e Hidalgo, el magnánimo Doroteo Arango, la bella Carmen Serdán, el inigualable Zapata... tanto y tan poco –suspiró–. Pero bueno, lo que he encontrado es cien veces mejor que todas esas recompensas vanas. Me he topado con la paz.

— Ricardo, ¿te quedas a cenar? –interrumpió Miriam, que ya había llegado hasta la estufa y se preparaba para seguir bañando el lomo de cerdo con salsa de ciruela agria. El hombre le sonrió como respuesta, un código como ése, en el que las señas y gestos sustituían a las palabras, se conseguía comúnmente sólo entre personas que compartían un nexo especial: Miriam era la mayor y Ricardo el menor, el alocado hermano que había decidido huir de una vida común viajando por el mundo desde los quince años.

—¿Paz? Por eso vistes... –quiso preguntar la joven.

— Así es como debes verte cuando predicas la modestia –

respondió Ricardo con alegría al modelar una delgada playera de algodón con claras manchas de sudor, un holgado pantalón con doseles a los costados, y sandalias marrones–. La norma dice que los pies tienen que estar en constante comunión con la tierra, pero la última vez que hice eso terminé en un hospital de Guatemala con un montón de tajadas y ampollas. Mis pies lucían como la superficie de Marte –añadió imitando el caminar de un astronauta, su sobrina rio. De pequeña, la chica había convivido muy poco con él, pero sabía de primera mano sobre sus andanzas por las cartas que constantemente llegaban a la puerta de su casa; cuando su madre se las leía sentía un extraño vínculo con él, sólo alguien así podría entenderla: él vivía los sueños, ella soñaba con vivir.

— Pues mi nariz no siente paz en este momento, ¿también tienes prohibido bañarte? –comentó Miriam, las burbujas irisadas de la salsa, provocadas por el calor, explotaron en diminutos intervalos de tiempo sobre el guisado.

— Modestia, hermana, modestia –dijo Ricardo.

— Modestia un carajo, ¡apestas! –exclamó Miriam burlona–. Cielo, acompaña a tu tío al baño, si ha olvidado cómo usar el jabón y el agua tendremos que recordárselo –bromeó. La chica supo de dónde venía la amarga fragancia de hacía un rato.

— Vamos, tío Ricky –dijo la joven, tomó de la mano a su tío y lo guio hasta la segunda planta, donde una barra plagada de surcos resecos, con aroma a lirio, y un poco de agua terminaron por revelar su faz.

De frente al espejo, Ricardo Duarte tomó un rastrillo, eliminó su barba y luego posicionó las navajas en sus sienes.

— ¿Te cansaste de peinarlo? –preguntó su sobrina. Estaba sentada al pie de la tina y observaba a su tío mientras hacía desaparecer su cabellera, lucía como un granjero que se ocupaba de segar pardos manojos de un trigal.

— Todos los que creen en la paz espiritual usan la cabeza así, creo que significa algo, quizá si no lo hago piensen que no lo tomo en serio; son muy estrictos cuando se trata de vivir lo que predicas. Una vez escuché la historia de un tipo que fingía ser un acaudalado inversionista capaz de llevar la modernidad a los lugares olvidados entre veredas y montañas. Era bueno con las palabras y eso le permitía conseguir lo necesario para seguir sus expediciones. Cierto día, caminando sin rumbo, se topó con "El Arenal", un pueblo oculto bajo dunas enormes; sus habitantes eran de baja estatura y tenían el rostro más extraño que hubiese visto, pero sobre todo, eran ingenuos. Victorio, un hombre con una cojera ocasionada por las luchas en el desierto y el más viejo del lugar, fue el encargado de darle la bienvenida; las familias le ofrecieron manjares y calmaron su agotamiento en todas las formas posibles. El sujeto pasó meses disfrutando de aquel oasis; sin embargo, una noche de otoño decidió que el momento había llegado y pidió a Victorio que convocara una reunión en el centro del pueblo. Cuando todos los habitantes acudieron al llamado, el hombre les habló de estrafalarios casinos con ruletas de gemas incrustadas y barajas importadas de Irlanda; supermercados de pasillos cromados e infinitos; cines, aunque ellos ni siquiera entendieran a qué se refería esa palabra; y congales donde la música cargaba de pólvora el cuerpo, obligándolo a retorcerse para librarse de ella y así no morir como petardos de carne. Aislados del mundo, aquello sonó profano, pero más que nada maravilloso y tentador, y sería suyo si tan sólo le entregaban el dinero necesario para ir más allá de la altiplanicie y la Sierra Madre Occidental para traérselos. Ellos accedieron y él fue un completo tonto.

— No suena como un tonto si logró convencerlos de sus mentiras –dijo la joven.

— Lo fue cuando quiso disfrutar del "éxito" de su plan con las mujeres más cariñosas del lugar –aclaró Ricardo.

— ¿Ellas descubrieron su farsa? –preguntó su sobrina.

— El idiota se embriagó y le contó todo lo que había hecho a una de ellas, UNA CHICA SIN UN OJO… –dijo Ricardo, de forma misteriosa, alargando la frase–. En cuanto ésta lo supo se dio aviso a Victorio y el timador terminó siendo fusilado en la plaza principal. Para desgracia de esos pobres, el destino de lo que les fue robado jamás se reveló. Algunos dicen que su fantasma aún deambula de noche en busca de la tuerta que lo traicionó. ¿Ves? Sí fue un tonto, un tonto muerto. Por eso nunca es bueno hacer que un pueblo se levante en armas contra ti o terminarás inspirando cuentos así.

— Creí que la lección era vivir lo que predicas, no mentir ni pretender ser alguien que no eres –dijo la chica. Su tío ya había dejado su cabeza totalmente calva. En la cerámica del lavamanos se dispersaron multitudes de mechones castaños.

— Por eso llegarás lejos. Eres lista, ángel –dijo Ricardo.

— Quiero ir lejos, contigo –respondió ella. Su tío la miró por el espejo, su sobrina lucía como una de las figuras de porcelana con las que su madre solía decorar su pequeña casa a las afueras de Tala, un lugar tan olvidado como los que el inversionista de su historia elegía para sembrar mentiras y utopías.

— Hagamos un trato, tú sigues siendo tan hermosa como eres ahora y yo te arreglaré un lugar en mi mochila para ir en busca de mis hermanos espirituales –dijo Ricardo. La propuesta no tuvo lógica ni tampoco dio algún tipo de esperanza de acompañarlo en sus travesías. La sonrisa que surgió de la chica fue sólo para no herir a su recién llegado tío.

Una hora después, la casa era invadida por melodiosas voces femeninas provenientes de un vetusto radio, con pintura descarapelada y óxido en la malla de alambre que recubría las bocinas; la música corría por el pasillo hasta llegar a la habitación de la joven, quien danzaba de un lado a otro en ropa interior: un pequeño sujetador y unas bragas que se mimetizaban con su piel al tener el mismo tono blanquecino. No tenía los atributos de una mujer madura, pero tampoco se podía permitir usar prendas que la situaran como una niña; algo sobre sus pechos, que no fuera una simple camisa de tirantes de franela, le hacía sentir que los años no pasaban en vano por ella. En medio de giros y volteretas se topó con el espejo del tocador: un gastado mueble de pino que poseía decorados roídos en la parte superior de los cajones.

Si tan sólo..., se dijo mentalmente de pie frente al cristal.

Su reflejo le asustaba algunas veces y otras le llenaba de curiosidad. No conocía a nadie como ella, los miembros de su familia eran del color del trigo, del maple, con cabello oscuro e inmunes a la estela diurna.

Blanco, siempre blanco; si fuera aún más delgada me confundirían con un esqueleto, se dijo y, viéndose fijamente, se pasó los dedos por el cuello, luego por las clavículas, quedando absorta en su propia fascinación.

—Hazte a un lado.

—No me hagas esperar más, muero por tenerte conmigo.

— Me tienes aquí, deja de decir idioteces... basta, quita tu mano de ahí.

—Sabes de qué hablo... vamos, sólo un poco.

El diálogo de una joven pareja llegó hasta la ventana; la chica, que exploraba su alba naturaleza, se detuvo y fue con cuidado hasta quedar oculta tras la cortina. Sus ojos fueron testigos del jugueteo en el que un varón envolvía a su compañera bajo la delicada luz de un faro. La inesperada escena la estremeció y la llenó de algo tórrido, obligándola a estrujar la tela con sus dedos.

— Te dije que yo sería quien tomaría el control, si lo quiero tendrás que arrojarte al piso y resistir el peso de mis zapatillas –murmuró la chica entre gemidos, su amante le comprimía los senos y besaba bajo su mentón.

— Me encantará tenerte encima –respondió bromista el chico; ambos rieron al tiempo que la *voyeur* admiradora se perdía en el sensual espectáculo–. Quítate eso, primor –pidió; la joven se tomó la blusa, batió los botones y al desaparecer mostraron un pecho, el pezón era casi cubierto por sus caireles escarlata.

— ¡Oh, Daniel! -sollozó ella entretanto el chico empezó a succionarle la carne del seno, luego bajó y lamió la areola con viveza-. Detente, quiero ser yo la que te posea...

Al experimentar una intensa curiosidad por lo que veía, la pálida hija de Miriam Duarte se deshizo del sujetador y comenzó a inspeccionarse el casi inexistente busto: el suyo lucía como mantequilla mientras que el de la joven estaba relleno, erguido, sonrosado como un botón floral. Con las yemas se acarició la piel, imaginando que eran los labios del muchacho. Un cosquilleo, más allá del vientre, la hizo contraerse.

— Daniel... -gimió la pelirroja.

— Cielo, ¿estás lista? -Miriam interrumpió con llamados desde el otro lado de la puerta. La chica volteó intempestivamente y provocó que el librero expulsara los tomos con los que llevaba sus estudios en casa; el estruendo fue tal que la pareja se detuvo.

— Escuché algo. Te dije que te detuvieras, sabelotodo -reclamó la pelirroja a lo lejos, se cerró la blusa y apartó al chico.

En su confusión, la mirona se posicionó desnuda, de espaldas frente a la ventana, dando una imagen de su espectral dorso.

— Sí, mamá, sólo arreglo mi cabello -le respondió la joven a Miriam.

— Cariño, déjalo suelto, a tu padre le encanta cómo luces así -le dijo su madre.

— Claro... -comentó nerviosa la joven-. ¿Por qué no vas con Agustín? Lleva demasiado tiempo en el baño y necesito cepillarme los dientes -añadió para impedir que su madre tuviera el repentino deseo de entrar a su habitación para ayudarla con su arreglo personal.

— Es la vida cansada con ese muchacho de porra... -murmuró Miriam, detrás de la puerta.

La joven esperó intranquila por una respuesta, pero al escuchar a su madre alejándose por el corredor se sintió aliviada. Y cuando no hubo más moros en la costa, se dirigió de nuevo a la ventana, lista para seguir disfrutando de aquella improvisada película erótica; sin embargo, al inspeccionar los alrededores lo único que encontró fue al recién abandonado joven, recargado contra un árbol y fumando un cigarrillo. A pesar de que una calle los dividía, pudo imaginarle los labios engrosados por la fricción con su detractora; estaba ruborizado y pensativo, *tal vez analizando qué podría haber hecho diferente para no perder a esa felina de cabellos encendidos*, caviló la fisgona.

El varón sopló el humo fuera de su boca y miró a los lados, topándose con su fugaz admiradora; al sentirse descubierta, ésta corrió las cortinas, retrocedió y cayó en el lecho; su respiración acompañó la velocidad que experimentó dentro del pecho; sonrió. Quizá había sido pillada, pero la función había valido la pena; supo, sin embargo, que su cuerpo era diferente al de las demás chicas, incluso en las partes que sólo ellas poseían. Pensaría en eso al ponerse la blusa de encaje, la falda azul pastel de tafetán y los zapatitos de charol que su hermano le había obsequiado en su último cumpleaños.

II

—¿Linda? Si está fría puedo calentarla –dijo Miriam.

Durante la cena, el recuerdo del seno expuesto hizo que la joven imaginara en su sopa a una pelirroja nadando desnuda y recitando el nombre de su adorador: *Daniel.*

— Está perfecta, mamá, intentaba formar palabras para

mostrárselas al tío Ricky como bienvenida, pero las letras son muy difíciles de atrapar –dijo la chica, apartó la mirada del caldo y observó a su madre–. ¿Crees que podamos encontrar una pasta más obediente la próxima vez?

— ¿Tienes que ser tan rara incluso con el tío aquí? –preguntó Agustín. Amaba a su hermana en gran manera, pero no entendía cómo podía decir cosas de ese tipo.

— Me gusta que sea así, mi dulce ángel es la más divertida de todas. A cualquiera que le cuento de ella muere de ganas por conocerla –intervino Ricardo.

— ¡¿En serio?! ¡Yo también quiero! ¡¿Puedo, mamá?! –preguntó la chica.

— Tu tío habla por hablar, hay más sentido en las plegarias que balbucea un tlacuache para no ser atropellado en la carretera, que en lo que él alega –dijo Miriam, los hombres sentados a la mesa sonrieron.

— Y dime, Ricardo, ¿de qué va esa nueva religión que ha hecho que luzcas como una de mis rodillas? –preguntó Lorenzo, el jefe de la familia, un hombre de estatura media, ojos amplios, astutos, y con una división de color en el cuero curtido de sus brazos: con el tiempo el sol que entraba por la ventanilla del autobús había oscurecido sólo la piel que no era cubierta por las mangas de sus camisas.

— Nada de eso, no es una religión, es un estilo de vida; una filosofía que te transforma desde adentro –respondió Ricardo, sacó algunos panfletos de su bolsillo y los repartió a cada uno de los presentes–. Eso que tienen en sus manos es un regalo, explica quiénes somos y en lo que creemos.

— Tiene nuestra dirección –dijo Agustín al notar al reverso, escrita con una descuidada caligrafía, la ubicación exacta de su casa. Miriam, Lorenzo y el chico miraron confundidos a Ricardo, su sobrina fue la única que conservó la vista en el volante.

— Sí... sobre eso... espero no tengan inconveniente en que me quede algunos días, si una pobre alma decide cambiar el rumbo de su existencia debo tener un lugar para recibirle y ayudarle a encontrar la paz interior –dijo Ricardo.

— ¿Repartiste quién sabe cuántas de estas cosas, con nuestro domicilio al reverso, a cualquiera que se te cruzaba en el camino? –preguntó Agustín sorprendido.

— Tu hermano perdió la cabeza, amor. Logró convertir tu casa en la diócesis para su nueva... ¿Cómo lo llamas? –cuestionó Lorenzo.

— Filosofía –respondió Ricardo.

— Eso mismo –dijo Lorenzo. La idea le resultó divertida; locuras como ésas sólo las escuchaba de los jóvenes que transportaba a la preparatoria donde su hijo estudiaba.

— ¿Les conté de la tribu que conocí en el Amazonas? Será mejor que estén preparados porque los débiles no soportan llegar a la parte en la que los cráneos de sus víctimas eran usados como platos –interrumpió Ricardo, su estado de ánimo era efervescente, una constante reacción de la pólvora al fuego.

Anécdotas, como la que acababa de desviar una discusión por el uso indebido del hogar de su hermana, llenaron los oídos de la familia toda la noche, haciendo que la sopa volara de los platos y el cerdo con salsa de ciruela hallara lugar dentro de sus tripas; con la llegada del pastel de elote surgió el relato de un hombre que había permitido que Ricardo usara la mejor habitación de su hotel frente a la Bahía de todos los Santos, al norte del país, por haberle eliminado un dolor que lo aquejaba por años, gracias a la quiropraxia aprendida en su paso por India. En cada crónica, Ricardo tenía el papel principal, ya fuera como héroe, médico, cazador e incluso detective. Las fantásticas situaciones que había experimentado a lo largo de su vida sonaban estrafalarias y un tanto difíciles de creer. Al momento de ir a la cama, más que satisfechos por la cena, los Sayas se ocuparon de pensar en tribus del Amazonas y nados con tiburones en el Golfo.

— ¿Crees que de verdad el tío Ricky haya conocido al hombre que inventó el televisor a color? –preguntó la joven a su hermano.

— Si fue así debe de haber sido un tipo poco agradable, con sólo recordarlo le ha cambiado el ánimo –le dijo Agustín, quien había optado por dormir en una colchoneta al pie de la cama de su hermana para cederle su habitación a Ricardo; en ese instante, cuando las historias daban vueltas en su cabeza, se alegró de haberlo hecho, los sollozos del hombre no lo hubieran dejado descansar en toda la noche.

Desde que Ricardo se acomodó en la almohada –después de contarle a sus sobrinos, junto a la ventana, sobre su encuentro con quien se adjudicaba haber acabado con el blanco y negro de la televisión– había estado emitiendo una especie de llanto que sólo los jóvenes advirtieron. Los cantos de júbilo que emergieron con su llegada fueron sustituidos por marchas fúnebres. Solo, y hundido en la oscuridad de una recámara ajena, permitió salir al verdadero hombre detrás del experimentado viajero.

— Ese hombre debe de saberlo todo sobre el color, mira que haber encontrado la manera de encerrarlo en un aparato... Me gustaría escuchar más de él. Si el tío Ricky no estuviera tan triste... –dijo la chica.

— Duerme, trata de ignorarlo –le dijo Agustín a su hermana.

La joven no obedeció al instante, pero cuando por fin cedió al sueño se vio recorriendo el globo terráqueo en un aeroplano de papel, sus padres viajaban en otro a su izquierda, Agustín la seguía por detrás y su tío por la derecha; las estrellas encima de ellos parecían adornos navideños, refulgentes y dispuestos a escoltarlos. El grupo planeó recibiendo soplos de escarcha algodonosa en la cara, sutiles y exquisitos como la chica, estaba segura, sería también la recepción dada por unos singulares habitantes que –en una isla en medio del océano– no cuestionarían su apariencia, ni la rechazarían, sino que la invitarían a pasar con ellos las más soberbias aventuras en todos los alrededores de su inaudito páramo.

La alegría de aquello se extendió atemporalmente, pero justo al sobrevolar edificios de cristal la necesidad de vaciar la vejiga la despertó.

III

En el baño aún se hallaban rastros de rizos castaños dispersos en el lavamanos, fungiendo como bandera de la conquista que Ricardo inició la tarde anterior, junto al rastrillo –repleto de los mismos vestigios– aguardando totalmente inutilizado. El sueño fue veloz, no obstante, el recuerdo de los edificios de cristal se mantuvo en su mente tintineando como su orina al golpear la taza del sanitario.

Cuando liberó toda la carga se subió las pantaletas, enjuagó sus manos y se dispuso a volver a la cama; todavía faltaba para que la familia iniciara su rutina sabatina: eran las seis de la mañana. Al andar por el pasillo, la chica sintió el linóleo crujiendo bajo sus pies, imaginó que caminaba sobre gigantes galletas de centeno. Poco antes de llegar a la alcoba, su viva curiosidad le hizo detenerse frente a la puerta de Agustín en busca de su amado tío; se acercó cuidadosamente a la madera, recargó su peso y, como si su oreja hubiera adquirido la habilidad de una mano, la abrió sorpresivamente: en el interior no hubo nadie, sólo una cama revuelta y varios panfletos tirados por el piso.

"¿Eres realmente feliz?"

Preguntaba la primera página del folleto.

El corazón de la chica se volvió carbón en lugar de rubí.

— Duró más de lo que creí –expresó Lorenzo mientras su mujer terminaba de acomodarle el desayuno; ya todos se habían topado con la ausencia de Ricardo. A nadie sorprendía, pero a una dolía– aunque debo aceptar que sus letanías me provocaron los mejores sueños que he tenido en mucho tiempo –añadió y miró a su hija–. Arriba ese ánimo, mi amor, quizá la próxima vez regrese anunciando el fin de los tiempos o alegando ser el único heredero de un viejo millonetas, en ese caso estaría obligado a disfrutar su fortuna con nosotros, ¿no crees?

— Tu padre tiene razón, cielo. Ricardo es así, siempre ha sido así. Cuando necesite un plato de sopa caliente volverá, ya lo verás –dijo Miriam y acarició el rostro de la joven, que desde su fatídico descubrimiento estaba cabizbaja–. Qué te parece, ¿no huele delicioso? –comentó al acercarle una de las muchas empanadas que pasaría ofreciendo en los pueblos aledaños; regresaría a casa hasta que su canasta estuviera vacía o que el peso de su robusto cuerpo la venciera.

— Cereza... –murmuró la chica al devorar con sus sentidos la dulzona fragancia.

— Espero provocar la misma reacción en mi peregrinaje, son pocos los que aún buscan comida hecha en casa. La gente prefiere esas cosas grasientas envueltas en papel encerado –se quejó Miriam.

— Hamburguesas, amor –dijo con ternura Lorenzo a su esposa.

— Como sea que se llamen esas chucherías, mi madre solía ser conocida en toda la región por sus exquisitos platillos y esta vieja no dejará que su fama se acabe –refunfuñó Miriam, lista para partir con Lorenzo.

— Espera, lleva algunos de éstos –dijo la chica y metió, junto a las empanadas, un manojo de los panfletos que había dejado su tío. Miriam vio con terneza el acto de su hija.

— No prometo que vuelen al igual que mis empanadas, cielo –expresó consternada la mujer, abordó el autobús de su marido y partió.

IV

Aquel sábado transcurrió con normalidad; alrededor de las cuatro de la tarde el calor de mayo ocasionó que los hermanos vistieran pantaloncillos cortos y devoraran el helado que con esfuerzo y alegría Lorenzo había logrado llevarles: meses atrás había sido limón verde, luego mango; esta vez el sabor elegido era fresa. Las historietas de "Kalimán" regadas por la alfombra de la sala, las cortinas de gasa azul meciéndose por el viento y la débil oscuridad dispersa por el corredor creaban un espacio solemne para los chicos, un submarino decorado con papel tapiz y de forma rectangular. En un día así, habrían pasado horas leyendo las aventuras de "El hombre increíble" y su leal compañero "Solín", viendo la televisión o charlando sobre los temas más irrelevantes; en algún punto, la joven hubiera formulado preguntas extrañas y su hermano contado sobre sus últimos bosquejos; ese tipo de rutina sólo se daba los fines de semana, cuando Agustín estaba lejos de las clases y su habitación.

— Deberíamos estar listos por si alguien viene en busca de la paz interior. Sé que puedo memorizarme las primeras líneas de los volantes –dijo la chica, desgarrando el velo que envolvía aquel cálido silencio.

— ¿De verdad creíste esa mierda que dijo el tío Ricky? –preguntó Agustín.

— A él parece tenerlo feliz –respondió su hermana.

— Sí, claro, por eso es que estuvo llorando anoche como un bebé –se burló el muchacho.

— Debió recordar algo triste, cuando eso me pasa también derramo lágrimas por horas –dijo la chica.

— Créeme, nadie está tan loco para acudir al domicilio que un tipo escribió sobre una serie de hojas que prometen paz y amor, cualquiera que haya aceptado uno de esos papeluchos debe de haberlo usado para limpiarse el culo –dijo Agustín. Estaba extendido en el sofá, con las piernas colgando hacia el ventilador; los dedos del pie le servían para cambiar la intensidad del aire. Su hermana estaba en el sillón contiguo, devorando una de las paletas de fresa congelada; los pantaloncillos color canario resaltaban el brillo nacarado de su piel.

—No entiendo por qué se fue –dijo la joven.

—Estoy seguro de que lo hizo al darse cuenta de lo ridículo que lucía pelón –bromeó Agustín y acomodó, de forma irregular, los anteojos oscuros de su hermana sobre sus cejas.

— ¿Buscas tener ojos de marciano en la frente? –preguntó ella.

— Sólo pongo a dormir mis ideas, si no ven la luz tal vez crean que es de noche –bromeó su hermano y cerró los ojos para conciliar el sueño; no obstante, unos golpes interrumpieron su descanso.

Agustín soltó aire por la boca, bufando; quiso ignorar los llamados, pero al estar seguro de que su hermana abriría la puerta dejó su lugar, prefería ser él quien recibiera a los extraños que visitaban su hogar. Curiosa, la joven saltó del sofá para seguirle.

Sin ánimos, el chico abrió la puerta.

—¿Sí? –cuestionó Agustín.

—Busco la paz interior.

—¿Qué? –preguntó confundido el muchacho.

— Lo dice aquí –un joven de diecisiete años, la misma edad de Agustín, señalaba el texto en uno de los panfletos de Ricardo–. Éste es el 22 de la calle Laurel, ¿no es así? No pude haberme equivocado, revisé el número un montón de veces antes de tocar. El hombre que me dio el folleto, hace unos días, dijo que podía visitarlo cuando estuviera listo para tomar la decisión. Lo pensé detenidamente y creo que es un buen momento en mi vida para hacer cambios.

—Te lo dije –comentó petulante la chica. Ya había llegado

hasta la entrada y observaba curiosa al visitante: piel trigueña, cejas oscuras, espesas como la crin de un salvaje corcel; cabello claro y unos ojos sagaces, vivos. La ingenuidad que desprendía difería con su descarado aspecto.

Agustín rodó los ojos hacia arriba cuando escuchó a su hermana orgullosa de haber tenido razón.

—Siento decírtelo, pero no vas a encontrar aquí lo que buscas. El que te dio eso no está más, se fue –dijo Agustín y notó que el joven cargaba una pequeña mochila, ropas sucias y claros indicios de cansancio. Observaba con insistencia el interior de la casa–. ¿Vienes de lejos? –preguntó. El fulgor del sol resaltaba las tonalidades del exterior como un gran reflector.

El recién llegado asintió con la cabeza.

— ¿Puedo quedarme? –preguntó el muchacho así sin más. Agustín miró fugazmente a su hermana. Algo le hizo entender que aquel bribón no buscaba nada de lo que Ricardo predicaba a los cuatro vientos, sino sólo un lugar en el cual alojarse. Sin responderle, volvió dentro para seguir disfrutando del frescor en la sala. El visitante lo siguió con la vista hasta perderlo, luego puso sus ojos en ella, oculta en la sombra de la puerta.

—¿Eres un fantasma? –cuestionó el chico al ver con mayor detenimiento la apariencia de la joven; era blanca de los pies a la cabeza.

—No, ¿y tú? –respondió ella y lamió el hielo escarlata.

—Puede que ahora me consideren uno, hui sin dejar rastro. Flavia debe de haber pensado que morí y que mi ánima se encargó de enterrar mi cuerpo –respondió el visitante.

—¿Flavia...? –quiso preguntar la chica.

—Sí, sí, la puta que me trajo al mundo. Soy Teodoro –dijo el visitante.

— Teodoro... Teddy, ¡como los osos de peluche! –exclamó la joven.

— ¿Osos de peluche? No sabía que los juguetes tenían nombre –dijo Teodoro.

— El mío sí, lo tenía bordado en el pecho desde que mi papá lo encontró en el tianguis; luego lo perdí. Agustín dice que Orfeo, el gato de los vecinos, se lo llevó para no sentirse solo –contó la joven.

— Pues no creo que me agrade tener el nombre de algo tan ridículo como el juguete de una chica –comentó Teodoro y subió los hombros despreocupado–. Pero ya que no puedo hacer nada al respecto, tendré que acostumbrarme. Es como todo en la vida: o lo superas y sigues adelante o dejas que te joda. Eso que comes parece estar delicioso, ¿puedo probar? –preguntó. Llevaba días viajando y el último alimento que había degustado era la mitad de una quesadilla frita que encontró dentro de un contenedor. El dulce que saboreaba la chica brilló como oro puro; ésta extendió el brazo, insegura, y le ofreció del helado. Teodoro lo tomó con rapidez y empezó a devorarlo frenéticamente. La boca se le llenó de jarabe, al igual que la barbilla y el cuello–. ¿Cuál es tu nombre? –balbuceó.

— Alvina –dijo ella.

— Qué bien, tus padres deben de haberse roto la cabeza al llamarte así, ¿crees que lo hicieron a manera de burla? Flavia no usaba el mío con frecuencia, siempre era "hijo de perra" o "cabrón de mierda" –dijo Teodoro.

— Significa "Amiga de los duendes" –aclaró Alvina.

— ¿Duendes? ¿Entonces eres una especie de gnomo o algo así? –preguntó Teodoro y se pasó la manga, de la amplia chamarra pistache que lo cubría, sobre el rostro. Una pequeña mancha se mantuvo debajo de su labio–. No, no lo eres, los pocos que he conocido tienen barbas y son pequeñísimos. Si te descuidas puede que te roben todas tus pertenencias y te aten los cordones de los zapatos para que tropieces. Por suerte yo soy muy astuto, nadie me toma por sorpresa.

— ¿Has visto alguno? –preguntó Alvina asombrada, sintió casi como si oyera a su tío contar una de sus aventuras.

— Se esconden en el monte. Cuando venía hacia acá, creí

que uno me seguía –dijo Teodoro sonriente. Tiró los restos del helado y enseguida notó cómo los ojos de la joven no se quedaban quietos, parecían ver en todas direcciones menos en la de él–. ¿Estás buscando al pequeño maldito atrás de mí?

—No, te veo a ti –dijo Alvina.

— Oh, bien –dijo Teodoro complacido. Ignorando la naturaleza de los nistagmos que ella padecía.

La tengo impresionada, mis historias son las mejores, pensó él.

—Te faltó un poco aquí –comentó Alvina y acercó su dedo al rostro de Teodoro para limpiarle una última e ínfima gota de jarabe. Ésta esperó que él se alejara evitando que lo tocase, pero no sucedió nada.

—¿Qué pasa? ¿Ya lo limpiaste? –cuestionó Teodoro. Alvina sintió la carne tibia, suave. Su yema se estremeció mandando una especie de impulso ígneo a cada parte de su ser, se volvió líquido y *luego* adquirió otra vez forma de mujer; nunca había tocado a nadie que no fuera parte de su familia, ni tampoco había compartido algo que hubiera estado en contacto con sus labios. Al nacer, su blanquecino aspecto no sólo alertó a los médicos y a las enfermeras, sino a todos los pobladores de Tala. Durante años se regaron cuentos que hablaban sobre el peligro de tocarla o convivir con ella, pero el tiempo hizo su parte y les restó fuerza con su paso; no obstante, su apariencia aún provocaba temor; algunos decían que atraía infortunios sin el menor esfuerzo (por el contrario, de haber nacido en el continente africano, se le hubiera considerado de tan buena suerte que miles de personas se hubieran disputado sus extremidades después de asesinarla salvajemente). Esas creencias afectaban de cierta forma a su parentela, la mayoría de los habitantes en Tala evitaban no sólo a Alvina, sino a Lorenzo, Miriam y Agustín.

— ¡Vins! –gritó Agustín. Alvina volvió en sí y notó que mantenía su dedo sobre Teodoro. El joven rio por el sonrojo que había adquirido la chica.

— Hace calor –dijo Teodoro con una sonrisa maliciosa,

capaz de convencer a la más recta de las vírgenes. El gran arco de vello que mostraba su ceja se elevó, terminando de crear la cara de un niño travieso. Alvina le retiró bruscamente el dedo–. Adentro debe de estar fresco –añadió sugerente. Cuando la chica finalmente recuperó la compostura, se hizo a un lado permitiendo que Teodoro ingresara. La brisa artificial de la vivienda fue inmediata.

—El cuarto de costura está vacío, íbamos a acondicionarlo para tu mesías. El baño está en la planta alta; la cocina, a tu izquierda. Ya verás que no es un palacio, pero es lo que hay. Instálate cuando quieras –explicó Agustín desde el sofá. La actitud apática que poseía concordaba con sus ojos somnolientos, melancólicos. Tenía un rostro poético, de labios cuidadosamente delineados por la carne y una explosión de plumas como cabellera. Compartía cierto parecido con su hermana: pómulos redondos, mejillas prolongadas y un mentón que armonizaba con los pilares de su cara.

Teodoro dejó su mochila en el suelo y se quitó el abrigo, estaba empapado en sudor.

— Un consejo, trata de no meterte con los orificios en las paredes, las ratas son bastante territoriales –comentó Agustín sin ponerle atención a su inesperado inquilino. Parecía carente de interés, siempre disperso, pensando y tratando de retener todas las ideas que su cerebro procesaba.

— Gracias por la advertencia –respondió sonriente Teodoro. Alvina estaba completamente absorta observando su complexión, que lucía más atlética que la de su hermano. La delgada tela de la playera apolillada que portaba revelaba las formas de su torso–. ¿Tengo más helado en alguna parte que no haya notado? –preguntó al descubrirla.

—No –dijo ella apenada.

—¿Vins, eh? –preguntó Teodoro.

—Así me llama mi hermano –respondió Alvina.

Un silencio reinó entre los dos.

Uno que Teodoro aprovechó para seguir explorando el interior. Topándose con colores suaves en el decorado, exceso de cuadros en las paredes, muebles acolchados y adornos remilgados. La vivienda parecía haber tenido una época de gloria lejana, de la cual quedaban poco menos que vestigios: Miriam hacía lo imposible por mantenerla habitable y acogedora, pero las cuarteaduras, el moho, las costras de aceite y cochambre, la clara presencia de cucarachas y su innumerable prosapia hacían que arrasara despiadadamente con todas las contrincantes del barrio, llevándose ella el título honorario de "la pocilga más pinchurrienta de la calle".

Cuando Teodoro le dio la espalda a la joven, ésta se lamió el dedo con el que le había limpiado la barbilla. El dulce sabor a fresa se combinó con lo salado de su piel y la de Teodoro.

V

— Me gusta esta casa –dijo Teodoro, y frotó el espejo del baño con su mano. Las gotas le escurrían en caída libre por la punta de la nariz y el vaho, a su alrededor, creaba un improvisado campo de nubes.

El reducido espacio de mosaicos blancos le había permitido tomar una ducha para lavar las migajas del ayer. Su piel lucía más clara por la acción de la espuma, y su cabello prometía adquirir una forma recatada cuando se secara. Como un desvergonzado, se saboreó la falta de higiene en los dientes y escupió una flema sobre los mechones de cabello en el lavamanos, luego tomó el vaso a su derecha en cuyo interior había cuatro cepillos y un tubo de pasta dental, cogió el que tenía las cerdas menos gastadas y lo usó dentro de la boca. A sus pies se formó un gran charco de agua que se terminaría por evaporar gracias al calor de esos días.

— La ropa de Agustín te queda a la perfección –dijo Alvina cuando Teodoro entró al cuarto de costura, vistiendo un pantaloncillo corto de algodón y una playera sin mangas–. La tuya debe de estar repleta de trampas de gnomos.

— Me siento extraño sin trusas debajo –dijo Teodoro y rio meciendo su cadera para que su entrepierna se balanceara libre –aunque oculta– ante la vista de Alvina–, pero me puedo acostumbrar, no quisiera haber incomodado a tu hermano tomando unas de su cajón –añadió al tiempo que Alvina terminó de extender una serie de sábanas en el piso–. ¿Es para mí? –preguntó refiriéndose al improvisado lecho. Ella asintió–. Es lo mejor que he tenido en días –dijo y se recostó bocabajo cerca de la joven.

— Siento que no encontraras la paz interior. Si mi tío hubiera estado aquí, tu viaje habría valido la pena. Aunque... hubieras tenido que deshacerte de tu cabello, él lo cortó todo –dijo Alvina.

— ¿De veras? Bah, no le hace, de igual forma no suena bien unirse a un grupo de cabezas calvas. Del lugar del que vengo lo normal es que los chicos tengan el cabello oscuro como zapote. Así que ya sabrás... un tono así encanta a las muchachas –dijo Teodoro pasándose la mano por la cabeza, su melena dorada era embelesadora.

— Me recuerda la miel para endulzar el pan –dijo Alvina.

— Puede ser. El tuyo parece el de una abuela, ¿has pensado en teñirlo? Una vez conocí una anciana que lo pintaba con plantas, si quieres puedo ayudarte a encontrarlas, vi un bosque cerca de aquí –dijo Teodoro. Alvina sonrió con el comentario, en las palabras del muchacho no había rastro de maldad.

— De pequeña probé con tinta, un poco aquí y otro allá –dijo Alvina señalándose la cabeza y las cejas–. Cuando terminé, tomé mis cosas y fui al parque en busca de amigos para jugar, segura de que lucía como cualquier otra niña; al llegar, todos huyeron, dijeron que parecía un monstruo, estaban aterrados.

Creo que yo también lo estuve cuando me miré al espejo antes de salir, pero me pareció normal, la persona que se reflejaba era una desconocida –añadió, esa había sido la segunda vez en su vida que salió de casa; las quemaduras le dolieron por días.

—Yo me hubiera muerto de la risa, debes de haberte visto ridícula –expresó Teodoro y acercó su rostro al de ella.

— ¿Qué...? ¿Qué pasa? ¿Tengo algo en la cara? –preguntó Alvina ruborizada, estuvo segura de que Teodoro mencionaría el asunto de sus nistagmos.

—No, sólo intento hacer una fotografía tuya en mi cabeza –aclaró el muchacho. Alvina se tranquilizó y disfrutó de la cercanía de su aliento caliente.

Quizá no los ha notado, pensó ella ingenuamente.

— Listo, ahora podré recordarte con facilidad –añadió Teodoro, alejándose de la chica. Se recostó de lado (dándole la espalda) y, como si estuviera completamente solo, cayó en un profundo sueño. La joven lo observó por varios minutos; el movimiento de su dorso, al expandirse por la respiración, fue hipnótico. Quiso tocarlo, sentir su piel de nuevo, reclinarse sobre su pecho y escuchar al causante de que ese enérgico muchacho se mantuviera en movimiento como una locomotora descarriada, pero no lo hizo.

Al darse la vuelta, Alvina se topó con Agustín.

—Mi papá y mi mamá se preguntan dónde estás –le dijo su hermano.

—¿Ya están en casa? Mi mamá debe de haber vendido todas sus empanadas –dijo con ánimo la joven.

— Claro que ya están aquí, ¿no escuchaste al viejo armatoste anunciando su aterrizaje? –preguntó Agustín. Luego notó a Teodoro–. No, no lo hiciste, creo que estabas ocupada arrullándolo.

— No fue necesario, estaba agotado, los gnomos acabaron

con sus energías –dijo Alvina.

— ¿Los qué? –preguntó Agustín. Pero su hermana no le contestó; al contrario, partió divertida a la primera planta.

En la sala, Miriam descansaba sobre el sofá, tenía los pies hinchados. Había vendido todas sus empanadas, pero los panfletos que Alvina le había dado estaban intactos en su canasta. Se lamentó sólo de pensar en el momento en que se lo diría a su hija. Para su sorpresa, sin embargo, ésta no mencionó el asunto y sólo se ocupó de llenarla de elogios por su proeza.

Parece que ella también ha tenido un buen día, pensó Miriam. Luego se retiró a la alcoba con ayuda de su esposo.

Esa noche Alvina tuvo dificultades para cerrar sus ojos y descansar; pero la causa no fue el llanto de su tío o el recuerdo de sus relatos, sino Teodoro.

Teddy…

El chico era como una luciérnaga que luchaba por huir de cualquiera que quisiera capturarle. Quizá tenía una lengua insolente, pero eso era parte de su flemática personalidad. La imagen de su sonrisa la mantuvo en vela. Dio vueltas en la cama hasta revolverse en las mantas como una mariposa formando su crisálida. Por la mañana, la urgencia de un líquido volvería a despertarla, pero no proveniente de ella sino de la manguera del jardín.

Él, fue lo primero que vino a su mente.

Enfundada en un blusón violáceo de gasa, saltó de la cama, lista para recibir con los buenos días a su huésped. Se arregló el cabello y atacó el pasillo sólo para descubrir el cuarto de costura vacío. La escena de abandono se replicó, sus ojos quisieron explotar, pero se contuvo al escuchar una voz masculina: si Agustín la veía llorando armaría un alboroto.

Quiso tranquilizarse, no sacar conclusiones apresuradamente. *Si la vejiga me hace dejar la cama temprano, puede que lo mismo le pase a él*, pensó, y fue al baño, pero tampoco estuvo ahí.

Tratando de mantener sus ojos secos, se dirigió a la primera planta, caminó por la sala y llegó hasta la parte trasera de su hogar, donde estuvo segura de que encontraría a su madre enganchando sábanas a los tendederos; sin embargo, lo que halló fue diferente, *mejor*: Teodoro descalzo, usando el agua de la manguera para lavar sus prendas tendidas sobre el pasto.

— ¡Teddy! –gritó Alvina. El joven sonrió y le saludó sin dejar de sostener el tubo de plástico. Una especie de alivio llenó sus entrañas, *mejor que un plato de pan con mantequilla*, se dijo ella.

— Así que ése es su nombre –dijo Miriam, que tomaba un café de olla en una taza de barro, mientras observaba a Teodoro. Alvina no había detectado su presencia hasta ese momento. La robusta figura de su madre descansaba en una silla cerca de los frambuesos–. Al despertar, creí que se trataba de tu hermano, pero él nunca lavaría su ropa a menos que quisiera unas monedas extra para comprar más lápices. ¡Hey, muchacho! ¡Cuando termines ven por una buena porción de huevos y frijoles! –exclamó–. Tú también, mi niña, no quiero verte sufriendo tan temprano por la luz –añadió. Se puso de pie y entró a la casa. Teodoro se acercó hasta Alvina.

— Tu madre cuenta los mejores chistes groseros que haya escuchado –le dijo a la joven.

— Pensaba lavarlas por ti, no creí que despertaras tan temprano –*o que siguieras aquí cuando yo lo hiciera*, pensó Alvina.

— Nada de eso, no es bueno que una mujer se ocupe de los calzones sucios de un hombre, sería como privar a un superhéroe de su identidad secreta. ¿Tu madre cocina bien? –preguntó Teodoro.

—No tienes idea –respondió Alvina.

— Entonces tengo cosas de las que ocuparme –dijo Teodoro, y le pasó por un lado, listo para aceptar el ofrecimiento de Miriam. Alvina se quedó de pie, observando cómo la ropa del muchacho tomaba el sol cual chicas en verano–. ¿No vienes? –preguntó. El sudor del rostro le hizo parecer una figura de oro.

—Brillas –le dijo Alvina.

— Tú empiezas a ponerte colorada –comentó Teodoro, y entró a la casa. Los rayos diurnos habían empezado a actuar sobre la delicada piel de la joven. Al frotarse los brazos, ésta se preguntó si alguna vez sudaría bajo el sol; bañarse en su propio rocío.

Cuando el ardor la aquejó, decidió unirse a Teodoro, que ya degustaba el desayuno.

— Come todo lo que quieras, niño. Mamá Miriam te preparará más si a tu barriga le sobra espacio –dijo la mujer. En la nevera sólo quedaban cinco huevos y una pequeña porción de nopales.

En ningún momento, desde que Miriam encontró a Teodoro en el jardín trasero, se preguntó qué hacía ahí; al estarlo observando, supo que era inofensivo; además, hay cosas más importantes de qué preocuparse, se había dicho. La venta de las empanadas y el sueldo de su esposo empezaban a ser insuficientes para cubrir la hipoteca.

Lorenzo bajó por la escalera y apareció en el umbral de la cocina.

— Amor, hay que agregar un nuevo rastrillo a la lista de provisiones por surtir, el que compré hace dos meses ha muerto a manos de Ricardo –comentó el hombre mientras se limpiaba la espuma de afeitar del rostro, vestía sólo una toalla a la cintura y parecía como si un gato lo hubiera arañado en las mejillas–.

¿Qué tenemos aquí? –Alvina esperó a que su padre preguntara por la presencia de Teo- doro–. Mis favoritos, birotes con mantequilla y sal –dijo, y arrasó con la pequeña canasta de mimbre sobre la mesa.

— Déjale unos pocos a Teddy, glotón –regañó Miriam.

— ¿Qué es un Teddy? –preguntó Lorenzo.

— Así me llama ella –respondió el joven señalando a Alvina–. Flavia me decía "hijo de perra" o "cabrón de mierda" –añadió. Trozos de huevo se batieron en su boca. Lorenzo lo observó unos instantes.

— Y dime, Teddy, ¿sabes cómo tratar un lavamanos que sufre por tener atorada una bola de pelos en el pescuezo? –cuestionó Lorenzo.

— Puedo intentarlo. Una vez me ocupé de un triturador con mis propios dedos, tenía atorado el hueso de pollo más grande que haya visto en mi vida –dijo Teodoro sin despegar los ojos del plato. Comía sin detenerse–. Yo también noté el revoltijo en el baño, si quiere puedo ayudarle.

Alvina recordó a Ricardo afeitándose la cabeza.

— Me agrada ese entusiasmo, muchacho –dijo Lorenzo.

Agustín, el único miembro de la familia que faltaba por aparecer y degustar del desayuno de Miriam, entró a la cocina sin hacer escalas hasta la nevera; bebió un trago de leche directo de la botella, tomó una ciruela sobrante del guisado de cerdo y luego se marchó.

— No tienes por qué hacerlo, Teddy, Lorenzo puede ocuparse él solo –dijo Miriam.

— Pero el chico acaba de decir que le encantará echarme una mano –aclaró Lorenzo.

— ¿Puedo comer más huevo? –preguntó Teodoro.

Miriam dejó de regañar a su marido para atender al muchacho.

— Seguro, vida mía. ¿Qué me dices tú, cielo? –preguntó la mujer.

— Estoy bien –respondió Alvina, perdida en los ojos de Teodoro.

Ese primer desayuno se replicaría por días, en los cuales la joven sería testigo de la facilidad con que Teodoro se incorporaría a su familia. No habría preguntas sobre su pasado ni su futuro; sencillamente los Sayas lo acogerían porque sí en su casa cenicienta.

SANTOS Y DEMONIOS

I

— Pensé que Agustín volvía a casa todos los días a la misma hora, pero el martes y hoy se ha demorado, ¿crees que visite a alguna chica? –preguntó Teodoro.

— Después de la escuela toma clases de dibujo, le fascina darle forma a sus ideas con lápiz y papel. Es muy bueno, el mejor –respondió Alvina.

Ambos estaban sentados al pie del pórtico, ya habían pasado algunos días desde la llegada del muchacho.

— ¿Más clases? Tu hermano está loco, yo solía ir a la escuela antes de emprender mi viaje, era aburrida en ese entonces y debe de serlo ahora –dijo Teodoro. El comentario hizo sonreír a la joven–. ¿Dije algo gracioso?

— Sólo me recordaste a un personaje del que leí –dijo Alvina.

— Entonces debe de tratarse del mejor de todos, seguro que es valiente, inteligente y un experto con las mujeres –fanfarroneó Teodoro.

— Bueno... eso no fue lo primero que vino a mi mente –dijo Alvina.

— ¿Qué quieres decir? Si no tiene esas cualidades no puede parecerse a mí, debes de estar pensando en el personaje equivocado –se quejó Teodoro.

— Él era libre, al igual que tú, podía irse cuando lo decidiera, nada lo ataba –dijo Alvina.

—Ya veo... -dijo Teodoro reflexivo y se recargó contra uno de los postes del porche.

— Me recuerdas también a mi tío. Ya que ambos son viajeros, no dudo que en algún momento sus caminos se vuelvan a cruzar -dijo Alvina.

— Estaría bien, el día que lo conocí parecía un buen tipo. ¿De verdad te pones mal con el sol? -preguntó Teodoro.

— Sólo si no tomo las precauciones necesarias, pero estoy segura de que un día de éstos eso no importará más, seré libre, como tú, como una mariposa; ellas pasan parte de su vida arrastrándose por el suelo, pero llegado el momento surcan el cielo con unas alas hermosas -dijo Alvina.

— A ti no te saldrán alas, tendrías que ser un gusano -dijo Teodoro con esa ingenua forma de acallar los sueños vívidos de la joven–. Una vez vi a un chico intentar volar desde lo más alto de un mezquite, el muy idiota fingía tener alas como halcón, brincando y gritando como gallina descabezada para intimidar a quienes lo observábamos desde abajo. Como nos tenía a risa y risa, dejamos que se divirtiera un rato, pero al saltar de la rama su fantasía se acabó y aterrizó en una pila de rocas que le destrozaron los tobillos. La verdad yo fui el único que se compadeció de él y lo ayudó a llegar hasta su casa, pero nada más. Eso sí, su madre quedó en deuda conmigo para toda su vida -contó engreído.

—Suena a que hiciste una gran hazana, yo siempre he querido ayudar a los demás -dijo Alvina.

—Entonces sólo hazlo -respondió Teodoro.

— La gente huye de mí cuando me quiero acercar, creen que también se volverán como... yo, o que les traeré mala suerte, cosas así se dicen desde que nací -contó Alvina.

—Eso es estúpido, yo no he perdido el color ni tampoco he tenido un mal día por estar contigo -dijo Teodoro, y cogió de la mano a Alvina–. ¿Ves? No pasa nada, sigo siendo el mismo.

La joven se sobresaltó por la aproximación.

— Eres tan suave como mi oso de peluche –expresó ruborizada. El tacto de Teodoro tenía un efecto explosivo en ella.

— Supongo que debe de ser algo bueno, a las chicas les gustan las caricias suaves; sólo no lo digas frente a tus amigos, no quiero que piensen que soy tan blandengue como tu bobo animal –dijo Teodoro.

— No lo haré, no tengo con quien hacerlo –respondió ella, nunca había contado con alguien de su edad que no fuera Agustín y puesto que él tenía sus propios asuntos, estaba sola la mayor parte del tiempo.

— ¿Qué dices? Todos los tienen –dijo Teodoro.

— Yo no, con una apariencia como la mía eso se vuelve difícil –le dijo Alvina.

— Y dale, otra vez con eso. Ven –se quejó Teodoro, y sin soltarle la mano hizo que se pusiera de pie.

— ¿A dónde vamos? –cuestionó Alvina. Teodoro la jalaba por la acera.

— El sol se ocultará pronto, no te preocupes –dijo el muchacho.

— Faltan algunas horas para eso, ¿crees que la puesta sea más temprano que de costumbre? –preguntó ella curiosa. Teodoro se detuvo.

— ¿Ves esas nubes? Ellas se encargarán de ocultarlo, los pocos rastros de azul en el cielo empiezan a desaparecer, tendremos una tarde nublada –contestó el joven y, sin perder más tiempo, se dirigió calle arriba. El cabello de la chica estaba suelto, se batía con el aire como una delirante bandera blanca en tiempos bélicos, al igual que el ligero vestido que portaba; mucha de su ropa lucía como la de una muñeca a escala humana.

Aunque Tala tenía una extensión media de territorio, el tránsito de los vehículos era escaso; la mayoría aún prefería usar los pies para ir al único mercado, templo o centro médico. Los adultos pasaban las tardes fuera de su casa, conversando o viendo el día transcurrir. Los niños corrían tranquilos por las calles y parques; y los jóvenes buscaban espacios de los cuales apoderarse; el estacionamiento en la parte posterior de la vieja fábrica de jabón era su favorito. Alvina les había visto dos o tres veces desde el autobús de su padre, divirtiéndose con los objetos más simples que estaban a su alcance, charlando y riendo; a Agustín le parecían una pérdida de tiempo, los llamaba "Perchas".

—¿Perchas? –preguntó Teodoro.

— Agustín dice que sólo sirven para sostener las prendas que visten, que son tan inútiles como un pedazo de plástico inmóvil dentro de un armario –contó Alvina.

— Eso es ingenioso, ¿cómo sé si soy o no una percha? –preguntó Teodoro. Alvina elevó los hombros al no saber la respuesta. Tal y como el chico le había dicho, la tarde estaba libre del sol; su piel no ardía, pero empezaba a tornarse rosa–. Entonces tendré que preguntárselo a él cuando lo vea. Muero de sed, ¿puedes hacerme un préstamo?

La joven metió la mano en sus bolsillos, pero no encontró efectivo.

—Lo siento, no sabía que debía traer dinero –le dijo Alvina.

Teodoro suspiró.

— Entonces tendremos que buscar cómo arreglárnoslas –dijo el chico, y mientras ideaba un plan en su cabeza, ambos caminaron por el costado de la gran iglesia de piedra, cuyas torres se elevaban por Tala entera. Los adornos coloniales, las figuras religiosas y el enorme campanario daban cabida a todos aquellos que buscaban a Dios en ese menguante pueblo.

Teodoro, meditabundo, creyó ver a uno de los querubines incrustado en los muros sonriéndole.

—¡Tengo una idea! –exclamó el muchacho, y ese gesto delirante suyo apareció. Apresurado, se internó en el templo, Alvina le siguió. Dentro, sólo hubo ancianas con la cabeza cubierta con rebozos y sumidas en un constante rezo que viajaba a través de vaho maloliente y chispas de saliva.

— ¿Vamos a pedirle a Dios que nos dé algo de dinero? –preguntó la joven–. Mi mamá es quien tiene la fórmula para hablar con él, yo no; he pasado horas esperando a que mueva la boca o siquiera me mire, pero nunca lo hace –añadió, posando sus ojos en el cuerpo crucificado de yeso que estaba sobre el altar.

Teodoro husmeó el sitio, olía a incienso, a tiza; un leve aleteo en el techo le hizo sobresaltarse, varias palomas tenían su nido en aquel lugar.

Escalofriante, pensó, y al fondo pudo ver al sacerdote retirándose por un pasillo. Supo que ésa era su oportunidad. "Una señal de Dios", quizá.

— Espera aquí –dijo Teodoro. Alvina lo observó hasta perderlo entre las butacas.

El eco que invadía el sitio era impresionante. Las pinturas sobre los muros intimidaban y las figuras a los lados parecían tener vida, vestían ropas de satín y lino con costuras pajizas. La joven notó simpatía en su estático rostro, carisma tallado con cinceles y limas de hierro.

Si el Dios de la cruz no me responde, quizá ellos lo hagan, pensó, y convencida de que así sería, se acercó a una de las estatuas.

Delante de ella, se elevó un joven de piel clara y cabellos dorados como Teodoro; parecía relajado, como si observara la gloria viniendo hacia él en los mismos carros rutilantes que arrancaron a Elías de la vida terrenal; se ataviaba con túnicas blancas y cargaba una especie de libro, mientras un rosario de cuentas macilentas le colgaba del dedo meñique. La chica creyó ver la faz de Teodoro en la figura, sonriéndole, luciendo como un beato, con rayos de luz detrás y una aureola en la cabeza. Aquello aisló su percepción sin dificultad, todo desapareció a su alrededor y se dejó ir, zozobrando. La calma la encandiló, y de repente el Teodoro frente a ella dejó caer el libro para extenderle la mano, el estruendo no alertó a nadie, incluso cuando la percusión fue colosal. El pedestal comenzó a vibrar y tepalcates polvorientos liberaron sus pies. "Teodoro, el Santo" se alzó en el aire, impaciente por invitar a Alvina a su vuelo. Ella sonrió y respondió el gesto, pero cuando ambas manos estuvieron a punto de estrecharse sintió un tirón: sin verlo venir, el Teodoro de carne y hueso había llegado hasta ella tomándola del brazo, extrayéndola del útero quimérico en el que un Santo ansiaba arrebatársela al mundo.

Una anciana despertó angustiada por el escándalo y notó a los dos jóvenes corriendo hacia fuera del templo.

— ¡No te detengas, Vins! –exclamó Teodoro y, junto a la chica, huyó lo más lejos que pudo de la iglesia. Cuando estuvo seguro de que nadie los seguía, se detuvo para descansar atrás de unos árboles.

— Teddy... –susurró Alvina, y le vio con la misma ternura con que había estado mirando a la figura en el templo.

— ¿Qué hacías con ese monigote? –preguntó agitado Teodoro–. Como sea, no importa. Conseguí algo de dinero.

— ¿Hablaste con Dios? –preguntó Alvina.

— Hice justo eso. ¿Conoces un lugar donde podamos gastar este botín? –cuestionó Teodoro

— Sí, vamos, te encantará –contestó Alvina con una gran sonrisa, y en ese instante fue ella quien lo llevó de la mano hacia una de las pocas tiendas que suministraba golosinas a los más pequeños de Tala.

II

El interior del negocio le recordó a Teodoro la casa de Alvina, tenía cierto aroma dulzón, la decoración era cursi y abundaban deterioros en los muebles y paredes; sin embargo, eso no lo distrajo del festín azucarado. Alvina había comprado un discreto dulce de leche con una almendra al centro y él una bolsa entera de palanquetas; además de un batido de guayaba. Siempre que se trataba de comer, Teodoro era el campeón, devoraba y tragaba con una facilidad admirable.

— No era lo que tenía en mente, pero no puedo negar que están deliciosas –comentó Teodoro, luchando por despegar el caramelo de las palanquetas de sus muelas.

— Me alegra que te gusten –le dijo Alvina.

Casi frente a ellos un grupo les observaba, ambos parecían ser el tema de conversación.

— ¿Quiénes son? ¿Los conoces? –preguntó Teodoro a la joven.

— Perchas... –musitó ella.

— ¡Oye tú! –exclamó un chico de tez morena y cabello desperdigado como las espinas de un cactus, era quien había estado mirando con más detenimiento a Teodoro y Alvina durante su pequeño banquete. En sus ojos estaba el mismo brillo ladino que en los de Teodoro.

— ¿Qué mierda quieres, percha? –preguntó Teodoro cuando el muchacho se acercó.

— ¿Cómo me dijiste? –le reclamó el chico de pelos puntiagudos.

— No me has dicho tu nombre, así que no sé cómo más llamarte –comentó Teodoro y dio un mordisco a la barra de cacahuate y miel.

— Soy César.

— Bien, ¿qué mierda quieres, César? –cuestionó Teodoro.

— Vaya que tienes huevos, no temes hacerte enemigos gracias a tu gran bocota, ¿eh? –refunfuñó sorprendido César–. Los muchachos y yo estábamos observándote y llegamos a la conclusión de que nadie recuerda tu rostro.

— No soy de por aquí, llegué hace unos días –dijo Teodoro.

— Ya veo, entonces será mejor que sepas cómo se manejan las cosas en este pueblo –dijo amenazante César. Detrás de él, un grupo de cinco jóvenes le cuidaban las espaldas–. Los turistas no pueden tomarse ciertas libertades sin antes conocer bien las reglas de Tala.

— No recuerdo que alguien me haya mencionado reglas. ¿Puedes mostrármelas también a mí? –preguntó confundida Alvina.

— Puede deberse a que todos te temen, nadie piensa en dirigirte la palabra, coneja. Además, creí que no podías salir en el día o te convertías en ceniza –dijo César.

— Hoy está nublado, Teddy lo supo antes de que sucediera, ¿no es impresionante? –contó Alvina y miró con orgullo a Teodoro. Quizá el sol no estaba presente, pero su piel se irritaba igual por la concentración de luz a través de las nubes cargadas de agua; para su suerte, el anochecer estaba cercano.

— ¿Esos son tus amigos? –preguntó Teodoro. César miró hacia atrás y asintió.

— Así es.

— Justo buscábamos con quien pasar el rato, ¿podemos acompañarlos? –cuestionó Teodoro. César lo miró confundido, frente a él estaba la chica de la que todos huían y a su lado un lengua suelta, uno al que planeaba darle su merecido por lucir tan presuntuoso.

— Dios nos ayudó a conseguir dinero, si quieres podemos compartirlo con ustedes. Tenemos de sobra –dijo Alvina.

— ¿En serio? ¿Qué tanto? –preguntó el chico y Teodoro no tardó en mostrarle un puño de monedas que sacó de su bolsillo, haciéndolo cambiar de parecer inmediatamente.

— Eres interesante, muchacho... bien, trae eso contigo y acompáñanos –respondió César, ignorando a Alvina.

—Trato hecho –dijo Teodoro.

Y así, poco antes de la puesta del sol, Alvina y Teodoro caminaban entre el grupo de jóvenes. Habían comprado tabaco y alcohol gracias al único miembro que gozaba de la mayoría de edad: un delgado muchacho de orejas amplias y acné por el rostro entero, los vellos de la nariz le supuraban impertinentes y sus manos eran casi tan enormes como su cabeza. Todos se movían en dirección a la fábrica abandonada, donde otros diez chicos ya custodiaban el estacionamiento. Rubén y Manuel estaban ahí, también dos jóvenes que Alvina ya había visto con ellos. A su llegada, todos guardaron silencio y miraron con recelo a la pálida figura, Teodoro les pareció agradable a la vista, *normal*; pero ella sobresalía de forma negativa.

— ¡Oigan!, éste es Teodoro, nos visita de lejos, hagámoslo sentirse como en casa. Ha sido muy generoso al proveernos de suministros –dijo César, y levantó la botella de cerveza como si fuera a hacer un brindis; nadie se inmutó–. ¿Qué pasa? ¿No van a mostrarle sus modales a nuestro invitado?

—César, es la chica… –dijo Manuel.

— Así que es eso, ¿temen volverse como ella? Les aseguro que no es peligrosa. Vean a mi amigo Teodoro, sigue siendo normal aun cuando lleva días viviendo en su casa. Él mismo me lo ha dicho de venida hacia acá –expresó César. Durante el trayecto, había intentado deshacerse de Alvina, pero al final comprendió cuán divertido sería entretenerse con la rareza más temida de los alrededores; el cuento sobre su condición lo intrigaba desde que era un niño.

—A mí me da escalofríos, luce como un espectro –susurró una de las chicas.

— Pues a mí me encanta él –respondió otra y se dirigió con Teodoro–. ¿Teodoro?

—Así es, preciosa –dijo con galanura el muchacho.

—Lindo nombre, yo soy Nazaria –dijo la joven y Teodoro sonrió ante la atrevida chica de exuberantes caderas y se alejó con ella, dejando a Alvina a la deriva, quien estaba ajena a toda la discusión sobre su presencia, en aquel lugar, al estar observando maravillada los cristales fracturados de las ventanas: los destellos amarillos empezaban a cambiar de color con la muerte de cada rayo de luz.

El acto de Nazaria hizo que todos los demás terminaran sintiéndose cómodos con Teodoro, no así con Alvina. Varios minutos después, seguía siendo evitada; los chicos conversaban en grupos alejados de ella. Rubén le dio un codazo a César en el costado, e hizo que pusiera atención en la pálida joven, cuyo vestido apenas y le cubría parte de los muslos, las pantaletas amenazaban con quedar expuestas.

— ¿Crees que sea blanca de todos lados? –preguntó malicioso Rubén.

— ¿Quieres saber si tiene descolorida la picha? –respondió César. Rubén asintió–. ¿Por qué no lo averiguamos?

— Espérate, ¿te recuerdo lo que se dice sobre ella? –dijo Rubén.

— Me gustan los riesgos... –alardeó César.

— No lo sé, mi madre asegura que es un ave de mal agüero; luchó con la idea de que su hermano estuviera en el mismo salón que yo, y que su padre fuera quien conduce el autobús de la preparatoria, no creo que estaría muy contenta de verme a su lado –dijo Rubén.

— Ésa es la cosa. Agustín y el viejo Lorenzo lucen como nosotros después de convivir con ella durante toda su vida, y hasta donde sé, su madre también. Puede que estén chiflados, pero no son unos blanquitos –dijo César.

— No había pensado en eso, quizá tengas razón –dijo Rubén.

— La tengo, además tu madre no tiene por qué enterarse a menos de que abras la boca –le dijo César.

— La verdad es que... yo siempre he querido tocar su piel, estoy seguro de que es fría como la nieve –confesó Rubén–. Bueno, ya, te sigo –añadió, dio un último sorbo de cerveza, dejó la botella en el suelo y, junto a César, se acercó hasta Alvina.

— Teddy, el cielo... –dijo la chica creyendo que su joven compañero estaba a su lado, pero lo único que encontró fue a César y a Rubén detrás de ella. Cuando sus miradas se cruzaron, los muchachos retrocedieron, nunca le habían visto de tan cerca; su apariencia era impresionante. Sus ya conocidos "ojos inquietos" les incomodaron–. Los colores son hermosos –comentó Alvina, mostrándole a los jóvenes cómo la llegada de la noche era registrada en los pedazos de vidrio.

— Lamento que tu amigo esté ocupado para escuchar lo que sea que acabas de decir –dijo César, y miró en dirección al contenedor donde Teodoro besaba a Nazaria, le revolvía el cabello oscuro y le acariciaba el dorso. La inesperada imagen golpeó a Alvina, privándola de aliento y volviendo polvo los pequeños fragmentos de rubí que empezaban a formársele alrededor del corazón.

— Oh, es una lástima –dijo Alvina, y giró el rostro para poder recuperar el ánimo; contrajo los párpados queriendo impedir que las lágrimas comenzaran a brotar. Rubén dio un paso hacia delante para pasarle la mano por el brazo, pero ella volteó al instante.

— ¿Qué haces? –dijo confundida Alvina. Los ojos llorosos le daban una pinta espectral.

— Mierda, no chingues... eres aterradora –musitó Rubén, arrepentido de haber pensado con siquiera tocarla.

— No lo soy... –respondió Alvina acongojada, y tocó el lugar que Rubén pretendía acariciar. Enseguida descubrió a César mirándole las piernas, el aire había empezado a jugar con su vestido; y con la mano detuvo el bailoteo de la tela. La fascinación de aquel momento se esfumó y en su lugar hubo un improvisado purgatorio–.

Me tengo que ir –dijo azorada y, rodeando a los dos chicos, abandonó el lugar.

III

Alvina avanzó por las calles con la cabeza revuelta. Las lágrimas le corrieron libres, empapándole la cara y creando un efecto aún más satinado en su piel. Quienes la vieron, caminando en contra del viento, juraron que era un fantasma errante, el espíritu de una mujer buscando venganza o un ángel persiguiendo algún demonio. Con cada paso sintió que se desmoronaba, que se caía a pedazos en el asfalto.
La oscuridad había caído sobre Tala.

Cuando llegó a casa se metió en la tina, necesitaba extinguir el fuego del odio, de los celos; encontrar de nuevo aquello que mantenía unidas las extremidades de su cuerpo, aquello que hacía latir su corazón. Las gotas que aún le fluían por las mejillas cayeron en el agua, provocando ondas que chocaron con su cuerpo; tenía las piernas contra el pecho y el cabello húmedo hacia atrás. Inmersa en su propia burbuja de tiempo lloró por aquél que nunca fue suyo. Dudó si Teodoro sabría el camino de regreso o si al menos notaría su ausencia; sin más que dolor en su interior, salió del agua y se fue a la cama. Nadie de su familia había notado su escape, astuta se las arregló para tomar una cena rápida antes de que Miriam pudiera preguntarle cualquier cosa.

Recostada, pensó en el dulce aliento de Teodoro, en su cabello de miel, en esa extenuante sonrisa que la hacía aceptar cualquiera de sus planes. El desencanto había ocurrido más rápido de lo que imaginó; deshecha, se preguntó si debía seguir en vela esperando por Teodoro. *¿Y si no regresa?*, temió.

Sin embargo, poco antes de que Lorenzo terminara de revisar

sus herramientas en el improvisado garaje de lámina a un costado de la vivienda –como hacía regularmente por las noches–, Alvina escuchó a Teodoro entrar por la puerta. Sus pasos los conocía de memoria, como si los pies fueran dedos tocando las teclas en el lado izquierdo de un piano, emitiendo sonidos profundos. Se alegró de que estuviera de vuelta, y a la vez detestó tener que compartir el mismo techo con él.

Diez pasos de la puerta al umbral de la cocina.

Otros diez de regreso a la sala. Teodoro parecía buscar algo. Silencio.

Luego tomó los escalones uno por uno hasta llegar a la segunda planta. Cinco pasos y se detuvo frente a la habitación de Alvina.

Silencio otra vez.

Su silueta se proyectó debajo de la puerta por unos minutos; la chica contuvo la respiración. A las doce con diez, Teodoro se retiró hacia el cuarto de costura mientras que la joven luchó por evitar abrir la puerta y lanzarse a sus brazos. Quizá él reaccionaría con su usual indiferencia, pero ella podría borrar el aroma de la ajena en su cuerpo, de sus endemoniados manoseos e intransigentes lengüetazos. Una última lágrima mojó la almohada antes de que los ojos se le cerraran.

FANTASMAS

I

Ni la llegada de Teodoro o su convivencia con los miembros de la familia habían cambiado ni por poco la dinámica entre ellos, Miriam se acostumbró a agregar una porción extra a cada una de las comidas y Lorenzo estuvo feliz de contar con una mano adicional en los deberes del hogar –Agustín solía encontrar cualquier excusa cuando se trataba de reparar el autobús o revisar la cañería, pero para Teodoro esas actividades eran pan comido, nunca se cansaba de sentirse útil–, su acercamiento con los anfitriones crecía con cada nuevo amanecer y de distintas e indescifrables maneras; el muchacho les tenía un inexplicable cariño; no obstante, con Alvina era diferente, peculiar. Al principio fue agradable, pero desde el encuentro con César se había tornado incómodo, ella ya no le dirigía la palabra, lo evitaba tajantemente.

Solo y sin la atención de la chica, Teodoro tuvo que recurrir al grupo del estacionamiento, acercándose cada vez más a ellos.

Con el paso de los días, los vecinos y habitantes de Tala habían notado la presencia de Teodoro y empezaron a regar rumores sobre su situación, algunos lo llamaban delincuente y otros oportunista. Para Miriam era sólo un chiquillo al que ella, su marido e hijos querían desinteresadamente. Su reputación de mujer cordial había sido sustituida por "ciega estúpida", una que se atrevía a meter a su casa a un vago recurrente de las reuniones tras la fábrica abandonada.

Debería avergonzarse, no sabemos qué costumbres tenga ese haragán, cualquier noche podría entrar a nuestras casas y robarse todo lo que hemos sufrido por conseguir, había discutido Elodia Yáñez con una multitud cuando el Padre Marino dio por terminada la misa del último domingo de mayo. En ella trató de exhortar a los feligreses a que mostraran respeto por las ofrendas del templo y entendieran que su ultraje, al alejarlas de la administración divina del párroco, podía traer la condena del perpetuo crujir de dientes en el lago de fuego. Los recientes robos habían entorpecido las cuentas de todo el mes y, decía, *Satanás ama dejar su trono para torturar personalmente a aquellos que cometen el pecado del hurto.*

Ese día, los Sayas no habían asistido a la iglesia, sino que habían decidido tener uno de sus habituales días de campo en el "Bosque de las Estaciones", por donde corría un arroyo de aguas tan limpias como los estanques en los que las ninfas lavaban sus interminables cabelleras. Lorenzo se ocupaba de conseguir algunos peces junto con Teodoro; su esposa dormía bajo la carpa, dispuesta para la protección de Alvina; y Agustín hacía numerosos bocetos en su cuadernillo, sentado en lo alto de un peñasco. La vista del lugar era espléndida, no había cambiado desde que lo visitaron por primera vez: pinos, encinos y mezquites colosales rodeando el terreno como longevos guar- dianes; *calliandras* escarlata, frondosos arbustos con bayas, plantas de agave, musgo adherido a las rocas angulosas que entorpecían la circulación de los visitantes, helechos con agudos verdores y pétalos perenne de diversos colores que surgían de los más inesperados rincones. Para ajenos y propios, aquél era un extenso y místico reino natural, al cual las estaciones no parecían tener en su lista de inspección anual, puesto que el ocre del otoño y el cian del invierno muy rara vez aparecían en él.

— ¡Creo que tengo uno! –gritó Teodoro mientras sostenía la caña de pescar, Lorenzo rio sin ofrecerle ayuda. El chico miró a todos lados intentando compartir su hazaña, pero no hubo quien lo acompañara. Alvina le observó unos segundos, luego desvió la mirada. En ese pequeño instante notó su perfil siendo iluminado por el reflejo del sol en el agua. Los alfileres áureos, escupidos por la acuosa corriente, sostuvieron la silueta de Teodoro y trajeron el recuerdo de la figura en el templo, con rayos amarillos a su espalda. Como era usual, el muchacho llevaba el mismo pantalón jaspeado, recogido hasta las rodillas, y su ligera playera horadada por ácaros; su ropa no se encontraba en buen estado, nada que lo acercara a los hijos de la capital (que, con sus pantalones de casimir y sus largas chaquetas de lana, representaban a los sucesores de la "Generación X"); sin embargo, para Alvina lucía lo suficientemente cautivador para robar por entero su atención.

Libera ya mis ojos, me cansa tratar de convencerme a mí misma de que eres invisible, pensó la chica, acongojada por no poder dejar de husmear en cada cosa que hacía Teodoro. Para fortuna suya, un ruido cerca de los matorrales la ayudó a poner cuidado en algo que no fuera el hechizante joven.

Ángel...

Un susurro la alertó, Alvina intentó escuchar sobre los ronquidos de su madre, pero no hubo más fragor en las ramas. Curiosa, buscó a aquél que disfrutaba de observarlos a la distancia, si es que está lejos, pensó, y en un instante cierta figura familiar surgió de entre los pinos, luego le sonrió y huyó. Alvina se puso de pie e inmediatamente corrió para alcanzarle, dejando atrás su protección en la carpa de loneta.

El pelado se movió con rapidez, como si fluyera entre el bosque cual fantasma, desafiando el terreno multiforme y sus diversos obstáculos. Para la chica fue difícil, sus delgadas piernas lucharon con enramadas y raíces traicioneras que buscaban detenerla, pero aun así continuó, segura de que a quien seguía era su tío.

— ¡Tío Ricky, espera! –pidió Alvina.

Los gritos se repitieron al mismo tiempo en que sus talones golpearon la tierra. Cuando creyó que tomaba velocidad, su coleta quedó prensada en una rama. Arisca, gimió por el jalón y por la irrupción de su persecución.

— Espera... –sollozó la chica intentando liberar su cabello.

El bosque estaba vacío, sólo las hojas respondieron a su llamado cuando fueron arrastradas por el viento hacia ella. El verde de la zona contrastó con su piel y las copas de los árboles la escudaron de adquirir un carmesí.

Era él, se dijo convencida de lo que había visto; luego lo hizo con Agustín de regreso a casa.

— Estoy segura, corría como si perteneciera a ese lugar. Creo que los gnomos pudieron haberlo ayudado a escapar –contó Alvina.

— Vins, si tan sólo te oyeras por un segundo. En ese bosque no hay más que ebrios y putas escondiéndose entre los árboles, ¿recuerdas qué fue lo que vimos el día que fuimos más allá de donde mi papá y mi mamá nos indicaron? –preguntó Agustín. Su hermana asintió al rescatar de su memoria la imagen de una pareja teniendo sexo contra un encino. El resplandor que los acompañaba parecía venir de diamantes olvidados en el centro de la arboleda, pero en realidad surgía de botellas de alcohol vacías regadas por el pasto. Las uñas de aquella mujer habían desgarrado la corteza del tronco, cada vez que su amante la embestía, y sus gritos ahuyentado a los zacatoneros y gorriones ocupados en atrapar anélidos terrosos–. Entonces sabes por qué necesito que me prometas que no volverás a internarte lejos del arroyo.

— Sé que era él –insistió Alvina.

Agustín suspiró intentando no perder la calma con la joven.

—Pues más le vale que la próxima vez piense en aparecerse en un lugar menos peligroso o le patearé el culo -dijo Agustín, y Alvina sonrió al imaginarse a su hermano acomodándole una patada al tío Ricky, justo como una mula enfurecida-. Olvídate del bosque.

II

— Si esa Elodia se cruza en mi camino no dudaré en arreglar ciertos asuntos con ella -dijo con determinación Miriam al coger su canasto. Lorenzo se lo impediría si eso llegaba a suceder, pero hasta que fuera necesario disfrutaría escuchar a su mujer hablando como una audaz vikinga. Tras veinte años de matrimonio, el hombre seguía amándola como el primer día que la conoció: una mañana en que ella acompañaba a su madre mientras ésta ofrecía desayunos a un módico precio para todos los trabajadores de la recién instalada maquiladora. La comida era la especialidad de su mujer y a pesar de que el pueblo jamás compraba de sus empanadas, por un miedo infundado a la condición de su hija, Lorenzo partía con ella todas las tardes en el autobús en busca de un cliente que no se guiara por chismes; ni él ni Miriam habían sido nunca personas que se dieran por vencidas fácilmente, fueran cuales fueran las circunstancias.

Un último beso de despedida y el autobús se perdió por la avenida.

En el instante en que sus padres partieron, Alvina subió a su habitación, tomó el sombrero de paja que descansaba en su cama y continuó decorándolo con flores. Los pétalos simulaban ser producto de la inmaculada madre tierra, pero la única madre que los había llevado a ella era Miriam, quien de vez en cuando surtía de pequeños adornos a su hija para hacer hermosas creaciones que portaba sobre la cabeza.

La goma caliente adhirió cada una de las rosas y margaritas en la paja formando una copia multicolor de un campo silvestre, y la joven, absorta en su diseño, tarareó un son. La tesitura fue aguda, sutil.

Al colocar la última flor, Alvina miró satisfecha su obra, se puso el sombrero y lo modeló frente al tocador mientras que, sin darse cuenta, Teodoro salió del cuarto de Agustín, abrochándose el pantalón. La joven alba se contempló en el espejo con cierta decepción, puesto que aun los falsos pétalos de poliéster tenían más color que ella.

Ignorante de la melancolía de la chica, Teodoro la vio de reojo notando lo que portaba; caminó a la habitación y se recargó en el marco de la puerta. Llevaban poco más de una semana sin hablar.

— Parece que un pájaro hizo su nido en tu cabeza –expresó Teodoro. Alvina giró el rostro para descubrirlo espiándola. Desvió la mirada y se deshizo del sombrero–. No me malentiendas, me gustan las flores en él, son coloridas. Mis favoritas son las orquídeas. Una vez conocí una mujer que cultivaba las más frondosas que haya visto, las trataba como si fueran personas, les hablaba y las mantenía lejos de cualquier mal. Los chicos y yo la llamábamos "Abono", la tipa estaba tan sola que era comprensible que se encariñara con sus plantas; creo que estaba empeñada en enseñarles a caminar esperando que acudieran a su funeral cuando ella muriera. Para su desgracia, al llegar ese día, el único que le dio el último adiós a su cadáver fue el sepulturero.

Alvina no lo vio ni le respondió; no obstante, recordó las flores danzarinas de su niñez.

— Es aburrido si vas a seguir sin decir nada, deberías ir al médico, puede que hayas perdido la razón y pienses que soy un fantasma. Flavia decía que veía a mi hermano muerto rondándola, pero Edgar ni siquiera podía moverse sin ayuda, fue ahí cuando supe que era una loca; ya sabes, soy bueno si se trata de resolver misterios –platicó Teodoro engreído. Alvina se mantuvo con la seriedad de un retrato; sin embargo, cansada de no ver esos ojos ámbar resguardados bajo unas densas cejas, decidió por fin acabar con el castigo que ella misma se había impuesto.

— Puedo verte –masculló la chica. Teodoro ya no estaba. Convencido de que ella seguiría muda como una piedra, optó por visitar a César y a los demás en el estacionamiento.

III

Los robos al templo se habían repetido unas cuantas veces; no obstante, Teodoro intuía que pronto debían encontrar una nueva forma de conseguir provisiones. Las molestas solteronas de los alrededores empezaban a seguirles los pasos y no les dejaban otra opción que evitar rondar los territorios del viejo religioso.

Esas pinches metiches..., se quejaba el chico.

Una noche, Teodoro había escuchado a Miriam discutir con un grupo de mujeres que lo culpaban de los destrozos sufridos en sus jardines. Ella lo defendió con insistencia sin conocer la verdad. Teodoro era inocente, pero a pesar de eso, deseó haber sido el responsable de aquel crimen que estuvo seguro *les habría dado su merecido, de una vez por todas, a esas viejas,* pensó. Su madre nunca hubiera hecho tal cosa por él, no se parecía en nada a Miriam, ni su padre a Lorenzo. Los Sayas no recurrían a los gritos ni buscaban cariño con otras personas, y aunque Lorenzo guardaba algunos calendarios con mujeres desnudas, en el autobús, Miriam parecía ocupar el lugar número uno en su vida. De camino al estacionamiento, Teodoro se congratuló de conocerlos.

Edgar pensó que no había gente buena en el mundo, si tan sólo los hubiera conocido... ellos son diferentes. Lorenzo, Miriam, Agustín, incluso ella, Alvina; aunque tenga problemas para mirarme..., pensó Teodoro. Desde que sus caminos se cruzaron, no había podido quitarse sus ojos de encima, esas gemas que lo atravesaban y lo analizaban sin recato; sin embargo, eso parecía haberse acabado, ella ya ni siquiera le sonreía.

— ¡Ted! –exclamó César cuando vio a su amigo acercándose. La mayoría de los presentes reposaba en el suelo, disfrutando de unas cervezas que el padre de Nazaria había dejado olvidadas en la nevera.

— ¿Planeando el siguiente asalto al templo? –preguntó Teodoro. Rubén le ofreció enseguida una bebida.

— Eso se acabó, pasamos a las ligas mayores. Hemos estado pensando en lugares más sustanciosos. Tala está repleta de tesoros escondidos, sólo necesitamos observar bien –dijo César.

— Suena interesante, ¿alguna idea de por dónde podemos comenzar? –cuestionó Teodoro.

— Ya que lo preguntas... tal vez hagamos una visita a la tienda en donde te conocimos a ti y a tu novia. He visto decenas de mocosos entrar ahí para gastar su dinero, la caja registradora debe de estar llena de varo –dijo César.

— Ella no es mi novia –respondió Teodoro divertido.

— Si tú lo dices... –comentó burlón César, y le rodeó con el brazo. La cuestión sobre tocarlo no era un problema para él ni para Nazaria; los otros lo hacían con recelo.

— Más te vale que no lo sea, no voy a tolerar compartirte con esa pinche coneja de mierda –amenazó Nazaria, ya se había acercado hasta Teodoro. Vestía un pantalón ceñido y una camisa que dejaba al descubierto parte de sus senos; los pezones estaban erectos por la brisa–. Eres todo mío –añadió y lo besó con pasión.

Los muchachos rieron con el sensual espectáculo. Nazaria metió la mano bajo la playera de Teodoro y le tocó el abdomen. Reacia a pensar que quizá convivir con Alvina pudiera contagiarle de su pálida condición, siguió acariciándolo hasta el pecho. Su goce personal tuvo como fondo a un grupo excitado de jóvenes que parecieron la versión humana de una jauría. Alebrestados, bebieron hasta saciarse, rugieron como demonios e hicieron destrozos en las paredes de la antigua fábrica. Aros de fuego se encendieron en el suelo gracias al alcohol y a los cigarrillos. Una improvisada pelea entre César y Manuel tuvo lugar al tiempo que Dolores Nava se despojó del sostén, sacudiendo los pechos en el rostro de Rubén; aunque él había tenido la suerte de saborearlos unos segundos, los demás no perdieron la oportunidad de manosear aquellas dos masas de carne que colgaron libres en la renegrida noche. La joven sintió miles de dedos ultrajando su cuerpo, el placer la inundó. Cuando fue demasiado, se cubrió e intentó alejar a todos, pero la lujuria fue tal que la marabunta de varones la llevó al suelo. Sus gritos fueron desgarradores al sentir la entrepierna siendo invadida, César se percató de la situación y lanzó una de las botellas vacías contra la cabeza de Rubén.

—¡Basta, hijos de puta! –gritó César.

La explosión de cristal hizo que todos los jóvenes se dispersaran como cachorros asustados. Rubén emitió un lamento al descubrir que su cabeza sangraba, mientras que Nazaria llegó hasta Dolores y la ayudó a ponerse de pie. Tenía arañazos y moretones en el busto. La sesión de mimos con Teodoro había parado.

— Esos cabrones me lo querían meter al mismo tiempo -chilló Dolores.

— ¡Animales! -exclamó Nazaria.

— Cierren la boca, pendejas -amenazó César–. Váyanse, estamos hastiados de su olor, par de güilas.

Nazaria lo miró indignada, a él y al grupo. Esperó que Teodoro diera un paso al frente para defenderla, pero éste estaba absorto en la luna. *Luce como Alvina*, pensaba.

— Pero... -quiso debatir Nazaria.

— No quiero escucharlas, largo -insistió César.

La chica escupió a los pies del muchacho, acercó a Dolores hacia ella y juntas partieron furiosas.

— Ya verán esos cabrones... -murmuró Nazaria. Dolores se frotó el pecho, ya lo había cubierto.

— Mujeres -expresó con tedio César, luego caminó hacia Teodoro–. ¿Puedes entenderlas? Yo no, se quejan porque no les ponemos atención y cuando lo hacemos se vuelven unas perras locas.

Siento haberte arruinado la noche, seguro que pensabas pasar un buen rato con Nazaria -añadió.

— ¿Nazaria? -preguntó Teodoro.

— La morena tetona, ¿recuerdas? Estuvieron a punto de coger frente a todos hace rato. Vaya que lleva tiempo queriendo meterse en tus pantalones -respondió César.

— Es un fastidio, odio que me muerda los labios, duele -dijo distraído Teodoro. César sonrió.

— Como sea, que siga la diversión -comentó éste, dio un trago a la cerveza y giró hacia los muchachos–. ¡La noche es nuestra! -gritó. Todos le imitaron, incluso Rubén que tenía la frente empapada de sangre.

Sin más quejas alrededor, el jolgorio volvió a arder, tornándose aún más violento. Por horas, hubo alaridos. Teodoro intentó unirse al campo de batalla, pero la luz nocturna le adormeció. Al sentir el viento húmedo, acariciándole el cabello, supo que una tormenta se acercaba.

Pasada la medianoche, se oyeron sirenas. No sólo los vecinos habían alertado a las autoridades, sino también Nazaria y Dolores.

— Son esos cerdos –musitó Manuel, recostado en el piso junto a Rubén. Ambos olían a vómito.

— ¡Que se los metan por el culo! –bramó César con una torpe dicción. Estaba ebrio.

Teodoro observó las luces acercándose. Sin deseos de enfrentarse a los tipos de la comisaría se puso de pie, estaba en sus cinco sentidos gracias a que sólo había bebido la mitad de una cerveza.

El humo de las pequeñas hogueras se desvaneció al igual que algunos de los presentes. La juerga había acabado. Teodoro pasó por los desechos estomacales de Rubén y los otros. Se movió entre los cuerpos dispersos por el suelo y, tomando el camino paralelo al estacionamiento, se esfumó. En el momento en que el hogar Sayas se levantó ante él, César y siete chicos más eran puestos bajo arresto.

IV

Al llegar Teodoro, Alvina escuchó sus pasos, creando con ellos las melodías usuales en su cabeza. La joven había entrado en la cama desde temprano; sin embargo, seguía alerta como una lechuza. Cuando percibió que Teodoro se preparaba para dormir, el cuerpo se le relajó y por fin se sintió lista para descansar. Los párpados se le cerraron como persianas y las piernas se extendieron bajo el edredón durazno. Deseó soñar con él, viajar en aviones de papel o cruzar el mundo tomada de su mano. Las imágenes la empezaron a perder dentro de su cabeza...

El viento sopló con supremacía afuera, bramando como una bestia furiosa.

Un golpeteo en la ventana interrumpió el somnífero viaje de Alvina, haciéndola abrir los ojos bruscamente.

Ángel... Escuchó la chica.

La misma voz en el bosque le habló desde el exterior de su casa. Los cristales de la ventana vibraron; pensó en cubrirse la cabeza con las sábanas, no obstante, algo le dijo que eso no acabaría con el desasosiego.

Ángel...

Los llamados no se detuvieron, algo o alguien la quería mirando hacia la calle. Sin otra opción, y motivada por la momentánea esperanza de que fuera su tío, dejó la cama y avanzó en la penumbra de su habitación. Con temor, corrió la tela y descubrió el vidrio; afuera el concreto se iluminaba con la enferma luminiscencia del faro. Los árboles se mecían, decididos a soportar la primera tormenta del año.

¿Tío Ricky? ¿Un fantasma?, se preguntó Alvina, notando una figura en medio de la vía pública, observándola. A pesar de que la luz estaba sobre el cuerpo (y que su vista mejoraba en la noche), no pudo verle con claridad. Se encontraba inerte, erguido como un vigía entre las sombras.

La chica sintió miedo en el momento en que no oyó más al

viento. Parecía como si las fuerzas de la naturaleza hubiesen huido al detectar el peligro en aquel ser. Su respiración se aceleró, la figura empezó a caminar hacia la casa. Minutos después, la puerta principal se abrió, dándole el paso al extraño. Alvina se angustió al no advertir respuesta de su familia. Con incredulidad, se dio cuenta de que sólo ella escuchaba aquello.
Diez pasos de la puerta al umbral de la cocina. Otros diez de regreso a la sala.

Silencio.

La secuencia fue idéntica a la de Teodoro, supo aterrada que no se trataba de él.

Las pisadas fueron lentas, penetrando el linóleo como taladro. Cuando creyó que todo había terminado, la escalera empezó a agitarse, luego el pasillo. El intruso se detuvo en su puerta, provocándole un pánico insoportable. En el instante en que la perilla comenzó a girar, un gran estruendo eléctrico irrumpió en el cielo. Alvina despertó encontrándose con unos ojos delante de ella, quiso gritar, pero una mano se posicionó sobre su boca.

— Shh... Tranquila, soy yo, creo que estabas teniendo una pesadilla –*una voz familiar, Teddy*, pensó aliviada–. Cuando venía para acá, temí que sería una noche llena de truenos y relámpagos. Siempre... me han parecido un fastidio –*les temo, les temo mucho*, pensó–, consideré ir con Agustín, pero no soy marica. Así que sólo me quedas tú, sé que quizá creas que soy un fantasma... –dijo Teodoro, y luego notó que los ojos de la chica por fin parecían detectarlo–. Me ves –expresó alegre y liberó los labios de Alvina.

— Teddy... –susurró ella.

— Sí, soy yo, ¡estás bien de la cabeza otra vez! –comentó animado Teodoro. Alvina se regocijó en esa inocencia que no le hacía comprender al muchacho la complejidad de las personas.

Estoy bien, no dejé de verte ni oírte. Me heriste, por eso huía de ti... pero no importa, no fue tu culpa, quiso decirle Alvina.

— A mí tampoco me gustan las tormentas -dijo la joven. Su frente estaba humedecida por los malos sueños. Teodoro la miró con sus ojos ámbar, levantó el edredón y sin pedirle permiso se acomodó a su lado, dándole la espalda. Alvina se estremeció, suspiró nerviosa y se mantuvo inmóvil con parte del brazo rozándole el dorso. Presa del afán, sintió los glúteos del chico contra su muslo, el prohibido sobo amenazó con consumir su sensatez.

Absorta, siguió boca arriba, perdida en un cosmos inagotable. Cuando percibió una hipnótica respiración, supo que Teodoro dormía cual niño pequeño, y con un leve movimiento giró hacia él, clavándole la nariz para olfatear su aroma; no olía a nada *más que a él, a Teddy*, pensó. Sonrió al apropiarse de la fragancia y le deslizó los dedos por la nuca.

Un segundo trueno hizo temblar la habitación. El muchacho se quejó entre sueños. Alvina le dio un suave beso en el brazo desnudo y restregó su mejilla contra él. Fantaseó con el lecho flotando sobre el arroyo del bosque. Jazmines cayendo del techo y luciérnagas alumbrando sus figuras. El cabello se le diseminó por la almohada, creando una sublime y blanca cascada, digna de adornar las inmediaciones del hogar de Circe, la homérica hechicera.

Con la calidez del chico en su rostro, Alvina disfrutó del mejor descanso que había tenido en sus dieciséis años de vida terrenal.

CAPÍTULO DOS

CÓMPLICES

I

Las puertas del grisáceo autobús se abrieron, recibiendo en su interior a los estudiantes que huían de la lluvia. Lorenzo llevaba años conduciendo el vehículo de la preparatoria regional, en cuyo destartalado armazón había visto pasar cientos de rostros, a algunos aún se los topaba después de graduarse, otros desaparecían. La única universidad cercana a Tala era incapaz de ofrecer las oportunidades necesarias para poder aspirar a algo más allá de sus límites, por lo que la mayoría de los chicos huían para no volver. Él lo había pensado cuando joven, no obstante, su vida estaba ahí, sabía que moriría y sería enterrado en el viejo cementerio del pueblo. Como chofer, su jornada laboral no era extensa: recogía a los alumnos por la mañana, esperaba a que las clases terminaran y luego los devolvía a sus hogares por la tarde. Si Miriam no le pedía llevarla a ofrecer sus empanadas, estaba en casa alrededor de las cinco. De otra forma, podía pasarse el día entero conduciendo; sin embargo, eso no significaba una molestia para él. Sin hermanos, padres o algún otro pariente, Lorenzo Sayas vivía y se debía sólo a su esposa e hijos.

— La lluvia nos ha sorprendido con su impecable puntualidad –dijo el hombre. Los muchachos se apresuraron a entrar, ignorándolo como de costumbre.

— Qué hay, papá –expresó Agustín al subir en el autobús.

— Guso, ¿qué tal la escuela? –preguntó Lorenzo.

— Ya sabes... lo usual –contestó su hijo, listo para acomodarse en el asiento de siempre, Lorenzo lo detuvo.

—Trata de evitar el fondo, el techo está goteando un poco –le dijo el hombre en voz baja.

Agustín asintió. Le sonrió a su padre y se sentó en medio del autobús. El chico hablaba poco, pero llevaba una relación cordial con su familia. Siempre había apoyado a su padre en todo, pero cuando se trataba de asuntos sobre mecánica era un desastre. Agradecía que Teodoro hubiese llegado para hacerse cargo de eso. Él estaba acostumbrado a usar sus manos en otras cosas. Cuando tenía una hoja en blanco delante creaba todo tipo de imágenes: retratos, paisajes, naturaleza muerta e innumerables trazos surrealistas. Las lecciones de dibujo por las tardes le habían ayudado a mejorar su técnica; a pesar de eso, empezaban a ser insuficientes.

De no ser por el señor Horace, los cursos gratis, en la casa de la cultura del pueblo, serían completamente inútiles, pensaba Agustín. Su profesor, el señor Horace, había notado su talento desde el momento en que capturó con una crudeza impresionante el rostro de la mujer que posaba para la clase. Las líneas parecían salirse del papel gracias a la vida que les trasmitía el grafito. Guardián de las artes y sus dignos exponentes, Horace ponía atención en el avance del joven e intentaba ayudarlo lo más que podía, volviéndose su cómplice. No obstante, los recursos a su mano eran limitados, la pensión que recibía cubría lo necesario y sólo contados caprichos para alguien de su edad. Agustín sabía que tendría que arreglárselas para conseguir dinero si quería seguir adelante con sus planes.

—Sé que tienes la destreza para entrar a la Facultad de Artes, pero necesitas engrosar tu portafolio, prueba con la figura humana, su anatomía, eso le fascina al consejo que se encarga de procesar las solicitudes de ingreso, además te ayudará en el examen de aptitudes –le había dicho Horace Carbonell, un hombre de madre italiana y padre mexicano, cuyo historial incluía años como catedrático en la Facultad de Bellas Artes de la Universidad Nacional de La Plata, en Argentina; y la Academia de Bellas Artes de Brera, en Italia. Agustín le había preguntado cómo fue que, con un pasado como el suyo, había terminado en un lugar como Tala, alejado de la urbe de la ge- nialidad y el talento.

— Hay lugares llenos de magia, no es fácil encontrarlos, pero cuando lo haces debes aferrarte a ellos con todas tus fuerzas. Además, los genios se dan en donde sea, mírate a ti –le había respondido Horace. Agustín no percibía Tala de la forma que su maestro lo hacía, pero agradecía la fortuna de residir ahí. De no haberlo conocido, quizá su propio destino no hubiese estado tan claro como en ese instante de su vida.

Luego de que el vehículo arrancó, las voces empezaron a atiborrar su interior. Las quejas sobre los profesores y los rumores acerca de los problemas en el estacionamiento fueron el tema de conversación durante todo el trayecto. Lorenzo estaba acostumbrado a poner la música de “Los pasteles verdes” para amenizar la ruta, pero ese día prefirió escuchar las gotas de lluvia golpeando el acero laminado.

— No fue tan malo como todos piensan, ¿ves esto? Me lo hizo uno de los hombres de la celda –comentó César mostrando un garabato en su hombro a un grupo de muchachos. Ya todos en el bachillerato sabían la historia de cómo él, Rubén, Manuel y otros cinco más habían pasado una noche entera detenidos por el alboroto ocasionado en la parte posterior de la vieja fábrica de jabón. Ese miércoles habían vuelto a poner un pie en la escuela desde que salieron bajo fianza–. Rubén fue un maricón chuparrosas, no quiso sentir la aguja en su delicada piel.

— ¿Bromeas? Tuve suficiente con la cosida que me dieron en la cabeza gracias a tu puta puntería –dijo Rubén.

— Deja de quejarte, si tienes algún reclamo que hacer, dirígete con Dolores. Estoy seguro de que ella y la otra imbécil fueron las que dieron aviso a los cerdos –respondió César mirando a Nazaria y a Dolores, después puso su atención en Agustín, que estaba cuatro asientos detrás de él–. ¡Agustín! ¿Sabes si Teodoro estará en casa?

— ¿Me ves cara de su puta nana? -respondió el hermano de Alvina, provocando una burla al unísono dentro del autobús.

— Pedazo de... -murmuró César, listo para irse hacia él.

— ¡Primera parada! -gritó Lorenzo oportunamente. El vehículo se detuvo y abrió sus puertas.

— Ignora a ese cagón, está tan loco como su familia -le dijo Manuel a César, y enseguida él, al igual que todos sus compinches, abandonaron sus asientos sin demora. Luego, César les siguió, no sin antes mostrarle el dedo medio a Agustín. César podía parecer intimidante, *pero no era más que una estúpida percha*, decía siempre el chico a su hermana.

Lorenzo miró por el retrovisor a su hijo y continuó con el camino por las calles de Tala. Hizo sus paradas regulares y al final de su ruta tomó hacia Laurel, donde seguramente su esposa ya esperaba por él. En ese punto, todos los chicos ya habían bajado del vehículo. Sólo quedaba Agustín, que observaba reminiscentes gotas de agua escurriendo por la ventana. La lluvia se había detenido, pero el cielo seguía gris. Cuando Lorenzo aparcó frente a su casa, esperó a que el muchacho caminara hacia adelante para interceptarlo.

— Hijo -llamó Lorenzo.

— ¿Sí? -preguntó Agustín.

— Teodoro no es como esos chicos, ¿verdad? Ellos son una porquería, no me agradan -dijo pensativo Lorenzo. Agustín calló unos segundos.

— No, no lo es -respondió, provocando una leve calma en su padre, y bajó del autobús.

— ¡Avísale a tu madre que la espero! -gritó Lorenzo. Su hijo levantó la mano en señal de afirmación.

Dentro, Miriam ya aguardaba con la canasta colgando de su brazo y una mascada de azulejos vigorosos atada a la cabeza.

—Papá... -quiso decir Agustín.

—Sí, cariño, ya vi el autobús. Deséame suerte -dijo la mujer sin dejar que el muchacho acabara la frase–. Cuida de tu hermana y Teddy –añadió y lo besó en la frente. Luego salió apurada. Con la partida de su madre, la casa quedó en silencio.

— Claro. Suerte, mamá -dijo Agustín al vacío y, no haciendo caso omiso a los llamados de su estómago, fue a la cocina para comer del guiso sobre la estufa. Al terminar, lavó su plato y subió hasta la segunda planta, dirigiéndose de inmediato a su habitación. Se quitó la ropa húmeda y la reemplazó con una playera holgada, de un amarillo desgastado, junto a un pantalón de franela.

En el instante en que sacaba los artículos de su mochila, Teodoro apareció por la puerta.

— Hagámoslo rápido, pienso pasar el día con César y los demás en el bosque –comentó Teodoro y empezó a desvestirse.

II

Con un día tan lluvioso como aquél, Alvina creyó que tendría que posponer su excursión; sin embargo, poco antes de que su her- mano arribara, el aguacero se detuvo. Animada por el cambio en el cielo, se sintió en posición de continuar con su itinerario. Se acomodó el sombrero de flores sobre su nívea melena y salió sigilosa –no sin antes cubrirse de pies a cabeza con bloqueador solar, había aprendido que aun con gris en el firmamento su piel podía quemarse– para tomar el autobús. Al aparecer éste en lo alto de la calle, Alvina le hizo una seña con la mano. El vehículo se detuvo y ella lo abordó entusiasmada. Dentro, todos los pasajeros la vieron con curiosidad, nadie en el pueblo terminaba de familiarizarse con su apariencia.

— Mira, mamá, qué graciosa se ve –dijo un niño. Alvina le saludó, pero la mujer que cuidaba del pequeño evitó que éste respondiera el gesto. Repudiada, la joven ocupó su lugar al fondo.

El viaje fue solitario. Todas las personas conversaron con alguien a su lado, mientras que ella, acostumbrada a hacerlo con su propia vida, se limitó a observar el paisaje corriendo por la ventana. Cuarenta kilómetros después, el viejo transporte, que recorría el este del pueblo, la dejó no muy lejos de la entrada al bosque, facilitándole el trayecto inicial, cuya cuesta repleta de hierba seca se presentaba como un espacio lleno de trampas, en donde alimañas aguardaban por atrapar tobillos con sus mandíbulas y hordas de latas a causar heridas punzocortantes con sus bordes delicadamente afilados. Sin tener que atravesar ese campo minado, Alvina se internó de inmediato en la floresta, sintiendo su paso más cómodo que la última vez. Los *jeans* de corte alto la protegieron de rasguños y raspones; su cabello trenzado huyó de las ramas; y una blusa ceñida, de manga larga, se encargó de alejar el sol legañoso de sus muñecas, siendo éstas la parte de su cuerpo que se tornaba roja con mayor facilidad. Encaminada, creyó conveniente iniciar cerca del arroyo, pero luego decidió ir al centro del arbolado, justo donde había perdido de vista al prófugo, aunque ese sitio estaba retirado no temió perderse, el sonido del agua siempre mostraba el camino de regreso. Con el cauce henchido por la lluvia sería imposible no oírlo.

Los llamados que la naturaleza produce son enigmáticos, pero quizá no tanto como la razón por la que recorro el bosque en este instante, pensó la chica.

El aguacero de hacía unas horas no sólo había avivado el arroyo, sino que también había creado una atmósfera melancólica en los alrededores, formando cunas de agua sobre las hojas y provocando que los árboles dejaran caer partículas blanquecinas de sus follajes. Ante tal escenario, Alvina sintió que estaba en un bosque encantado, por lo que pausó su andar, extendió los brazos, cerró los ojos y dio vueltas lentamente, buscando impregnarse del misticismo del lugar; imaginó que portaba un vestido iridiscente, brillante, y que llevaba el cabe- llo suelto, diseminado en caireles con aroma a laca. Inmersa en la fantasía, se convenció a sí misma de que era Titania, la reina de las hadas.

Unos cuantos pajarillos entonaron versos consagrados en el lenguaje de las aves y minúsculos saltamontes se abrieron paso a los pies de Alvina.

Aquello fue mágico, puro.

Diamantes olvidados.

Su propia voz resonó, las vueltas y las ilusiones se detuvieron. Supo que debía darse prisa o se quedaría sin tiempo para inspeccionar la zona.

El vestido tornasol desapareció y su cabello se trenzó otra vez. Lista para volver al camino, dio pequeños saltos en el césped, esparció el rocío de las plantas que quedaban a su alcance y anduvo, bajo la luz filtrada por el verdor de los pinos, por varios minutos como una ninfa juguetona, hasta que reconoció un encino. Su corteza estaba desgastada y botellas vacías aguardaban junto a las raíces, siendo cubiertas casi en su totalidad por el pasto. Alvina se congratuló de llegar a su destino y al mismo tiempo lamentó romper la promesa que le hizo a su hermano.

Agustín no lo entiende, algo pasa con el tío Ricky... *algo quiere decirme. Él no puede ser quien me acosó en sueños. Él está por ahí, en algún lugar esperando por mi ayuda,* pensó Alvina. Para su desgracia, el árbol fue el único presente. Ricardo, o quien estuviera tratando de comunicarse con ella, debía de estar jugando a algo que no terminaba de descifrar.

Cansada, se recargó contra el tronco y miró los frascos: ya no sólo parecían diamantes olvidados, sino también hongos de cristal brotando de la tierra.

— ¿Ustedes pueden ayudarme? Si han visto a mi tío me lo podrían susurrar para que nadie se dé cuenta de que pueden hablarles dijo la joven. Éstos enmudecieron, mas, cuando la desilusión empezaba a atacar a Alvina, cierto reflejo naranja hizo que levantara la mirada–. Qué extraño retoño... –dijo y, analizando cuidadosamente, notó, no muy lejos de ahí, un trozo de tela colgando de un arbusto. La chica se impulsó hacia adelante y lo cogió: era el mismo material del pantalón de Ricardo. El hallazgo la hizo estallar de felicidad–. ¡No estaba equivocada! –gritó, apretó el pedazo de tela y, con más determinación que la que tuvo al inicio de su expedición, fijó una nueva ruta. Un crujido entre el matorral la alarmó, luego unas voces a lo lejos resonaron. Los pajarillos revolotearon al detectar el sonido.

De la maleza apareció una joven.

— No te espantes, no te haré daño –advirtió ella. Tenía el cabello lleno de hojas. Había estado espiando a Alvina desde su llegada–. Creí que estaba alucinando. Pareces un espíritu del bosque, no una chica. Me di cuenta cuando entraste por la ladera, pero supuse que si te tomaba por sorpresa saldrías huyendo. He escuchado que este lugar no tiene muy buena reputación.

Alvina la observó insegura.

— Hay gnomos –respondió la alba muchacha. La joven se acercó a ella.

— ¿Qué cosa es un gnomo? –preguntó divertida. El iris de Alvina brilló con la opaca luz del sol–. Tus ojos... –expresó maravillada, no por el temblor horizontal de éstos, sino por lo majestuoso de su gama– tu piel, tu cabello; eres aún más sorprendente de lo que imaginé.

Alvina se vio en los iris turquesa de la joven, luego le notó la melena de fuego.

— El tuyo... debes de estar enamorada intensamente para que tenga ese color tan vibrante –le dijo a la pelirroja.

— Y además eres perspicaz –rio la chica–. No es que lo esté realmente, pero digamos que nunca carezco de pasión en mi vida.

No pensé que ese tipo de secretos fueran descubiertos por la tonalidad del cabello.

— Yo pronto encontraré un rojo tan intenso que me teñirá por completo y transformará mi corazón en un rubí. Teddy... –dijo Alvina a aquella desconocida. Los ecos lejanos interrumpieron su encuentro.

— ¿Teddy...? –preguntó la pelirroja.

— Es él –añadió Alvina con los ojos abiertos ampliamente y huyó del sitio, tratando de seguir los múltiples sonidos dispersos en la maleza. Si su tío la llamaba no debía hacerlo esperar.

— ¡Aguarda! ¡Ni siquiera sé tu nombre! –exclamó la pelirroja y fue tras Alvina.

Con la mano sobre el sombrero, Alvina trotó veloz, primero tomó el este, luego las voces y la resonancia del agua la llevaron por el oeste. Escuchó zancadas, ramas rompiéndose. Antes de darse cuenta, las voces se aclararon, había llegado hasta el arroyo, donde un grupo de muchachos retozaba. La presencia de Ricardo fue nula. En su lugar, Alvina distinguió a César, Rubén, Manuel y al alto con acné. La cuadrilla principal del estacionamiento estaba ahí, nadando en calzoncillos. Al observarlos, los cuerpos le causaron curiosidad, eran delgados como espantapájaros, otros anchos y llenos de vello. Las costillas de Rubén sobresalían con exageración y Manuel tenía una gran cicatriz en la espalda. César poseía piernas tan largas como jabalinas y sus marchitos músculos se marcaban cada vez que intentaba arrojar a uno de sus compañeros al agua. En pleno reconocimiento, Alvina se estremeció al notar una presencia familiar: Teodoro bajaba por una cuesta anunciando su arribo con aullidos. En el transcurso se despojó de la ropa y se zambulló en el agua. César celebró su magistral clavado. Los otros se miraron incómodos entre sí.

—Llegas tarde, percha –dijo César. Alvina se sintió confundida al escucharlo llamando de esa forma a Teodoro. Parecía que el término que su hermano les atribuyó para insultarles a sus espaldas, lo habían adoptado como parte de su camaradería.

—¡Percha! –exclamó divertido Teodoro. Se alzó e intentó montar a César para hundirlo. El jugueteo llamó a todos los presentes, que olvidaron por unos segundos el peligro de estar con alguien cercano a la pálida de Tala.

Alvina quedó prendida de la escena con los jóvenes semidesnudos.

En el momento en que Teodoro salió del agua con el cuerpo empapado, Alvina se ruborizó. Se sintió culpable al espiarle y retrocedió golpeando un árbol, *quizá*, pensó. Pero un gemido surgió del choque.

—Te mueves rápido, creí que no te alcanzaría –la joven de cabello cobrizo, piel rosácea y una figura adornada con diversas curvas reapareció ante su vista jadeando. Vestía un conjunto de mezclilla y una playera roja que exaltaba su busto. Poseía una mirada fría, parte de ella parecía estática–. ¿Se puede saber a quién tratabas de alcanzar? –preguntó agitada.

—Mi tío, creí que me llamaba de nuevo –dijo Alvina.

—¿Es una especie de guardabosques? –preguntó la pelirroja.

—Es un viajero, la última vez que lo vi fue aquí en el campo –respondió Alvina. Ya había descartado que el fantasma de la noche lluviosa fuera Ricardo.

—¿Sabes? Yo vivo no muy lejos del sitio donde te encontré, quizá si me dices más de él… tengo buena memoria con los tipos, ¿luce como tú? –preguntó la joven, y enseguida notó el espectáculo a espaldas de Alvina–. ¡Vaya! Pero qué tenemos aquí… Niña, parece que he descubierto tu secreta afición, ¿sueles acechar con frecuencia a las personas en sus momentos íntimos? –cuestionó burlona. Alvina se sintió culpada por un crimen que no había cometido a conciencia, luego recordó haber espiado a una pareja desde su ventana.

Quizá no soy inocente del todo, se dijo Alvina. Muy en el fondo, había disfrutado ver el éxtasis surgiendo de ese par, el rostro de la pelirroja irradiando deseo estaba muy presente en su memoria. *¡La pelirroja!*, pensó inmediatamente.

—¡Eres tú! –dijo Alvina.

—Con sólo verlos puedo adivinar que todos son unos haraganes, pero debo decir que ése de ahí es muy mono –comentó la pelirroja al observar a Teodoro, luego volvió a Alvina–. ¿Dijiste algo?

— Te vi desde mi ventana, estabas con un muchacho –le dijo Alvina.

— Linda, he estado con varios desde mi llegada a este pueblo –se burló la pelirroja.

— Lo abandonaste, él te besó justo aquí –contó Alvina tocándose el pecho–. Su nombre era Daniel.

— ¡Ah, te refieres a ese pendejito! Pues sí, vaya que tenía pensado pasar la noche con él sin pedirle nada a cambio. Sus labios eran increíbles, acariciaba como un experto… –respondió la chica recordando esa cálida noche de mayo. Llevaba sólo un día en Tala cuando lo conoció. Daniel, el joven jornalero que se ocupaba de cuidar los cultivos de papa de don Urtimio Flores, estaba lleno de vida y tan solitario que su necesidad de amar la había llamado–. Pero después empezó a comportarse como todos los demás y el deseo se fue a la mierda. Además, creo que algo nos interrumpió –añadió pensativa–. No importa. Y dime, ¿qué te pareció la función? –preguntó. Alvina se ruborizó–. Tranquila, husmear un poco no lastima a nadie. ¿Ves a esos cabrones? No hay uno solo que pierda el brazo o tenga convulsiones sólo porque les observamos; es un acto común, curio- sidad humana.

— Bueno... sí, parecen estar bien –dijo Alvina–. Quizás debería continuar, aún tengo que regresar a casa antes de que mi papá y mi mamá lo hagan.

— ¿De qué hablas? No pensarás huir otra vez –refunfuñó la pelirroja, no estaba dispuesta a dejar ir a esa chica tan peculiar–. ¿Fue algo que dije? –preguntó y enseguida lo descubrió–. Espera, es por ellos... uno de esos chiquillos te gusta, lo veo en tu rostro –Alvina guardó silencio–. ¡Por Dios y la Virgen que tengo razón! Espera aquí, les daremos una sorpresa.

— ¡¿Qué?! No... ¡Detente! –pidió Alvina.

La pelirroja se movió con rapidez a través de las ramas y, con cuidado, se dirigió hasta donde estaba regada la ropa de los muchachos, cogiéndola; después subió a uno de los árboles que daban sombra al arroyo y agitó sus brazos.

— ¡Hey, idiotas! ¡Son un montón de desvergonzados! –exclamó la sagaz chica de cabellos encendidos y arrojó las prendas al agua. El rostro de Rubén quedó cubierto con un pantalón y los zapatos de César golpearon en el hombro a Manuel. Todos buscaron esconder su media desnudez frente a la chica mientras nadaban hasta sus ropas. Las carcajadas femeninas no se hicieron esperar, como si fuera un chimpancé, la pelirroja se estremeció de risa sobre el árbol.

Teodoro salió sin pena alguna del arroyo vistiendo sólo los calzoncillos.

— ¡Tendrás que mejorar tu puntería para la próxima! ¡No me has dado ni una sola vez! –gritó el muchacho.

— ¿Ah, sí? Ya lo veremos, primor –le respondió la joven y bajó del árbol. Alvina salió de entre la maleza para evitar que la pelirroja se acercara hasta él.

— Vins, ¿qué haces aquí? –preguntó Teodoro. Alvina desvió la mirada para no inspeccionarle el cuerpo. Del otro lado, los chicos se vistieron con rapidez.

Un hocicón, veo por qué atrae a la chica, los tipos como él nunca pasan desapercibidos, pensó la pelirroja.

— ¡Ted, manda a la chingada a esas dos! –gritó César. La joven le respondió con una seña obscena.

— El tío Ricky necesita mi ayuda, por eso vine a buscarlo –contó Alvina. Teodoro caminó hasta ella.

— La última vez que vi a tu tío era... hombre, no sabía que le habían salido tetas –le susurró el muchacho. Alvina notó que miraba a la intrusa de cabello cobrizo.

— ¿Te gusta lo que ves, niño? –preguntó la pelirroja.

— Ella no... ella surgió de los árboles, creo que puede estar planeando algo con los gnomos –dijo Alvina y tomó del brazo a Teodoro. El contacto con la piel húmeda la hizo vibrar.

— Nah, a mí me parece confiable –dijo el chico.

— ¿Tú crees? –preguntó Alvina.

— Los gnomos son unos cabrones espantosos, ella es linda –respondió Teodoro y, sin corresponder la caricia de Alvina, avanzó hasta la pelirroja–. Soy Teodoro, no soy de por aquí, vengo de lejos. Si quieres saberlo, soy un aventurero.

— Un gusto, mi señor –dijo burlona la pelirroja e hizo una reverencia.

— ¡Vas a venir o te quedarás conversando con esas caras de culo! –gritó César.

— ¡Que te den, pendejo! –exclamó la pelirroja.

— ¡Mejor los veo luego! –respondió Teodoro. Y sin mirarles,

agitó la mano para que se retiraran. César gruñó y partió del lugar acompañado de sus tres amigos.

—Veo que ustedes dos se conocen –dijo la pelirroja.

—Teddy vive en mi casa –aclaró Alvina.

—Eso es estupendo, qué lindo es ver a una joven pareja tan enamorada –dijo la chica.

— Vins y yo no somos una pareja –rio Teodoro. Alvina se estremeció. Su aún convaleciente corazón se contrajo.

—¿Vins? –preguntó la pelirroja.

—Alvina, mi nombre es Alvina –le contestó ésta a la chica.

—Claro, Alvina –dijo la joven observándola con interés.

— El día que quieras puedes ir a visitarnos, te mostraré cómo llegar –comentó Teodoro intentando recuperar la atención de la pelirroja.

— De hecho... estaba a punto de aceptar la invitación de Alvina para convertirme en cómplice de su búsqueda. Prometió traerme una foto de su tío para saber si lo he visto por aquí –dijo la chica. Se acercó hasta Alvina y la rodeó con el brazo, luego le recargó su barbilla en el hombro–. ¿No es así, linda?

—Sí –respondió Alvina, a pesar de que ni la mitad de lo que dijo la pelirroja fue verdad.

—Por cierto, niño, deberías ponerte los pantalones, parece que tienes frío –comentó sarcástica la intrusa. Las prendas de Teodoro flotaban como lirios sobre el agua–. Bonita, ¿por qué no vuelves mañana al lugar en donde nos encontramos? Así podremos ponernos manos a la obra con el asunto de tu tío, Irene te ayudará –le dijo a Alvina. Se alejó de ella y caminó seductoramente al lado de Teodoro. El viento sopló fuerte sacudiéndole la melena encendida como un arbusto en llamas. Alvina se sostuvo el sombrero para evitar que volara por los aires. Irene volteó hacia los chicos y les guiñó un ojo, después se perdió entre los matorrales.

Irene..., pensó Teodoro.

—Creo que la lluvia podría regresar –dijo Alvina.

— Sí, debería vestirme -balbuceó perplejo Teodoro.

— La ropa está empapada -dijo la joven. Teodoro seguía mi- rando el lugar donde Irene había desaparecido-. Pescarás un catarro si te la pones así.

— No -dijo Teodoro.

— ¿No? ¿Teddy? -preguntó Alvina, suspiró y, sin aguardar respuesta del chico, se dirigió al arroyo. Mientras los sesos de éste ardían por la lujuria, ella se ocupó de rescatar, una a una, sus prendas. *QUÉ MUJER... ¡PERO QUÉ MUJER!*, gritó Teodoro excitado en su mente. *Le gusté, claro que sí. La vi fisgoneando mi cuerpo, no hay duda.*

— Algo del sol aún brilla... -murmuró para sí Alvina-. ¡Puede que logren secarse antes de que anochezca! -exclamó, sacando de la hipnosis a Teodoro.

Debo hallarla, ¿cómo...? ¿Eh? ¿Secar? *¿Qué?*, se cuestionó el chico y, agitando la cabeza a los lados, notó a sus espaldas a Alvina exprimiendo y zarandeando su ropa en el aire.

— ¡Oye! No tienes por qué hacerlo, ya antes he ido por ahí mojado -expresó Teodoro yendo hasta ella.

— Quiero hacerlo -dijo con una sonrisa Alvina-, y no intentes convencerme de lo contrario.

— En serio, Vins... -insistió Teodoro.

— No, no y no -dijo la chica.

— Pero...

— No.

— Vaya que eres testaruda -bufó Teodoro-. De verdad que no entiendo a las chicas -añadió confundido.

— Tú siéntate y espera -ordenó Alvina.

— ¿Esperar? -cuestionó Teodoro.

— Tal como lo oyes -dijo Alvina.

— Qué divertido, esperar y esperar... -masculló Teodoro y enseguida su rostro se iluminó-. ¡Eso mismo! Tú espera, tengo una idea -comentó animado y corrió hacia la maleza. Alvina temió que fuera tras Irene, pero unos momentos después regresó solo–. Mira lo que te he traído –dijo y abrió la mano revelando un agreste puñado de bayas.

— ¿Y eso? –preguntó Alvina.

— Son para ti. Es una especie de pago, ojalá te gusten ya que no tengo con que agradecerte todo lo que haces por mí. Ten, prueba una –Teodoro cogió entre sus dedos uno de los frutos y lo acercó hasta la boca de Alvina–. Come –ordenó, ella lo miró retraída–. No tienes por qué temer, me he asegurado de que no sean venenosas –añadió, y ella, con un éxtasis que se desbordaba al igual que lo haría el jugo de las bayas por la comisura de sus labios, terminó por aceptar el bocado, moliendo trémulamente la ofrenda del muchacho–. A que están deliciosas.

— Las mejores que haya probado –dijo Alvina.

— ¡Lo sabía! Ahora es mi turno, dame una –pidió Teodoro.

— ¿Yo? –preguntó la chica.

— ¿Quién más, Vins? Vamos, aliméntame como si fuera un bebé –bromeó Teodoro.

Alvina quedó prendida de la espontánea situación y obedeció, titubeante, repitiendo la acción del joven. Al hacerlo, sus yemas le rozaron por unos segundos los labios.

— Sí... deliciosas –dijo Teodoro, y se saboreó la silvestre dulzura con los ojos cerrados. Alvina se contuvo para no limpiarle, con la lengua, los rastros que aún le colgaban de la boca–. Me estás mirando, estoy seguro –dijo sin abrir los ojos y con una sonrisa juguetona.

— No puedes saber eso –rio Alvina.

— A que sí –dijo Teodoro, y al revelar sus ojos se topó con que Alvina le entorpecía la vista con la palma de la mano–. ¡Eso es trampa! –gritó divertido, Alvina sonrió ampliamente. La jarana de ambos se combinó con el sonido de las aves, volviendo a sus refugios, y el silbido del viento, que les cobijó en forma de una misteriosa orquesta.

Aquella comilona de bayas se repitió varias veces hasta que

Teodoro se alejó a pocos metros de la joven y le pidió le lanzase frutillas. Alvina accedió y le acertó en la boca en el primer intento. El chico dio maromas para celebrar la proeza, provocando que Alvina no lograra más evitar verle la complexión trigueña.

—¡Victoria! ¡Tiro perfecto! -vociferó Teodoro.

Sin poder resistirse al jugueteo del muchacho, Alvina se incorporó y corrió en el prado lleno de dientes de león sin madurar, buscando unírsele. Su sombrero voló hasta el riachuelo convirtiéndose en una balsa miniatura.

A esa hora, el paisaje de las inmediaciones estaba por aletargarse, siendo incapaz ya de provocar dicha; sin embargo, las risas de Alvina y Teodoro estallaron como luces de bengala, prolongándose deleitosamente como si dos niños gozaran en un parque de diversiones. Cuando Teodoro se pudo vestir, retó a una carrera a la chica y el regocijo se extendió aun más allá del bosque. Al ponerse el sol, ambos viajaban en el autobús rumbo a casa. Alvina, con el sombrero húmedo, el cabello desordenado y la ropa llena de polvo, tomó la mano de Teodoro y luego recargó la cabeza en su hombro. El chico no tuvo respuesta alguna, seguía absorto pensando en Irene, mientras que su compañera pensaba en él.

III

—¿Teddy?

Un suave llamado surgió en medio de la oscuridad.

—¿Teddy? -volvió a preguntar Alvina. El joven no respondió. Teodoro no sólo tenía el mismo nombre de su antiguo oso de felpa, sino que parecía tener su misma función: era un mudo en la cama, al cual por más que se le solicitara respuesta no la daba. Esa noche era la primera, después de varias, que el chico había entrado a su habitación para buscar compañía durante las tormentas, que se atrevía a despertarlo. Cuando Teodoro invadía su lecho, las palabras desaparecían, sólo dormían, sus respiraciones era lo único que se escuchaba. Los momentos a su lado, en plena calma, eran tan placenteros que Alvina no se atrevía a interrumpirlos ni siquiera con el sonido de su propia voz. Temía que en cualquier segundo él se diera cuenta que dormía junto a una chica blancuzca y huyera lejos.

No Teddy, él no haría algo así, pensaba tranquilizándose a sí misma.

Alvina pudo escucharlo exhalando céfiros, pero no hubo señales de que contestaría. El silencio se alargó fatídicamente. Resignada, se dispuso a girar para encontrarse con la nuca del joven –el aroma de sus cabellos dorados le inducían un sueño agradable–, pero al rotar se encontró con que Teodoro no estaba de espaldas (ni dormía), como siempre, sino que tenía el rostro hacia ella, mirándola.

—¿Qué sucede? –preguntó el muchacho.

La chica se desarmó ante sus ojos. Pocas eran las veces que Teodoro la veía fijamente, olvidando todo lo demás y posando su atención sólo en ella.

—¿Dormías? –logró mascullar Alvina.

—Eso trataba –dijo el chico.

—Siento haberte despertado, es sólo...

— ¿Qué? –cuestionó Teodoro. Alvina lo contempló recorriendo cada parte de su rostro. Nunca se cansaba de intentar descifrar el número de sus pestañas, de saber si sus labios eran tan rojos como una ciruela o como las cerezas de su madre; ni de sumergirse en esos ojos color ámbar, tan intrigantes y llenos de misterio. Observándolo, se daba cuenta de que sabía muy poco de él, conocía algunas historias de su hogar, que tuvo un hermano pequeño y unos padres que no le ponían la menor atención; no obstante, eso no era suficiente para ayudarle a comprender el efecto que causaba en ella–. No me gusta que me veas así –añadió.

— Lo siento –dijo la joven, esperando que en cualquier momento su reflejo en los ojos de Teodoro cambiara de mostrar una chica pálida a una morena de cabellos avellana. No sucedió nada. El muchacho se dio la vuelta dándole la espalda, pero un trueno estalló en el cielo disgustando su paz y haciendo que acercara el cuerpo hacia Alvina. En esos instantes era cuando ella podía sentir la fragilidad del chico, se preguntaba constantemente cómo habría sobrevivido a las noches con estruendos y relámpagos antes de conocerla–. Teddy, ¿alguna vez te has enamorado? –cuestionó. Aunque los momentos que pasó junto a él en el bosque la tenían llena de júbilo, las palabras que cruzó con Irene le inquietaban.

— No lo sé, me parece que no. ¿Por qué quieres saberlo? –preguntó Teodoro.

Un silencio, interrumpido sólo por las gotas de lluvia, volvió a aparecer.

— Yo tampoco me he enamorado, pero estoy segura de que el día que lo haga luciré tan bella como Irene. ¿Sabes? Quiero hacerlo de alguien como tú, estoy segura –susurró Alvina; *de ti, siento un intenso rojo por ti, ¿tú lo sientes por mí?*, pensó y situó su mano en el dorso del chico. Temió que en su interior conociera la respuesta a esa pregunta.

INVASORES

I

— Espero que esté soñando despierta con algo sobre la clase, señorita –regañó bromista Miriam. Su formación como educadora, tiempo atrás, le permitía instruir a su hija en los distintos grados académicos desde la comodidad de su hogar.

La mujer había ejercido por años su profesión, incluso a pocos meses de haber dado a luz a Agustín, pero con la llegada de Alvina eso se volvió imposible, los rigurosos cuidados que requería –y el estigma de su condición– la obligaron a quedarse en casa. Agustín había cursado hasta tercero de secundaria con el sistema de su madre, luego optó por lo convencional.

— Las cosas suelen parecer menos complicadas cuando las lees en los libros –respondió Alvina. Frente a ella estaban algunos fragmentos sobre la constitución del país. La propuesta de Irene y su inesperado encuentro con Teodoro en el bosque la tenían distraída. Por las mañanas, sus estudios eran lo más importante, pero con Teodoro y la pelirroja danzando en su mente eso se tornaba difícil.

— ¿Lo dices por esos artículos o por algo en tu vida, pequeña? –preguntó la madre.

— Por nada en especial, siempre me ha parecido así –le dijo Alvina. Miriam se retiró los anteojos y la miró incrédula, nadie conocía mejor a una hija que una madre.

— Cierto muchachito, de cabellos dorados como el sol,

¿tendrá algo que ver con que mi niña esté tan filosófica? En el mundo terrenal le conocen con el nombre de Teodoro –dijo Miriam queriendo sacarle una sonrisa a la chica.

—Mamacita, qué cosas dices –dijo Alvina con sonrojo.

—Teddy es un buen chico. Un poco distraído, pero su corazón es puro, como el tuyo. No habría razón para avergonzarse de sentir algo por un muchacho así –dijo Miriam.

— No se trata de él –respondió la joven meneando la cabeza–, de verdad. –Miriam la observó detenidamente, pretendiendo armar los fragmentos que daban sus pupilas cual rompecabezas, luego se acomodó los lentes sobre la respingada nariz.

— Entendido, le creo señorita Sayas –dijo sonriente Miriam, tratando de ser paciente y esperar hasta que su hija estuviera lista para hablar de Teodoro con ella–. Entonces sigamos con el tema, ¿le parece? –Alvina asintió–. Y bien, ¿cuáles son...? –quiso cuestionar, pero un ligero dolor en la cabeza la afligió.

—¿Mamá? –preguntó Alvina.

—Uff... –exhaló Miriam.

—¿Te sientes bien? –cuestionó preocupada la joven.

— Sí, no pasa nada, mi niña –respondió su madre. Estaba pálida y sudada. La grasa que corría por su sangre llevaba meses entorpeciendo el funcionamiento de sus arterias–. Una pequeña molestia solamente, la humedad de la casa debe de estarme llenando de moho el cerebro –intentó bromear–. Tomaré un poco de agua y verás cómo se resuelve. Termina de leer todo el apartado, quiero un amplio ensayo sobre eso –añadió.

—¿Estás segura? Si quieres puedo prepararte agua de limón –ofreció Alvina.

— Bah, esta vieja puede sola. Tus estudios son más importantes que un simple bochorno mío. Anda, vamos, ojos a las páginas –reprendió cómicamente Miriam. Se puso de pie y fue a la cocina. Nadie en la familia imaginaba la gravedad de su padecer.

Al volver al libro, Alvina notó un leve enrojecimiento en sus nudillos. Las constantes salidas empezaban a dejar evidencias. Esa tarde, antes de partir y de ataviarse con sus protecciones usuales, se cubrió las manos con unos delicados guantes satinados. Ni Lorenzo, ni Miriam o Agustín la habían interrogado, por lo que supuso que Teodoro seguía guardando el secreto sobre sus visitas al exterior.

De regreso en el bosque, Alvina olvidó a los gnomos rondadores, su única intención ese día era llegar hasta Irene para mostrarle la foto de su tío, una en la que aparecía cerca de un caballo, sosteniendo un sombrero de vaquero sobre su cabeza y plenamente sonriente. La imagen había llegado a sus manos en una de las cartas que recibió Miriam. Decía al reverso de la foto:

> Me siento identificado con este chico, su sangre arde. Si lo miras bien a los ojos, podrás ver el mismo arrebato brioso que yo poseo.
>
> Con amor, tu hermano.

Alvina guardaba aquello con la ilusión de que ese "arrebato" que caracterizaba a su tío la contagiara.

Unos minutos de camino y la joven llegó con Irene.

—Puedo darme cuenta de por qué quieres encontrarlo, los hombres así son la causa de que el planeta siga girando alrededor del sol, su energía es abrumadora, la aventura corre por sus venas. También suelen contar las mejores historias –comentó la pelirroja, observando con detenimiento la imagen que Alvina le permitió tener entre sus manos–. Pero no, no lo he visto –añadió y le devolvió con brusquedad el retrato.

—¿Estás segura? –preguntó Alvina.

—Completamente –dijo Irene.

Alvina bajó la mirada, decepcionada de que el encuentro con la pelirroja fuera inútil.

— No pongas esa cara, ahora que sé cómo luce estaré más atenta que nunca. Encontraste un pedazo de su pantalón por aquí, ¿no? –preguntó Irene.

— Sí –respondió Alvina.

— Entonces eso significa que no debe de estar lejos... y que debe necesitar un nuevo par de pantalones –comentó Irene y rio. Las dos jóvenes estaban sentadas sobre un sofá desgastado dentro del remolque de la pelirroja, el cual se hallaba a pocos metros de donde las botellas nacían de la tierra como hongos. Las paredes, corroídas por óxido y decoradas con antiguos carteles de cabaret, crujían por la humedad del bosque; un leve aroma a tabaco inundaba todo el sitio.

— ¿Tú crees? No estoy muy segura de que pueda prestarle unos de Agustín, el tío Ricky es muy alto; en cambio a Teddy le ajustan perfecto, él prefiere vestir los suyos, aunque a mí me agrada verlo con los verde oliva que mi hermano usó en año nuevo –dijo Alvina.

— Te gusta mucho, ¿no es así? –preguntó Irene.

— ¿Te... Teddy? –tartamudeó Alvina.

— Sí, niña, no dejas de nombrarlo ni un segundo –dijo Irene.

— Sí –confesó finalmente con timidez Alvina, algo que no había hecho con su madre.

— No me sorprende, linda. Los cabrones son muy astutos cuando se trata de atraparnos, pueden volvernos locas con sus caricias, engatusarnos con sus promesas; son enigmáticos, recios y frágiles al mismo tiempo. Son complicados, sí, pero muy a su manera. Hacer que muestren su vulnerabilidad es casi un desafío, pero cuando lo logras es algo divino –dijo Irene.

— Él hace que sienta color en mi vida, pero no sé si yo le provoco lo mismo –se lamentó Alvina.

— ¿Hablas de ese rojo que mencionaste cuando te conocí? –preguntó la pelirroja.

— Sí, aunque creo que para que yo luzca normal el rojo debe surgir de los dos –confesó Alvina, intentando hallar una explicación que apaciguara las ansias de comprender por qué, aun cando sentía un intenso rojo dentro, los cambios no se habían manifestado en su apariencia.

—Pues tus mejillas se tornan rosas como las mías con sólo decir su nombre. Eso debe contar –comentó Irene. La historia sobre el color rojo que tanto repetía Alvina le parecía adorable.

—O quizá la tonalidad aún no sea suficiente. El rojo se debilita cuando me hiere. Teddy sabe lastimarme sin siquiera darse cuenta, sus palabras me ayudan a tocar el sol y luego me arrojan hasta el fondo para consumirme en sus llamas –continuó Alvina en busca de una respuesta.

Irene escuchó con atención a la chica, quizá su hogar no era el más cómodo de todos, ni el más lujoso, pero con Alvina ahí parecía un palacio diseñado para resguardar a la figura de marfil más hermosa jamás creada. Perdida en aquellas expresiones de amor, Irene sintió la necesidad de acariciarla.

—¿Por qué él? –preguntó la pelirroja.

—Teddy fue el primero que no temió ser tocado por mí, su piel se siente como seda, es tibio. Si me sumerjo en sus ojos es casi imposible volver a la superficie... no puedo explicarlo –comentó Alvina.

Irene, por fin rendida ante su ternura, elevó la mano dirigiéndola hasta las mejillas de la joven, ésta detuvo sus labios y la miró sorprendida, nadie la había tocado así, nadie con quien no compartie- ra lazos de sangre.

—Él fue el primero al que tocaste con cariño, déjame a mí acariciarte con la mayor ternura que hayas imaginado –expresó Irene y plantó un beso lento en los labios de Alvina. Los rizos de fuego rozaron las albas pestañas de unos ojos plenamente abiertos, y las bocas hicieron acrobacias descoordinadas, reticentes. Irene, sumida en una vorágine en la que levitaban pedazos de mujer y colores tangibles, posó su mano izquierda en el pecho de Alvina y lo apretó con suavidad, provocando que ésta se alejara inmediatamente y dejara los labios invasores sin amparo.

La pelirroja continuó con los ojos cerrados a pesar del abandono, mientras su invitada se puso de pie y salió despavorida del remolque.

II

Alvina no se dio cuenta en qué momento o cómo fue capaz de llegar hasta la carretera. El acto de Irene la había alterado tanto que perdió el sentido del tiempo al avanzar por el bosque a campo traviesa, huyendo de ella. La trenza se le había deshecho completamente –ocasionando que su cabellera le cayera sobre el rostro cual cortinas de lino, cual velo de novia fugitiva del ultraje, de la impertinencia, de una aproximación inaudita hacia su ser– al igual que el gesto de la cara. Estaba estupefacta.

Vergüenza, obscenidad, sofoco.

El desconcierto que sufría Alvina por haber tenido un íntimo episodio con una mujer apagó su lógica y la alejó de la realidad; sin embargo, cuando el autobús apareció a la lejanía, logró agitar, por mera costumbre (puesto que su vista era débil pasando de los tres metros de distancia, le era difícil identificar el número de las rutas, por lo que con el tiempo había aprendido a basarse con destreza en los colores de los vehículos), la mano para interceptarlo. Sintió algunos raspones en los tobillos –durante su tránsito un par de hierbas habían traspasado sus finas calzas–, pero de eso se encargaría cuando estuviera en el interior del autobús, sana y salva.

— Es tarde para que andes por aquí, muchacha –dijo el chofer.

— Eso parece, –respondió la joven–. El sol ha desaparecido por completo.

— Sí, hace ya algo de eso –comentó el hombre notándola

dispersa.

—Hay estrellas... -dijo Alvina mirando al cielo.

—Deberían, ¿por qué no subes y las ves por la ventanilla? Los insectos se darán un banquete contigo si no te das prisa -sugirió el chofer. Todavía tenía un largo camino por delante.

Alvina obedeció silente, no se imaginó que al subir por los escaloncillos Nazaria y Dolores emergerían en los asientos, prestas a desatar vituperios en su contra.

—No puede ser, hemos recogido al espectro de la carretera - musitó Dolores.

—No sé si sentir miedo o asco -respondió Nazaria, y las carcajadas no se hicieron esperar.

En cuanto Alvina avanzó por el pasillo las maliciosas jóvenes intensificaron su burla. La joven trató de no mirarlas, sino avanzar al fondo y ahí aguardar hasta el final del viaje, pero Nazaria se ocupó de arruinar sus intenciones tomándola del brazo y haciendo que se sentara, de un jalón, frente a ella.

—¡Nazaria! Ahora tendrás que lavarte las manos -exclamó Dolores.

La pálida chica miró azorada a la morena.

—Antes salías poco de tu casa, era raro verte asomando tu fea cara o caminando por las calles y ahora mírate, te trepas a un autobús como si nada -le dijo Nazaria.

—Sus ojos me asustan -susurró Dolores a su amiga.

—Es lindo afuera, las flores que trajo la primavera han reverdecido gracias a las lluvias. Teddy dice que no es bueno estar custodiado por cuatro paredes todo el tiempo, que el aire fresco es la mejor medicina para curar cualquier pesar -dijo Alvina.

—¿Teddy te dijo eso? -cuestionó Nazaria.

—Lo debe de estar inventando –dijo Dolores.

— No lo hago, en casa solemos platicar por horas. Él me cuenta muchas historias y me comparte lo que ronda por su mente –confesó Alvina.

—Seguro crees que tienes ventaja porque vives con él, ¿eh? Cerda presumida –dijo Nazaria, claramente disuelta en una infusión de celos y envidia.

—Vaya que lo cree –expresó Dolores.

— Pues para que lo sepas, quizá a César o a mí no nos repugne hablarle al recordar que comparte techo contigo, pero escúchame, todos los demás se asquean. Teddy se está cansando de que la gente lo ignore por ti y tu familia –dijo Nazaria.

— Él nunca ha dicho nada sobre eso. Nos quiere, lo que dices es mentira –respondió Alvina.

— ¿Tú misma te empeñas a tragarte eso? Dime, ¿de verdad piensas que un día te mirará y se dará cuenta de que eres la chica que siempre soñó conocer? Siento decírtelo, pero busca alguien como yo, alguien normal –amedrentó Nazaria.

— Tú lo hartas –dijo Alvina, sin medir las consecuencias de sus palabras. Nazaria se alebrestó contra ella, cogiéndola del cabello.

—¡¿Qué dijiste?! –le reclamó colérica.

—Tú mientes todo el tiempo, lastimas a las personas –balbuceó Alvina intentando lidiar con el dolor en su mollera.

—Escúchame, estúpida, más te vale que cuides lo que dices o tu cabeza terminará debajo de este cacharro –amenazó Nazaria. Alvina gimió.

— En serio, Nazaria, si no dejas de tocarla... –se quejó Dolores. El alboroto atrajo la atención del chofer, quien miró a las jóvenes por el retrovisor. Nazaria puso su vista en el espejo y le sonrió desafiante. El autobús se detuvo lentamente.

—Bien, niñas, aquí termina su viaje –expresó el conductor sin importarle lo que faltaba de camino al pueblo.

—¿Está bromeando? –cuestionó Dolores.

—Dejen en paz a esa pobre criatura. Son unas abusivas –dijo el chofer.

— ¿Nosotras? ¡Fue ella la que inició todo! –protestó Nazaria.

— ¿Por qué no vas y se lo dices a tus amigos del estacionamiento? Si no están hasta el culo de borrachos puede que te crean. Abajo, jovencita –dijo el hombre.

Nazaria soltó el cabello de Alvina y enfurecida abandonó su asiento.

— ¿Y cómo piensa obligarnos? ¿Atacará a dos indefensas señoritas? –cuestionó Nazaria.

— Conozco a tu madre, está muy enferma como para resistir que alguien le diga la clase de hija que tiene, ¿sabe que tuviste relaciones sexuales con todos los haraganes tras la fábrica de jabón? –preguntó el chofer.

— Inténtelo, es su palabra contra la mía –le retó Nazaria.

— Y la tuya contra la de los tipos que te la metieron, puedo cobrarme algunos favores para que hablen. Baja ya –dijo el hombre.

— Anciano cabrón... –se quejó Nazaria rechinando los dientes.

— Qué bien, tocaste a esa retrasada y ahora nos echan –refunfuñó Dolores.

— Cállate el hocico, avanza –le ordenó Nazaria a su amiga.

— ¿Vamos a hacerle caso a ese vejete? –preguntó ésta.

— Te dije que avanzaras, pendeja –ordenó Nazaria.

— Ya voy, ya voy –gruñó Dolores.

Con los ojos inyectados de odio y la mandíbula contraída, las jóvenes bajaron del autobús; el canto de los grillos las recibió en medio de la nada.

— Maldito viejo puto –barboteó Nazaria.

— Nos corren de todos lados –dijo Dolores al observar el camión alejándose. Si no empezaban a caminar, la madrugada las recibiría cuando por fin llegaran a Tala.

— Guacamayas chifladas –dijo para sí el chofer, metió segunda y le dio un simple vistazo a Alvina, pero sólo eso. A pesar de haberla defendido, no le preguntó si estaba bien, ni le ofreció apoyo; sencillamente se ocupó de conducir.

Agobiados por el enfrentamiento, los iris de Alvina adquirieron un cristalino congojo que les matizó de lavanda. Los reclamos y amenazas de Nazaria habían terminado de romper el remanente de su dulce serenidad, convirtiéndola en neblina.

Quiero verlo, quiero verlo ahora... Pensó ansiosa. La distancia hasta su hogar le pareció eterna.

Veinticinco minutos después, y al acercarse a Laurel, la chica se incorporó apresuradamente para tocar el timbre del autobús, solicitando su parada. Éste suspendió su avance permitiéndole bajar. El chirrido de las puertas horadó los tímpanos. Alvina se precipitó a atravesarlas.

— Trata de evitar a esas muchachas –susurró el chofer desde su asiento. La chica le devolvió una efímera mirada por el espejo retrovisor y, cual ciervo huyendo de la mano del hombre, desapareció. Estaba ávida por ir al encuentro de Teodoro, no sabía qué quería obtener de él, sólo lo necesitaba.

El conductor la espió unos segundos, después prosiguió la marcha en su paquidermo de chasis plomizo. Por su lado, Alvina entró frenética a la casa, buscó a Teodoro en la sala, la cocina, el jardín y en el cuarto de costura de la segunda planta, pero no hubo nada.

¿Dónde estás?, pensó la chica.

— Si sigues moviéndote, vas a arruinarlo –escuchó decir a su hermano desde su recámara, luego una leve carcajada.

¡Teddy!, gritó Alvina en su cabeza y, sin tocar, invadió la habitación de Agustín. Montones de hojas sobre la pared le recibieron: rostros a lápiz, paisajes en acuarela, pequeños bocetos con tinta china, cuerpos, animales. Todo lo que alguien se encontraba en la vida diaria Agustín lo tenía plasmado en papel con sus manos.

— Cuidado a tu derecha, el lienzo junto a la cómoda está fresco –le dijo su hermano, que estaba sentado con un bloc en las rodillas. No se molestó en mirar a la joven, su atención le pertenecía a la figura delante de él: Teodoro, completamente desnudo, acomodado en un banquillo. Sus codos reposaban en sus muslos, sosteniendo parte de su torso hacia delante; su pierna derecha caía naturalmente y la izquierda se alzaba medianamente al apoyar el talón sobre una de las patas del taburete. La piel le brillaba por la bombilla de la recámara.

Alvina se congeló frente a aquella imagen, le había notado sin querer la entrepierna a Teodoro, coronada con un espeso vello castaño en el pubis. Lo que le colgaba se asemejaba al moco de los pavos que abundaban en los traspatios de los habitantes en Tala. Teodoro sonrió y la miró con atención advirtiendo cómo se volvía roja.

— Podemos continuar mañana, siempre es un gusto trabajar contigo, Teodoro –expresó Agustín abstraído en su artificio y detuvo los trazos con los que capturaba a su modelo amateur.

Teodoro se incorporó y el retratista dejó su lugar para poner al resguardo su obra.

— Una vez conocí a un tipo que pintaba con sus pies, hacía los dibujos más raros que haya visto –comenzó a relatar Teodoro al coger sus prendas del piso–. Aunque en realidad eran muy buenos, decía que unía lo que aparecía en sus sueños con lo que le rodeaba al despertar. Mi favorito era el de un gran rinoceronte de tres cuernos que abatía una ciudad entera mientras fuegos artificiales le acompañaban, era realmente increíble… Es una lástima que nunca me lo obsequiara, si lo hubiera hecho ahora se los podría enseñar –contó Teodoro. Alvina tuvo una vista íntegra del chico, desnudo de espaldas. Su silueta desprovista de ropa la atrapó.

— Vins, cuando termines de verle las nalgas a Teodoro, ¿puedes pasarme ese maletín? –preguntó Agustín. La joven lo ignoró, giró y desapareció tras la puerta.

Alvina sintió que su cuerpo hervía, que salía vapor de sus orejas. El ardor en su cabeza, por los tirones de Nazaria, y la sensibilidad en sus labios, por el beso de Irene, desaparecieron para dar lugar sólo a la imagen de Teodoro desnudo, mirándola fijamente.

— Me gustan los colores brillantes en los cuadros de Agustín, me prometió que la próxima vez me pintará así –dijo Teodoro, acomodándose la playera, al salir de la habitación. Alvina aguardaba en el pasillo, luchando con las llamaradas en su cuerpo–. ¿Te sientes bien? –preguntó. Ella lo miró tratando de no imaginarlo sin ropa. Le sería difícil olvidar su figura siendo vertida en papel por su hermano.

— No quería entrar así, pero es que necesitaba verte. Escucharte decir cualquier cosa –logró expresar Alvina.

— Pues ya lo estás haciendo. ¿Fuiste al bosque? –preguntó Teodoro en voz baja.

— Sí, me encontré con Irene como quedamos. Es rara –dijo Alvina.

— A mí me agrada –confesó Teodoro.

Irene sigue en él…, meditó Alvina.

— Y tú a mí, la casa no sería igual sin ti –le dijo la chica.

— Sí, es divertido vivir en el mismo lugar. Ojalá Irene también viviera con nosotros, ¿te imaginas todo lo que haríamos? A lo mejor si se lo pido pueda considerarlo… Siempre es más cómodo estar en una casa que en el monte, ¿no lo crees? –preguntó

Teodoro.

De nuevo ella, pensó agobiada Alvina, y decidió preguntar lo que temía tanto.

— Te hace sentir algo dentro del pecho, ¿verdad? –cuestionó la joven, cuyos sentimientos estaban al límite. Teodoro había visto a la pelirroja sólo una vez, pero con eso había bastado para que atacara su cabeza sin clemencia.

— ¿Como qué? –preguntó Teodoro. Alvina se acercó a él.

— Aquí –dijo la chica, y le puso su mano en el pecho a Teodoro–. Suele sentirse un leve ardor, una sofocante oleada roja que te invade por completo –*la misma que yo siento por ti*, pensó.

— Bueno... siento algo cuando la veo, algo que no me sucede con nadie más. ¿Te refieres a eso? –dijo Teodoro. Alvina quitó la mano.

— Sí, debe serlo –*¡Nazaria tenía razón!*, gritó en su interior. Un relámpago iluminó el pasillo.

— Tormentas de mierda, las odio –se quejó el muchacho.

La respuesta de Teodoro terminó por hundir a Alvina.

— Yo no... ya no más –balbuceó la chica.

— ¿Eh? –preguntó Teodoro.

— He estado pensando... quizá no sean tan malas después de todo, sus truenos ayudan a no escuchar la voz que vive dentro de tu cabeza, hay ocasiones en que dice cosas no muy agradables –contó Alvina.

— ¿Hablas en serio? –preguntó Teodoro. Alvina se mantuvo silente–. Pues por mí escucha todos los que quieras. ¿Te irás ya a la cama? Puedo contarte sobre cómo conocí a un tipo que sobrevivió a la caída de cinco rayos en su granja, quizá eso te ayude a ignorar esa voz de la que hablas.

— Teddy... creo que necesito estar sola, sin ti al otro lado de la cama –añadió Alvina taciturna.

— ¿Qué? ¿Te refieres a esta noche? ¿Sólo una noche? –preguntó confundido Teodoro.

—No... no sé cuánto haga falta para que la voz de mi cabeza se vaya –dijo Alvina.

— Pero las tormentas van a seguir todo el mes, lo anunció el hombre de la radio –expresó atemorizado Teodoro–. Sabes que no las soporto, no me dejan conciliar el sueño. Si quieres puedo dormir en el suelo, al pie de tu cama, en cualquier otro lugar de tu habitación, donde tú me digas.

Sólo no me abandones en una noche así, pensó el muchacho.

—Les temes –dijo Alvina.

—No, yo no le temo a nada –replicó Teodoro.

—Perdón, tienes razón –musitó la joven.

— Soy un bárbaro, un intrépido pirata, un corsario... –quiso aclarar Teodoro con arrogancia.

— Buenas noches, Teddy –le interrumpió Alvina y se dirigió hasta su cuarto, ante la mirada incrédula de Teodoro, cerrándolo con llave para asegurarse de que no tendría invasores nocturnos.

—¡Pero Vins...! –exclamó el muchacho.

Abatida, Alvina oyó los ruegos de Teodoro. Al imaginarle desprotegido, sin cobijo durante la explosión de relámpagos, el corazón se le terminó de marchitar. Las lágrimas, que pudo derramar por su amado, no brotaron más, se habían acabado.

Con el pelo disperso en la almohada, la pálida chica escuchó la lluvia caer toda la noche, así como a Teodoro moverse sin parar en la habitación contigua, estremeciéndose con cada trueno. Cerca de la madrugada, él intentó abrir la puerta de la recámara dos veces, pero en ninguna ocasión tuvo éxito.

Alvina estuvo segura de que nunca tendría el rojo máximo de Teodoro, ése que le daría una apariencia normal.

PUTAS

I

Y con esa melodía disfrutamos de esta mañana gris, ¿qué tal la están pasando nuestros radioescuchas con las lluvias? ¿Les parecen un regalo del cielo o un suplicio por las noches? ¡Llámenos y díganos lo que piensan! ¡Joséles… les escucha! El 540 de AM sigue, sigue y continúa. Nuestro número es el…

La efusiva voz del locutor y las cantaletas añejas, que formaban parte de la programación de aquella estación radial, acompañaron a Alvina mientras tomaba el desayuno, sola. Como todas las mañanas, Lorenzo y Agustín habían partido desde temprano después de comer las delicias de Miriam. A esa hora, Teodoro aún dormía.

Es mejor que continúe así. Si logro darme prisa podré evitarlo antes de empezar con mi lección, pensó la joven y acabó con premura el guiso de ejotes con calabacitas que su madre le había preparado. En otro momento hubiera esperado por Teodoro en el comedor hasta que éste bajara por el desayuno. Le encantaba ver su rostro matinal: El cabello revuelto, los ojos adormilados y su cuerpo completamente tibio por el cobijo de las sábanas. Su olor a sueño le embrujaba; pero no ese día.

Una nostálgica cadencia manó del pequeño radio. El piano y la batería emergieron lento, acompañando a una voz potente cargada de sentimiento. Alvina movió sus manos al ritmo de aquella sonata al lavar su plato en la pila. Se preguntó cómo haría para evitar que su madre le interrogara sobre su desánimo. El sólo pensar en Teodoro la derrumbaba; sin embargo, tendría que hallar la forma, eso era seguro.

—Empezaremos por ponerte a ti a dormir –le dijo la chica a la caja musical. Su padre había adquirido el artefacto por un módico precio a un comerciante que buscaba avanzar de poniente a oriente para ofrecer sus productos en la feria de baratijas anual, pero al tomar una ruta equivocada terminó por accidente en Tala. Miriam se había encantado con la compra; no obstante, fue Alvina quien cargaría con el aparato a todas partes. Podía vérsele descansando en la cocina o sobre el tocador; su lugar de reposo dependía de las actividades de la joven.

Y no lo olviden, si miramos más allá de lo que nuestros ojos nos muestran, descubriremos cosas bellas y extraordinarias que han estado aguardando por nosotros, lejos de donde cualquiera pueda encontrarlas… –recitó el locutor y una canción comenzó a sonar evitando que Alvina apagara el radio. La balada era dulce, reconfortante, casi tanto que, de no haberse encontrado en ese instante a Teodoro bajando por la escalera, la hubiese ayudado recuperar un poco de alegría. Alvina lo notó cansado, con halos malva debajo de los ojos. El chico la miró dolido y salió de la casa sin dirigirle la palabra; ella no tuvo más remedio que aceptar aquel reclamo silencioso.

II

—Estúpidos relámpagos, estúpida lluvia, estúpida Alvina –refunfuñó Teodoro.

Sin energías para jugar en el arroyo o explorar las laderas del bosque, se dirigió hasta el estacionamiento de la vieja fábrica de jabón. El lugar estaba prohibido desde el alboroto que llevó a parte de sus compañeros a las celdas, pero era el único sitio donde no vería a aquélla cuyos ojos claros aún sentía en las sienes. Teodoro no comprendía por qué la joven se había comportado con él de esa forma. Ella sabía de su desprecio por las tormentas y aún así le había negado su ayuda, *su protección*.

Es igual que todos, pensó Teodoro decepcionado, en su cabeza vio a sus padres dejándolo al cuidado de Edgar, quien vivía postrado en cama a causa de una distrofia muscular que curveaba todo su cuerpo. Por años fue Teodoro quien se ocupó de alimentarlo, bañarlo y producirle una sonrisa en tiempos difíciles. Nadie más que él estuvo presente cuando reclamó al Creador su condición, cuando lloró, incluso cuando la tierra y los gusanos le demandaron. El chico no había tenido ni caja ni lápida, sólo una raquítica cruz de palo. La tumba que acogió su anticipado cadáver había quedado tan insignificante que apenas y se detectaba en el cementerio. Teodoro no podía olvidar la apariencia de aquel pequeño cuerpo siendo cubierto por la greda; despidiéndose para siempre de la vida, de un futuro al que no tendría derecho... de él.

Afligido por el recuerdo, Teodoro intentó dejar todo de lado al esperar que detrás de la vieja fábrica encontrara algún residuo de las fiestas pasadas con César, un cigarrillo con media vida o una botella con poca cerveza. No se imaginó que algo más, que restos de basura, le aguardaba para calmar su hastío.
Hábil, y evitando las vallas que impedían el paso, terminó por internarse en el sitio y se fue directamente al suelo.

— Sé que debe de haber algo por aquí, Manuel siempre fuma su cigarro hasta la mitad –masculló Teodoro de rodillas, recorriendo varios metros del piso. En su búsqueda dactilar sus manos se toparon con vómito seco, rastros de sangre y sorpresivamente con la punta de una zapatilla. Elevando el rostro se encontró con que aquello le pertenecía a una pierna que se prolongaba hasta una reducida falda, un abdomen desnudo, un par de pechos y una cara repleta de pecas. En lo alto de la visión descubrió al sol iluminando unos rizos encendidos.

— Estás a mis pies, niño –dijo una voz femenina.

— Irene –dijo Teodoro.

— No has olvidado mi nombre –rio la pelirroja.

— No... nun... nunca lo haría –balbuceó el chico. Irene se puso en cuclillas.

— ¿Buscas a tus piltrafas? Por lo que sé deben estar en clases en este preciso instante –le dijo Irene. Teodoro se ruborizó al notarle las piernas abiertas revelando las bragas.

— Lo sé –comentó el muchacho. Se aclaró la garganta y se incorporó–. Sólo vine para mostrarle a esos cerdos de la comisaría que no me importan sus advertencias –añadió altivo.

— Ya veo, te gusta provocar problemas –dijo Irene.

— Alguien como yo sabe desafiar el mundo –expresó Teodoro, orgulloso.

— No lo dudo, echas chispas –se burló Irene.

— Una vez conocí a una chica que también echaba chispas al discutir todas las tardes con su madre, ésta nunca le permitía salir a cazar codornices con los muchachos de la cuadra. Creo que era mi vecina... –dijo. La presencia de Irene lo ponía nervioso, tanto que olvidaba detalles de sus famosas historias.

— ¿Y? ¿Qué pasó después? –cuestionó Irene.

— Ella... –quiso continuar Teodoro.

— ¿Le cortó la garganta a la tipa y por fin pudo hacer lo que le viniera en gana? –preguntó Irene.

— No –respondió Teodoro, extrañado por las palabras de la pelirroja–. Ella simplemente salió de su casa, dispuesta a desafiar las órdenes de su vieja, y haciendo uso de su resortera derribó un gran número de aves, uno que ningún otro chico había podido lograr. Fue todo un mitote en las calles. Nadie entendió cómo una mujer pudo hacer algo así. La hazaña fue contada por días y pasó de boca en boca por todo el pueblo.

— Mmm... Prefiero mi versión de la historia –dijo burlona Irene, viéndole desde abajo, los papeles se habían invertido.

— Yo igual –comentó sonriente Teodoro.

— Eres un muchachito cautivador –dijo Irene, notando los

mismos rasgos fascinantes de los que era esclava la pálida de Tala–, tanto que tienes a Alvina perdidamente enamorada de ti.

— ¿Vins? –rio Teodoro–. ¿Por qué todos dicen eso? Ella no...

— Aun así no sería capaz de hacerte gozar de la forma que lo haría una mujer como yo –dijo seductora Irene y le tocó la hebilla del cinturón, haciendo círculos de incalculables circunferencias. Teodoro sonrió tímidamente–. No he podido dejar de pensar en ti desde que te vi en el bosque, ese día deseaba tanto devorarte con mis labios y provocarte un placer infinito que... volví a casa y me hice el amor a mí misma –añadió con un simulado sufrir. Con sus dedos le desabrochó el cinto y posteriormente bajó parte del pantalón revelando el castaño vello púbico de Teodoro.

— Yo también he pensado en ti –dijo el muchacho con la voz entrecortada.

Irene le acarició el matojo con delicadeza.

— ¿De qué forma? –preguntó ella y dio un tirón al vello. Teodoro se quejó levemente.

— A mi lado, divirtiéndote... desnuda –confesó él.

— ¿Desnuda? Me agrada saberlo –dijo Irene. Acercó su boca al pubis del joven y lo lamió, seguidamente subió hasta su ombligo, haciéndolo replegarse contra la pared. Aquello fue nuevo para Teodoro. Aunque hubo chicas en el pasado, entre ellas Nazaria, la culminación sexual nunca había sucedido–. Eres como ningún otro que haya conocido –añadió. Teodoro sintió un hormigueo en el estómago cuando Irene siguió pasándole la lengua por la carne. A plena luz del día, corrían el riesgo de ser sorprendidos por algún transeúnte, pero eso no detuvo a la pelirroja, quien terminó de bajarle el pantalón a Teodoro y le tomó con fuerza el miembro para meterlo en su boca. El chico gimoteó al sentir su parte íntima siendo rodeada por una lengua, después miró hacia abajo encontrando que la chica lo veía excitada, subyugada por su órgano sexual. Muy en su interior suplicó por que nadie les interrumpiera.

— No pares... –dijo Teodoro lleno de placer, pero Irene

redujo inesperadamente la celeridad del mame. Le acarició los muslos, luego subió por las costillas y palpó su espalda–. Oh... sí... sí... –clamó.

Al sentir los lengüetazos rotando con menos velocidad, y en un rápido intento por prolongar su goce, el chico tomó de la cabeza a Irene y empezó a llevarla de atrás hacia delante contra su entrepierna; un hilillo de saliva se derramó de los labios de la pelirroja por el zangoloteo. Teodoro gimió al recibir uñas en el dorso.

Irene se llevó las manos bajo la falda para quitarse las pantaletas.

— Más, más, por favor... más –pidió Teodoro; sin embargo, Irene, consiguiendo zafarse de sus garras con un esfuerzo voraz, súbitamente dejó de succionarle el sexo. El labial carmesí estaba regado por su rostro formando una boca de payaso–. ¿Qué pasa? ¿Por qué te detienes?

— ¿Pretendes asfixiarme, rubio? –cuestionó agitada la chica.

— Disculpa –dijo Teodoro avergonzado–. Es que nunca sentí algo igual.

— La sangre te hierve... –musitó Irene sonriente y se reincorporó, con la vagina expuesta, besándolo con ansias. Teodoro se saboreó a sí mismo en la boca de Irene. Después, ella se puso de espaldas a él, se acomodó la falda arriba del abdomen y apretó sus glúteos contra el miembro erecto. Teodoro sintió una presión instantánea en el glande–. Mételo con fuerza, niño –ordenó Irene.

— Pensé que debía ir en otro lugar –dijo Teodoro.

— Irene te mostrará a usarlo por todo el cuerpo de una mujer. Métemelo –pidió la pelirroja.

Las órdenes excitaron a Teodoro, que arqueó la espalda y se lanzó contra la joven, dando inicio a un bailoteo descoordinado.

— Es estrecho... -susurró el muchacho.

— Tómame de las caderas -pidió entre gemidos Irene para guiarlo. Teodoro la sacudía con torpes movimientos -eso te ayudará.

— ¿A... así? -preguntó él al obedecerla.

— Sí, niño, así... tus manos son suaves -dijo Irene.

Eres tan suave como mi oso de peluche, recordó Teodoro diciendo a Alvina. Y al hacerlo se detuvo por unos instantes.

— Sigue, Teddy, sigue -gimió Irene, imitando la única forma que Alvina usaba para referirse al chico: "Teddy".

— Lo quieres hasta adentro, ¿eh? -cuestionó Teodoro.

— Sí, sí, penétrame -farfulló Irene, los pechos se le batieron junto a toda la carne del cuerpo por los intensos aguijonazos de Teodoro. El viento rozándole ligeramente los labios y el hecho de tener sexo en un lugar público la encendieron. Nadie circulaba por ese sitio regularmente; no obstante, de haber aparecido algún peatón despistado no le habría molestado ofrecerle el espectáculo. Fascinada con la idea, Irene decidió sollozar fuerte para llamar la atención de cualquiera que estuviera cerca.

— ¿Te gusta? Sé que lo estoy haciendo bien -alardeó Teodoro.

— Teddy, mi Teddy -dijo Irene con una voz chillona. El muchacho se sintió incómodo al escucharla tantas veces llamándolo así, a pesar de eso siguió con las embestidas, la piel de su miembro había empezado a alcanzar una sensibilidad incontenible, casi provocándole ganas de orinar. Irene abrió las piernas y con un impulso lo detuvo, tomando el control de la situación. De la nada, el joven se vio aprisionado contra las baldosas, siendo zurrado repetidamente por los glúteos de la pelirroja.

— Me estoy dando en las nalgas -se quejó Teodoro por los rebotes.

— No hables, pon las manos en la pared -ordenó Irene. Los choques se intensificaron-. Hazlo, Teddy -volvió a exigir. El chico obedeció y la soltó, quedando como un muñeco de trapo prensado contra el muro. La forma en que Irene le guiaba aumentó el placer. Sus exclamaciones fueron insuficientes, sufría por asimilar tal goce.

Enajenado y a poco de poder acostumbrarse a esa posición, que lo tenía cautivo y vulnerable, Teodoro se percató de que Irene le manipulaba el pene para llevarlo dentro de su vagina.

—No, espera… –sollozó él.

—Tranquilo, déjate ir, cariño –dijo la pelirroja. Se removió la cabellera y estrujó el miembro guiándolo a su entrepierna. Pensó que la función duraría por horas, pero sin aun unir sus genitales Teodoro se estremeció. El clímax llegó a él cuando Irene lo mante- nía tomado del sexo.

—Siento… –dijo él, intentando controlar el éxtasis. Irene frunció el ceño y, al saber que el momento acabaría, se retiró del joven, dejando el pene erecto palpitando al aire libre.

He conocido viejos que duran más que él, pensó Irene fastidiada.

Teodoro experimentó sus entrañas comprimiéndose, creyó que el planeta entero trepidaba y luego estalló. El orgasmo, producido por la compañía de una mujer, fue algo nuevo, *algo rico a lo cual podría acostumbrarme*, meditó.

El silencio les permitió recobrar el aliento.

—Es lo mejor que he vivido –dijo Teodoro con la respiración entrecortada, sudaba a chorros y tenía las mejillas grana. Irene lo observó con sus volátiles ojos. A diferencia de Teodoro, estaba tranquila, como si nada le hubiese sucedido en la entrepierna. Recargada en el muro, con la falda hasta el abdomen, los senos desnudos y el sexo expuesto, dio una imagen plenamente erótica.

—Fue la primera vez, ¿o me equivoco? –cuestionó ella.

—Tuve algunas novias… –dijo Teodoro.

—Pregunté si ya habías cogido, no si anduviste de la mano con chiquillas pendejas –reclamó Irene.

—Bueno… sí –respondió el chico.

— Eso lo hace aún mejor. Con el tiempo aprenderás a usar lo que tienes entre las piernas, ya lo verás –dijo Irene.

Teodoro la escuchó atento. Sintió el frío atacando la tibieza de su ingle, luego la miró con expectación.

— Quiero hacerlo de nuevo –le dijo. Irene sonrió lasciva, levantó la pierna izquierda y la apoyó en el contenedor de basura; se tocó la pantorrilla, luego la parte posterior de la rodilla y continuó subiendo.

—Pero esta vez irás directo aquí –dijo la chica al llegar a su vagina y con el dedo empezó a estimularse, después le indicó al joven que se acercara. Teodoro acató la orden y por horas ambos disfrutaron de los placeres carnales que Irene había aprendido desde que tenía la edad del muchacho.

III

El encuentro fue embriagador, meritorio. Había introducido a Teodoro no sólo a un orbe de lenocinio y frivolidad, sino también a la lista mental e invisible en la que Irene enumeraba los mejores coitos de su vida. La pelirroja no tenía duda de ser buena en las artes amatorias, incluso se autodenominaba una experta. Bruno Galante la llamaba su estrella y ciertamente ella alcanzaba tal esplendor astral. En fiestas y reuniones los clientes sólo tenían que darle un simple vistazo para elegirla y ofrecer hasta lo último de su patrimonio por unos minutos (o cuanto sus fondos les permitieran) de su compañía. Ya fuera enfundada en un traje sastre o en una diminuta lencería, Irene siempre destacaba por su exótica belleza.

A sus veinticinco años, la joven había realizado actos que sólo se relataban a escondidas en un pueblo como Tala. La mayoría de ellos con dinero de por medio, aunque en ciertas ocasiones ocurrían sin dar nada a cambio. El hecho de poder elegir a sus víctimas para poseerles, como muchos lo hicieron con ella, era suficiente. *No es una revancha, es una reconquista,* se decía a sí misma al terminar cada encuentro que capitaneaba. La sesión libertina con Teodoro había sido de esa forma, pero no por eso fue menos placentera; no obstante aquello no era un secreto. Tan pronto alguien la conocía, ella no tardaba en revelar su condición.

Plenamente satisfecha, y aún tibia de los muslos, Irene se había alejado del estacionamiento rumbo al bosque, siendo recibida por las veredas del monte a eso de las cinco de la tarde. No llevaba bragas, ni sostén. Su sexo seguía dilatado y sus fauces todavía degustaban el umami de las partes íntimas de Teodoro. El chico no poseía las proporciones a las que estaba acostumbrada; sin embargo, su inocencia y juventud la habían llenado completamente. Al andar por el terreno desigual, el paseo en tacones fue cansado y prolongó más su peregrinaje; con fango a su paso, hubo varias veces en que se tambaleó, temiendo caer; el último intento para llevarla al suelo fue oportunamente evitado al tomarse de la endeble puerta del remolque.

—Pedazo de porquería –se quejó la chica por la cuasicaída. Al entrar se topó con una blanquecina silueta, una que no esperaba en lo más mínimo–. Santa Virgen de las Vírgenes, miren quién regresó –se burló.

—No encuentro la foto de mi tío por ningún lado –dijo Alvina con timidez y se cubrió el busto, involuntariamente, para que Irene no volviera a tocarlo sin su permiso–. Supongo que debo de haberla olvidado aquí.

—Supones bien –respondió la pelirroja, internándose en su hogar de hojalata.

—¿Tú la tienes? –preguntó Alvina.

—No recuerdo –mintió Irene, queriendo tener en suspenso

a su visitante.

—Pero acabas de decir... -pidió la chica.

Irene se rascó la barbilla, dio algunas vueltas por la reducida morada y fingiendo que luchaba con su memoria se dio el lujo de jugar con el tiempo de la joven.

—Por favor -insistió Alvina.

— ¡Ah! ¡Sí! -exclamó de repente la pelirroja-. La dejaste caer cuando te fuiste corriendo como loca y yo la guardé cerca para asegurarme de que estuviera a salvo, sé que no es cualquier cosa -añadió al notar que tenía la entera atención de Alvina en ella.

—Es mi favorita -respondió la chica.

—Naturalmente -expresó Irene.

—¿Dónde está? -cuestionó Alvina impaciente.

— Debo imaginar que buscaste por todas partes durante mi ausencia, ¿intentaste bajo mi almohada? -preguntó desenfadada la pelirroja, el sitio estaba más desordenado que de costumbre.

— No -respondió Alvina, consciente de haber invadido desautorizadamente el aposento de su anfitriona.

— Hazlo entonces -indicó Irene y Alvina, intranquila, y a sólo unos pasos lejos de ella, le hizo caso yendo hasta la ínfima habitación-. No te fijes en el cuchitril -advirtió. El estado de la estancia era deprimente, montones de cajas y maletas sustituían los enseres domésticos, y el lecho apenas y contaba con un colchón desahuciado cubierto por sábanas de encaje de punto violeta. Alejándose de la pena que le causó aquello, Alvina buscó el retrato y lo halló intacto, resguardado debajo del cojín. Una vez que lo tuvo en sus manos, se alegró en extremo al observar otra vez la imagen impetuosa de su tío.

—¿La encontraste? -cuestionó Irene desde la cocina.

—Sí -respondió Alvina.

—Llévatela, yo seguiré atenta por si lo veo -le dijo Irene.

—No es necesario, seguiré buscándolo yo sola -dijo la pálida joven. Se alejó de la cama y se dirigió hacia la puerta, lista para partir.

— Tonterías, confía en mí, juntas lo encontraremos –la pelirroja se quitó los zapatos y la blusa, luego se recargó contra la alacena–. Y dime, ¿cómo van las cosas con tu Teddy? –preguntó. Alvina se detuvo.

— Él no me quiere –respondió dándole la espalda a Irene. *Te quiere a ti,* pensó con rabia.

— Pobrecilla, entonces probablemente jamás lo sientas dentro –dijo burlona Irene.

— Yo nunca pienso en eso cuando estoy con él –respondió incómoda Alvina.

— Vamos, ¿me vas a decir que tampoco has sentido el deseo de meterle la mano en los calzones para juguetear con su gorrioncillo? –preguntó provocadoramente Irene. Alvina se ruborizó–. Claro que lo has pensado, basta con mirarte para darse cuenta que incluso le comerías el culo a lengüetazos. Escucha, querer hacer eso no te vuelve una puta, las putas son las ganas que te consumen por estar con él, ese maldito apetito que no se va... y al cual parece has renunciado sólo porque no te corresponde –añadió, y la chica se preparó para huir. Irene se fue hacia la puerta, obstaculizándole la salida con su brazo–. Él no te ama, qué más da, afuera hay varios que darían lo que fuera por estar con alguien como tú.

— Él es el único capaz de despertar los colores en mi cuerpo, sólo necesito tiempo para cultivar rubíes... y entonces luciré como tú, así Teodoro podrá amarme como es debido –dijo Alvina.

— Son ilusiones, bonita. Si me dejas puedo mostrarte las estrellas, hacerte sentir cosas que nunca imaginaste. ¿Quieres experimentar las caricias de un muchacho? Eso no es problema –arrojó sin tacto alguno Irene. Alvina apretó la foto de su tío y apartó a la pelirroja.

— No quiero oírte –dijo ésta escabulléndose.

— ¡Puedo mostrarte el rojo! –gritó Irene enseñándole uno de sus caireles.

Alvina volteó sin interés y siguió indignada por la maleza.

CAPÍTULO TRES

IMPOSTORES

I

— Vins, ¿puedes recordarle a mi papá que llegaré tarde? –le dijo Agustín a su hermana.

— ¿Más clases de dibujo? –preguntó la chica.

— ¿Recuerdas que el señor Horace dijo que podía quedarme con su familia en Italia?, ya sabes, ¿para aprender el idioma y acostumbrarme a la ciudad? Bien, pues creo que aceptaré su oferta; además, está seguro de que puede darme una buena recomendación para la universidad en la que solía enseñar e incluso ayudarme a obtener una beca –dijo Agustín.

— ¡Es una maravilla! –expresó Alvina alegre.

— Lo es, hasta la parte en la que necesito conseguir dinero para cubrir todo el papeleo y evitar que mi mamá y mi papá gasten sus ahorros. Por eso es que me voy, el dulce trabajo me espera –dijo el joven. En ese momento, Teodoro entró a la cocina a tomar agua del grifo. Al terminar, caminó por un lado de Agustín y le palmeó la espalda.

— Agustín –dijo el rubio.

— Teodoro –respondió éste, notando cómo el chico se retiraba, fingiendo no ver a Alvina. La relación entre su hermana y su inquilino no era muy clara para él, algunos días parecían unos tórtolos y otros se repelían como polos iguales–. Son ridículos, primero tú no le diriges la palabra y ahora es él quien te ignora. Si no terminan el uno con el otro, antes de que se casen, lo haré yo.

— Teodoro es un cabeza dura –dijo la joven.

— ¿Teodoro? ¿Ya no es Teddy? –preguntó Agustín. Alvina levantó los hombros y se quedó en silencio–. Pues él no piensa lo mismo de ti, cuando posa para mí es difícil callarlo, sólo habla de las cosas divertidas que hacen juntos y en lo estúpido que es que te juzguen por tu apariencia. Dice que tienes los mismos ojos que su hermano, al parecer murió, ¿tú lo sabías?

—Edgar... -susurró Alvina.

— Sí, algo así, creo que el chico falleció durante una tormenta espantosa. Teodoro dijo que estaba solo cuando eso ocurrió, el pobre tuvo que lidiar con los horrores de un desesperante aguacero y el cadáver de su hermano en algo a lo que apenas se le podía llamar "casa".

— Creo haberlo oído llamándolo entre sueños... -dijo absorta Alvina y cayendo en cuenta sobre el asunto de las tormentas.

— ¿Lo espías mientras duerme? No será ésa la razón por la que están molestos, ¿eh? -preguntó Agustín. Alvina se ruborizó.

—Lo he escuchado cuando salgo al baño por la madrugada. Sigo teniendo problemas para aguantar hasta el día siguiente -mintió la chica. Su hermano la miró pensativo y luego tomó su mochila.

— Cierto. Bueno, me voy. No olvides lo de mi papá -le encargó Agustín a su hermana. Ella asintió viéndole marcharse.

Al salir de la casa, el muchacho encontró a Teodoro descansando en el pórtico. La tenue luz del sol sobre su cara tornaba su cabello de oro y sus espesas cejas adquirían un tono caoba. En el instante en que bajó por los escaloncillos, Teodoro se puso de pie y caminó junto a él.

— Agustín, ¿planeas ir a pasear? Si quieres te acompaño, deberías aprovechar que estoy libre -le dijo.

— Tienes razón, eso es raro en ti -respondió sarcástico Agustín.

— Sí, puede que César y los demás vengan a buscarme en cualquier momento, pero si tú me lo pides los haré a un lado. Podríamos ir a la plaza, al bosque... o quizá quieras dibujar un rato, creo que mis brazos aumentaron de tamaño, he estado haciendo ejercicio para lucir como los tipos desnudos de esas estatuas en los museos, seguro que puedo posar igual que ellos, ¿qué dices?

—Suena bien, siempre me ha parecido que eres idéntico al David de Miguel Ángel, pero... será en otra ocasión, hoy ya hice planes –le dijo Agustín y continuó avanzando calle arriba. No tomaría en vano las palabras de Teodoro, pero ese día tenía una cita a la que ya llegaba tarde.

— ¡Si cambias de opinión estaré aquí! –exclamó Teodoro, que esperó algunos minutos por si Agustín volvía, pero no lo hizo. Puesto que Irene le había dicho que estaría ocupada ese lunes, tenía días sin saber de César y seguía disgustado con Alvina, estaba solo. El sentimiento le caló en los huesos.

Pesaroso, Teodoro decidió regresar al pórtico para contemplar el atardecer. *Como un anciano*, pensó. Momentos después, reclinado junto a las macetas del recibidor, notó a Alvina saliendo de la casa con una regadera en la mano. La chica se acomodó el cabello tras la oreja y comenzó a darle de beber a las gardenias de Miriam. Teodoro continuó fingiendo no verla.

— No quiero hablar contigo –dijo el muchacho, sonando como un niño mimado haciendo uno de sus berrinches e intentando captar la atención de la joven. Alvina lo ignoró–. Por si no lo has notado, estoy molesto, no he podido dormir bien –añadió. Ella siguió concentrada en las flores.

El resentimiento de Teodoro se mantuvo, dotándolo de un ficticio derecho de tratar con desdén a Alvina; sin embargo, en un instante, su etérea y nívea imagen opacó sus intenciones, atrayéndolo con templados filamentos que se incrustaron en él con garfios. Aquélla era la primera vez que Teodoro la observaba de esa manera, pareciéndole que Alvina se veía verdaderamente agraciada con el peto azulino que vestía, *bella*, pensó, y se extrañó de haberlo hecho. Confundido, y rotundo en conservar su enfado, se incorporó para entrar a la casa y así no estar más en su presencia. Yendo hasta la puerta, y justo de cara a ésta, los días en que Alvina no le dirigía la palabra volvieron a él. Algo en su mente unió las cosas y entendió quizá por qué lo había hecho.

— Un segundo... No estabas mal de la cabeza, ¿verdad? También estabas molesta conmigo por algo que hice –preguntó Teodoro con la mano en la perilla. Creyó que la chica no respondería.

Las gotas que rociaban las gardenias fueron solapadas por la voz requerida.

— Tú lo dijiste "eres bueno si se trata de resolver misterios" –dijo Alvina.

El muchacho giró hacia la chica.

— Yo sé por qué estoy enojado contigo, pero no sé por qué tú lo estabas... lo único que hicimos fue ir con César y pasar el rato, luego desapareciste. Te intenté buscar, pero Nazaria no dejaba de besarme, me devoraba como una de esas víboras gigantes; debiste verla –contó Teodoro.

— Lo hice –respondió Alvina.

— ¿Nos viste juntos y luego te fuiste? –cuestionó Teodoro.

— Eso mismo –expresó Alvina. Sus ojos lo dijeron todo.

— Así que... fue por eso que te molestaste –entendió él.

Tal vez hagamos una visita a la tienda en donde te conocimos a ti y a tu novia...

Qué lindo es ver a una joven pareja tan enamorada...

Eres un muchachito cautivador, tanto que tienes a Alvina perdidamente enamorada de ti.

Las voces se hicieron presentes. Teodoro empezó a comprender por qué decían aquello sobre Alvina y él. Sintió algo en el pecho, algo como lo que ella mencionó la noche en que iniciaron las vigilias.

¿Habló de algo rojo?, se preguntó Teodoro.

— Vins... ¿Tú...? –estuvo a punto de cuestionar el muchacho a Alvina acerca de sus sentimientos, algo de lo que todos parecían haberse dado cuenta menos él; no obstante, un vehículo (impostor de aquel año) color vainilla, aparcó frente a la casa. De él brotaron Irene y un hombre de baja estatura, de piel oliva y con un rostro peculiar. Tenía los ojos hundidos, oscuros como un abismo; los labios gruesos y la nariz ancha, tanto que sus orificios nasales abarcaban gran parte de las mejillas. Caminaba encorvado, con los huesos de los hombros desmesuradamente salidos. Y su cuello era muy delgado, provocando que la manzana de Adán se le asomara grotescamente en el exceso de pellejo que le colgaba bajo el mentón. Se trataba de Bruno Galante.

— ¡Rubio! ¡Ven a echarle un vistazo a esta preciosidad! –llamó la deslumbrante pelirroja.

— ¿Irene? –se preguntó Teodoro y avanzó hasta ella, dejando inconclusa la plática con Alvina–. Me dijiste que estarías ocupada todo el día –dijo. La pelirroja descansaba sobre el costado del auto, sus amplios lentes reflejaron el rostro del chico.

— Lo estoy, sólo vine a saludar, no quería que te perdieras la oportunidad de ver un carro como éste –comentó Irene y acarició la barbilla de Teodoro–. ¿Qué te parece? Es un clásico, un diez en la escala de autos fuera de este mundo –añadió dando de golpeteos en el cofre del Mustang. La superficie estaba pulida e impecable.

— ¿Es de tu amigo? –le peguntó Teodoro. El sujeto observaba cautivado a Alvina.

— Bruno es más que eso. Iremos a dar un paseo, ¿por qué no vienen tú y la bonita con nosotros? –ofreció Irene.

— No estoy seguro de que ella quiera ir. Deberíamos pasar el rato sólo tú y yo –dijo Teodoro y empezó a besarla en el cuello. Irene rio y luego le hizo a un lado la cabeza, aplazando sus mimos.

— ¡Linda, daremos un paseo! ¡Apresúrate y métete en el auto! –exclamó Irene. Alvina dejó la regadera sobre las macetas para atender los gritos.

— Pero Irene... –dijo Teodoro.

— Bruno, los chicos van con nosotros –añadió la pelirroja. El hombre sonrió y volvió a acomodarse tras el volante. Irene se apartó del muchacho y corrió hacia Alvina, que lucía gris, como si la luz que antes irradiaba se hubiese ido apagando poco a poco.

— ¿Qué no escuchó lo que le acabo de decir? –refunfuñó Teodoro, confundido y monumentalmente ignorado.

— Sube, muchacho, los amigos de Irene son mis amigos –dijo Bruno desde el auto, Teodoro le miró dudoso, luego espió a las chicas. La pelirroja intentaba persuadir a Alvina, pero ésta se veía renuente.

Sin ningún otro plan para ese día, el joven terminó por aceptar la invitación y entró al vehículo, acomodándose en el asiento trasero. Un intenso olor a pino se le coló por la nariz.

— Su carro es increíble, y huele bien –dijo Teodoro.

— Es un auténtico chico del sesenta y cinco: convertible, piel genuina, motor de ocho cilindros y trescientos seis caballos de potencia. No se encuentran fácilmente, pero si sabes hablar con la gente correcta puedes conseguir lo que se te ocurra –dijo Bruno.

— Vaya... Una vez conocí un hombre con uno igual, lo llamaba la "Bestia escorpión", era de un azul chillón y tenía uno de esos bichos pintado en el lado izquierdo. Al manejarlo, parecía que el escorpión flotaba junto a él, como si fuera su protector –contó Teodoro, con esa concentración tan característica siempre que relataba una de sus anécdotas.

— Los bichos me parecen unas criaturas asquerosas, podría aplastar a cada uno de ellos para gozar viendo sus vísceras revueltas –dijo Bruno, elevando la mano y cerrándola de golpe. Cuando Teodoro le imaginaba poniendo fin a un escorpión con su puño, las jóvenes llegaron hasta el auto. Alvina se sentó a un lado de él y la pelirroja ocupó el lugar del copiloto.

— ¿Vins? –cuestionó Teodoro.

¿Irene logró convencerla?, se preguntó el muchacho sorprendido.

— ¿Quién quiere un paseo por el pueblo? –les dijo Irene sumamente animada, los labios estaban pintados de un rojo brillante y sus rizos se acomodaban en prensados bucles sobre sus hombros–. Si la respuesta es afirmativa, limítense a guardar silencio –añadió. Alvina y Teodoro la miraron azorados–. ¡Eso es! Qué fácil es llegar a un acuerdo con ustedes. Capitán, partamos.

Bruno sonrió y metió la llave en el encendido. El motor rugió intensamente como un furioso hipogrifo.

La incomodidad de Alvina fue clara, al igual que la de Teodoro.

En el momento en que el auto empezó a moverse, la pelirroja sacó un pequeño frasco de su bolso y comenzó a untarse la crema que salía de él sobre su cuerpo: primero los brazos, después los hombros, parte de la espalda y por último sus largas piernas. Los movimientos paulatinos, al frotarse la piel, y el aroma a polvos de talco distrajeron a todos los pasajeros. Teodoro continuó en silencio observándola esporádicamente.

Bruno prendió el radio, introdujo una cinta y la dejó correr, de ella brotó una melodía chillona, molesta para ser apreciada con facilidad. El ruido que contenía la grabación trasladó a los presentes por un viaje en el tiempo al momento en que los discos gramofónicos disfrutaban del punto más alto de su popularidad.

Irene frunció el ceño e intentó hacerse a la idea de que los gustos musicales del hombre a su lado los acompañarían durante el trayecto entero.

II

— ¿Eso que tienes es contagioso? –preguntó Bruno mientras avanzaban por una estrecha avenida.

— Ya te lo dije, los idiotas de este pueblo son los únicos que creen eso, todo está bien con ella. Mírala, es perfecta. Sus ojos parecen estar entre el violeta y el azul claro, pero en realidad son grises, yo tardé muy poco en darme cuenta. Sólo los que se toman el tiem- po para conocerla se percatan de su encanto –le respondió Irene y luego observó a Teodoro–. Teddy, díselo a Bruno, ¿no es hermosa Alvina? –cuestionó. El muchacho desvió la mirada causando el disgusto de la pelirroja–. ¿Hoy les ha comido la lengua el gato o qué chingados pasa con ustedes? No querrán que Bruno piense que mis amigos son unos aburridos, él odia a las personas que no pueden ofrecer una buena charla.

— Sí –respondió Teodoro con brusquedad, mostrando por primera vez sonrojo en sus mejillas ante Alvina. Ésta lo vio extrañada.

— Así me gusta –dijo Irene complacida y volvió la vista al frente–. ¡Mira, Bruno! ¡Quiero uno de ésos! –exclamó al descubrir un pequeño puesto sobre la acera anunciando tejuino fresco, una bebida popular a base de maíz muy solicitada en Tala.

— Qué dicen, chicos, ¿se les antoja algo refrescante? –preguntó Bruno.

— Seguro –dijo Teodoro. Alvina asintió tímidamente.

El misterioso hombre paró la marcha del Mustang y junto a Irene bajó de él. Los jóvenes aguardaron dentro.

—¿Teddy...? -preguntó Alvina.

—¿Qué quieres? -arrojó con tosquedad el muchacho.

—¿De verdad crees que soy hermosa? -cuestionó la chica.

Teodoro no respondió, pero ella notó el mismo rubor en su rostro que cuando Irene le preguntó aquello.

— ¿Van a quedarse ahí? -interrumpió la pelirroja por la ventanilla. Los chicos notaron los fríos ojos de Bruno detrás de ella, recriminándoles su actitud, y bajaron.

¿Creen que soy su jodida criada para llevarles el tejuino hasta el auto? Malagradecidos de mierda, juró Alvina haberle escuchado decir a Bruno dentro de su cabeza.

— Este pueblo me recuerda a mi hogar: casas de colores vivos, avenidas donde los carros son casi inexistentes, pero sobre todo personas que se apegan al lugar que les ha concedido la vida -dijo Bruno-. Como este amable joven, sabe que terminará sus días como un ruin y miserable vendedor ambulante, y aun así mírenlo, es feliz -añadió y rodeó al muchacho con el brazo.

—Son diez pesos -dijo el vendedor con las mejillas prensadas cerca de las axilas de Bruno.

—Yo... no tengo cómo pagarla -dijo Alvina.

— Tranquila, blanquita, esta vez corren por mi cuenta -le dijo Bruno, liberando al joven-. Chico, toma la tuya; y tú, hijo, quédate con el cambio -le ordenó a Teodoro, éste obedeció y devoró el espeso líquido a una velocidad impresionante. Alvina cogió la suya con recato. El vendedor aceptó un billete de cincuenta.

—Está delicioso -dijo Irene.

Bruno analizó el firmamento.

—Todavía podemos disfrutar del sol. Vengan, atrapemos a ese bastardo llameante antes de que huya al acercarse el atardecer –comentó Bruno. Sacó unas monedas de su bolsillo y se las lanzó al vendedor–. Cuídalo por mí –le dijo refiriéndose a su esplendoroso Mustang vainilla.

— Sí, patrón –respondió el muchacho, y guardó el dinero en una lata.

Bebida en mano, los cuatro se alejaron hacia la plaza, siendo observados con horror y curiosidad por los habitantes del pueblo. Las solteronas, que los detectaron, se cuchichearon al oído inquietudes y desapruebes, y los viejos, con sonrisas de pulpa magenta, devoraron la escultural presencia de Irene, andando sensualmente en unas altas zapatillas de aguja sobre el adoquín.

— Chulada.

— Ricura de vieja.

Expresaron soeces lo testigos de aquel inusual paseo. Irene se congratuló del alboroto que causaba y alzó el rostro orgullosa, luego acarició a Teodoro y lo jaló hacia ella; entretanto, Bruno seguía observando fijamente a la pálida joven. En un instante, ésta escuchó a la pelirroja llamando a Teodoro con un acento impostado, uno que parecía imitar su tono de voz. Bruno le sonrió vulgar.

— Debería sentirse afortunado, el infeliz disfruta gratis de lo que otros apenas y aspiran gracias al dinero –dijo el hombre al aire. Alvina le miró perturbada.

Al llegar el ocaso, el grupo ya había dejado atrás la pequeña plaza –cuya extensión no era mayor a los doscientos metros–, siendo acogidos enseguida por caminos de terracería. Alvina creyó que deambulaban sin rumbo fijo, como si fuera un improvisado recorrido turístico; no obstante, Bruno tenía un destino muy bien definido para ellos.

El azul del cielo empezó a ceder totalmente al dorado.

— Rubio, ya cambia esa cara tan seria –gruñó Irene. Alvina husmeó en su zalamería: Teodoro estaba renuente con la pelirroja, aun así el verlos juntos le lastimó.

— Irene y él... –dijo Alvina.

— Dios los hace y ellos se juntan –le interrumpió Bruno, mirándola, luego volvió el rostro al frente. Un colosal gesto de satisfacción se le cinceló en la carne–. ¡Mira nada más! Sin darnos cuenta hemos llegado –exclamó animoso. El edificio abandonado, al que los había guiado sin ellos percatarse, les heló la piel con su fachada.

— ¿Qué hacemos aquí? –preguntó Teodoro con Irene colgando de su brazo.

— Éste, mi querido muchacho, será el nuevo salón de Bruno Galante, lo que ves se convertirá en un astro refulgente. Los muros se cubrirán de terciopelo selecto y los pisos de alfombras pulcras, borgoñas y púrpura de Tiro. ¡El amor se fundirá en copas de brandy! Los placeres negados, en las calles que acabamos de pasar, podrán ser encontrados aquí; lujuria y deseo, todo concentrado en la médula de Tala. Las remodelaciones empezarán dentro de poco, he convocado a los mejores para que levanten mi palacio.

— ¿Palacio? Me gustará ver eso –susurró Teodoro. Bruno fue hacia Irene y le extendió la mano.

— ¿Me haces el honor, estrella? –le dijo. La pelirroja soltó a Teodoro, aceptó el gesto y así, junto a Bruno, se internó en el edificio hasta desaparecer en la negrura. El chico quiso seguirles inmediatamente, el interior de ese lugar prometía ser fascinante, con gárgolas salvaguardando riquezas y antiguas maldiciones rondando por los pasillos. En resumen, el escenario perfecto para alguien con ganas de aventura como él.

— Iré detrás de ti –dijo Alvina, infiriendo las intenciones de Teodoro.

— No necesito que me cuides, he estado en sitios mil veces más aterradores –reclamó el muchacho. Se acomodó el pantalón y avanzó. Alvina le siguió.

Dentro, las vigas descubiertas en el techo, las paredes llenas de moho y corrosión, los pisos húmedos y decenas de muebles desarrapados, se alejaron de la ostentosa imagen que alguna vez tuvo el sitio cuando fue usado como hotel, dispuesto principalmente para aquellos que viajaban en dirección a la capital y que tenían a Tala como un punto de descanso. Los pobladores sabían bien la historia del viejo dueño, de cómo su avaricia había sido tal que mandó levantar prominentes barandales de hierro alrededor de todo el edificio, temiendo que alguien tuviera el coraje de invadir la propiedad en busca de sus riquezas; unas que ni él fue capaz de disfrutar a su antojo pues había muerto –de forma anticipada– en medio de una masacre al interior de la posada, ocasionada por el intento de robarle al huésped equivocado. La aclamada fortuna quedaría intacta no sólo por las dagas en punta del cercado, sino también por el temor de los habitantes a los espíritus que la custodiaban.

— Aquí tendremos un gran sofá siena, mesas de cristal, enormes candelabros tornasol... oro, ¡mucho oro! –alegaba Bruno mientras hacía mediciones con una cinta métrica. La oscuridad del sitio era aplacada por unas pequeñas lámparas de aceite y la luminiscencia del moribundo día.

— Vaya mugrero –se quejó Teodoro, sacudiéndose la ropa al aparecer con Alvina en el vestíbulo.

— Ahí están mis polluelos, empezaba a creer que habían escapado –les dijo bromista Irene.

— La gente dice que aquí está lleno de fantasmas, nadie nunca se había atrevido a atravesar las puertas –comentó Alvina.

— Mi niña, la gente dice una sarta increíble de barbaridades que ni tú ni yo deberíamos atender –expresó Bruno.

— Entre ellas, unas cuantas sobre ti –añadió Irene, acercándo- sele en movimientos delicados, como un felino.

— Ahora sé buena y tráeme ese montón de hojas, necesito anotar todos estos números –le solicitó Bruno. Alvina titubeó.

—Haz lo que te dice -le musitó Irene-. Anda, anda, -añadió con empujoncitos, animándola a acercarse a Bruno. Alvina obedeció, mientras Irene fue deprisa hacia Teodoro-. Teddy, necesito de tus habilidades como explorador -le susurró ansiosa al oído.

— Claro, soy el mejor de todos, yo... -quiso contar Teodoro.

— Sí, sí, cierra el pico y sígueme -farfulló Irene tapándole la boca.

— Gracias, blanquita -le dijo Bruno a Alvina. Tras haberle dado el pedido, ésta avanzó en reversa con pasos lentos para suplicarle a Teodoro que se marcharan, el lugar la asfixiaba; sin embargo, al darse la vuelta, le vio esfumándose con Irene por uno de los corredores elevando risitas juguetonas.

— Par de jariosos, más les vale evitar las tarimas podridas o vamos a tener que buscarlos por partes -dijo burlón Bruno al descubrir la huida.

—Es peligroso -temió Alvina.

— Y que lo digas, un paso en falso y... ¡boom! -exclamó Bruno.

La joven se estremeció por las palabras. Los ecos de la explosión, producida por Bruno, se multiplicaron como granos de arena en ese espacio mortecino.

—No... Teddy -sollozó Alvina.

— Si piensas ir tras él, hazlo ya. Irene los devora de un solo bocado -le dijo Bruno con siniestras carcajadas y ella, no dudando más en seguirlos, se echó a correr internándose en el pasillo avanzando a través de una serie de puertas entreabiertas que daban acceso a las distintas habitaciones distribuidas por la planta.

Si las historias son ciertas, los espectros deben de estar aguardando en cualquier rincón, pensó Alvina turbada por Teodoro, cuya voz, junto a la de Irene, se escuchó por todos lados -desobedeciendo el orden de los pasajes–, como si estuviera en cada cuarto del destartalado hotel, complicando aún más su localización. El montón de sonidos aturdieron a Alvina, atacándole sin piedad. La cabeza le dio vueltas. Su cuerpo entero las dio, incluso creyó oír a su tío. Aquel conjunto de habitaciones se unió formando un reguilete colosal con ella en el centro, venciéndola. No obstante, con el pecho comprimido, luchó por seguir de pie, arañando muros y rasgando papel tapiz en busca de auxilio; hasta que finalmente, y siguiendo unos chillidos, llegó a un cuarto plenamente abierto en donde, junto a una cama deshecha, encontró a la pareja. Irene besaba a Teodoro en el cuello y apretaba con fuerza su entrepierna. El chico tenía los ojos cerrados.

¡Boom!, oyó Alvina en su cabeza.

El piso crujió con la presencia de la joven, la pelirroja se percató y, viéndola de reojo, empezó a despojar a Teodoro de la ropa. Las caricias se intensificaron con cada prenda menos. Le besó el pecho cuando le quitó la camisa y el muslo al bajarle el pantalón. En el momento en que estaba por privarlo de los calzoncillos, dio un vistazo de nuevo a la joven. Ésta miraba atónita la función. Irene, sobrexcitada por el exhibicionismo, terminó de desnudar a Teodoro y, puesta en cuclillas, le succionó el pene. El chico retrocedió y gimió.

La escena fue peor para Alvina que la sesión de besos con Nazaria.

— Es la mejor en lo que hace –musitó Bruno, que ya había llegado hasta la recámara y frotaba el hombro de Alvina. La joven estaba desconcertada, desecha. El hombre tomó dos sillas de un montículo arrumbado en el rincón y las puso frente a la cama–. Toma asiento –le dijo y dio unas palmadas a la banca llena de moho. Alvina sintió que el corazón se le salía, sin saber qué hacer se mantuvo de pie. Irene ya había empezado a desvestirse. Justo en el instante en que se deshizo del sostén, Teodoro abrió los ojos descubriendo a los espectadores.

—Ven, cariño –dijo Irene, y trasladó a Teodoro de la mano hasta la cama. Hizo a un lado las sábanas mugrientas y recostó al chico en el colchón. Alvina advirtió el miembro erecto, colorado cual ave de paraíso, adiestrado para un placer que no era el suyo.

La pelirroja recorrió el cuerpo del joven con la lengua, desde el pulgar del pie hasta la frente. Le besó la manzana de Adán y terminó posando sus labios en las cejas, ésas que tanto sobresalían de su cara. Bruno empezó a sonreír y a frotar la suela de sus zapatos contra el piso cuando Irene tomó el sexo de Teodoro para comenzar el coito. En el momento de la primera penetración, Alvina se percató de que el muchacho la veía.

Quédate, creyó leer en sus ojos.

Irene revoloteó, exaltando las estrías de sus costados y provocando una serie de rechinidos en la base del lecho. Una leve búsqueda de rojo en él la invadió.

—¡Teddy! ¡Teddy! –exclamó Irene, pero Teodoro sólo observó a Alvina, la forma en que aquélla proclamaba su nombre le hacía parecer una impostora...

Una copia barata, pensó Teodoro. Su cuerpo y el de Irene bailotearon, desnudos, bajo las franjas de luz que se colaban por las persianas inermes.

Ante tal espectáculo, las piernas de Alvina empezaron a perder su fuerza, obligándola a tomar asiento junto a Bruno, pero sin despegar ni un solo segundo los ojos de Teodoro (que llenaba de su ser a Irene). Contrita, clavó las uñas en la madera de la silla; recorrió con cuidado la silueta de Irene, sus pronunciadas caderas y la carne de sus glúteos que rebotaba con cada salto sobre la entrepierna de Teodoro. Nunca se imaginó que la pelirroja, que alguna vez vio desde su ventana, culminaría el acto sexual con quien fuera el primero, y único, en provocarle rubíes en el corazón. Luego lo vio a él, perdiéndose en su iris ámbar, luciendo como si disfrutara de placeres impostores. Aquello le desgarró las entrañas y la convirtió en polvo.

Alvina intentó sumergirse en el fondo de la mirada de Teodoro para que todo lo demás desapareciera.

Los gritos de regocijo sonaron como si vinieran de ultratumba.

III

El Mustang avanzó hacia la casa de Alvina mientras millares de luceros empezaron a manifestarse en lo alto. El fucsia del firmamento se transformó en índigo, luego en azul cobalto. Irene fumó un cigarrillo y Teodoro mantuvo la frente recargada contra la ventanilla del auto. Todos guardaron silencio al escuchar las melodías que el casete de Bruno entonaba con algarabía. En su visita al hotel, los únicos gemidos que habían advertido no provinieron de fantasmas, sino de humanos gozando al máximo el estar vivos; no obstante, aquello había actuado de peor forma en su calma, especialmente en la de Alvina, sumiéndola en la pena.

— Fue una velada encantadora –dijo Bruno cuando el auto aparcó en Laurel.

— Debemos repetirlo pronto –comentó la pelirroja. Se giró en el asiento y besó a Teodoro en los labios. Éste la recibió desconcertado.

— ¿No les bastó con la cogida en el hotel? –amonestó, sin éxito, Bruno.

—Rubio sabor a almizcle -le musitó Irene a Teodoro, con la boca pegada a la suya.

— Estrella mía, si no te detienes harás que considere ponerle un precio a las caricias que compartes con él -volvió a pedir Bruno. La pelirroja se hizo la desentendida, provocándole-. Irene...

Alvina oyó los reclamos, pero procuró ignorar a los amantes y a su manía de licuar la atmósfera con sus libídines.

—Para ya... -susurró Bruno.

—Sólo un segundo más -masculló Irene.

Bruno quiso mantenerse en calma, ofreciendo un falso semblante de sí, pero le fue imposible. Aquello era un agravio contra su autoridad.

— ¡Te he dicho que pares! -demandó colérico y le estrujó la pantorrilla a Irene, lejos de la vista de Alvina y Teodoro. La pelirroja se estremeció, parando de tajo, y volvió como resorte a su lugar por el calambre-. Puta madre, ya fue suficiente. No tienes llenadera.

Los jóvenes les observaron atónitos. Bruno contrajo la mandíbula y adquirió nuevamente su gesto de amabilidad, sonriéndoles por el espejo retrovisor. Alvina no pudo continuar más en presencia de aquel hombre y bajó.

—¡Vins! -llamó Teodoro y se apresuró a dejar su lugar para ir detrás de Alvina-. Gracias por el viaje -añadió cerca de la ventanilla del copiloto.

—¡No hay de qué! -exclamó Irene, sobándose la carne disimuladamente. Bruno la detuvo del antebrazo para impedirle huir con el muchacho.

— Que esto y que el otro. Por mis huevos que el próximo le costará -amenazó Bruno. Soltó efusivamente a Irene y encendió el automóvil–. Odio que me retes... –se le oyó decir antes de que el vehículo partiera calle abajo, le esperaba un intrincado camino a la pelirroja.

De pie en la acera, Alvina y Teodoro se quedaron quietos, cavilosos. El fresco jadeo del viento calmó el ardor que la joven sentía en la piel de las muñecas.

— ¿Qué fue eso? –dijo ella, cortando el sonido de los grillos en la hierba y el de su propia inmovilidad.

— Bruno no me simpatiza –dijo Teodoro.

— Me refiero a lo que pasó en el hotel –aclaró Alvina.

— Ah, eso. A Irene le gusta el sexo –respondió Teodoro.

La luz del pórtico les iluminó las espaldas.

— ¿Y a ti? –preguntó Alvina.

— Algo, aunque no me gusta que me llame como tú lo haces –respondió Teodoro. La chica lo miró.

— Teddy... –susurró.

— Suena mejor cuando tú lo dices –expresó Teodoro y volteó hacia ella–. ¿Qué fue lo que te dijo Irene para convencerte de acompañarnos? –le preguntó.

Alvina volvió la mirada al frente.

— Ella no me convenció –confesó la joven.

— ¿Entonces por qué fuiste? –le preguntó Teodoro.

— Temí que si te dejaba ir con ellos no te volvería a ver. Nunca sentí un miedo así, te he visto partir con César o simplemente desaparecer de casa, pero hubo algo en ese sujeto que me dio mala espina. Al verte entrar en el auto no pude evitar decirle que sí rápidamente a Irene –contó Alvina.

— Te lo repito, no necesito que me cuides –dijo Teodoro.

¿Ni aun *en las noches de tormenta?*, pensó la joven.

— Por cierto, sigo enojado contigo, los truenos no me han dejado descansar. Intenté entrar a tu habitación varias veces, pero la puerta estaba cerrada -dijo Teodoro.

— Lo sé, te escuché luchando con la chapa... También te oí ocultándote bajo la máquina de coser cada vez que el cielo estallaba -le dijo melancólica Alvina, sentía como si su alma hubiera quedado atrapada en aquella habitación mientras lo veía teniendo relaciones con Irene. Hablaba por pura inercia. Teodoro no pudo contradecirla más acerca de su claro miedo a las tormentas–. ¿Fue por lo que le sucedió a Edgar? –preguntó. El viento le revolvió el espectral cabello y con ello el autobús de Lorenzo se alzó en la lejanía.

Ninguno de los dos sabría el final de aquella charla.

JUGLARES

I

La intensidad del sol de aquella tarde difirió con las tormentas que últimamente habían llevado un ambiente frío a Tala. Bruno estaba acostumbrado a esas temperaturas, por lo cual disfrutaba de la ardentía recargado plácidamente en el costado de su Mustang mientras fumaba un cigarrillo. Su camisa blanca tenía grandes manchas ocre bajo la axila, el pantalón le flotaba sobre sus delgadas piernas y la cara le brillaba por todo el sudor diseminado desde la frente hasta el mentón. La forma encorvada de su cuerpo le asemejaba a un zopilote, pero él no buscaba carne muerta que devorar, sino viva. Horas antes había visitado la preparatoria del pueblo para conversar con algunas jóvenes, luego el templo para reunirse con el padre Marino y por último el estacionamiento de la vieja fábrica de jabón, donde escuchó se reunía un montón de vagos que ensalzaban la libre ociosidad. Sus negocios, próximos a estrenarse, necesitarían gendarmes dispuestos a convivir con el lado más oscuro del ser humano, y estuvo seguro que en esos muchachos los encontraría.

Al cuarto para las cuatro, y sin rastro del grupo, Bruno tiró la colilla del cigarro y tomó una siesta dentro del auto, creando con sus vapores una cámara de gas. Llegadas las cinco, despertó. César y su clan aparecieron (las restricciones por parte de la comisaría las habían mandado al carajo). El cofrade más alto disparaba a una serie de botellas con una pistola de balines. Si existía acierto en el tiro, el grupo entero se alebrestaba.

Bruno, en su modorro, los observó desde lejos, resguardado en el Mustang y a través de las piezas de obsidiana incrustadas encima de cada malar de su faz.

— Déjame a mí, César, puedo hacerlo hasta sin ver –pidió Manuel. Todos parecían estar pasando por una serie de pruebas, en las cuales se incluía destruir un gran número de envases en el menor tiempo posible. Rubén era quien llevaba la delantera.

— Enrique, dásela, deja que tire –dijo César al coloso barriento.

— Trae acá, percha –reclamó Manuel y le arrebató el arma a Enrique, se acomodó frente a los objetivos de cristal y se preparó para apuntar. Con el dedo en el gatillo, suspiró listo para disparar, la yema se le deslizó lentamente... pero antes de que pudiera liberar la carga, surgió un gran estallido que destrozó por completo la botella, arrojando pedazos de vidrio en diversas direcciones. Los presentes se quedaron boquiabiertos por la fuerza de la explosión.

— ¿No creen que ya están en edad de dejar esos juguetes? –dijo Bruno apareciendo detrás de los muchachos. Sostenía una calibre treinta y ocho y apuntaba, con el brazo erecto, directamente a los envases.

— Verga, ésa sí es un arma –expresó Enrique.

— ¿Quieres probarla, muchacho? –preguntó Bruno.

— ¿Quién mierda es usted? –protestó César. El hombre lo miró y le apuntó con el arma, todos retrocedieron.

— Por qué mejor no me dices quién mierda eres tú –arremetió Bruno. Se acercó a César y le puso el cañón en las mejillas para revisarle el rostro. La altanería del joven se acabó en cuanto sintió el frío del metal en su piel–. No eres sino un mocoso caguengue –le dijo con hastío–. ¿Acaso los hijos de la chingada que te criaron no te enseñaron a respetar a tus mayores, por más culo de vaca que se vieran?

— Ellos... –quiso decir César.

— "Ellos" "Los tuyos" "Los nuestros" –se mofó con una voz afeminada Bruno–. Olvídalo, era un decir. Me importa una chingada si tus padres te dieron o no modales. ¿Cómo te llamas?

—So... soy César Lucio.

Bruno sonrió.

—Buen chico, ahora ya tenemos un nombre -le dijo.

—¿Y q... qué...? -tartamudeó César, Bruno bajó la pistola.

— ¿Qué pretendo? ¿Qué quiero? ¿Qué hago aquí encañonando a un pendejo como tú para que se zurre en los calzones? -le preguntó Bruno, limpiando la boca del arma en su pecho, divertido de amedrentarle-. Pues verás, César Lucio, la cosa es simple. Estoy buscando tipos que puedan ayudarme a cuidar mis intereses. No es un trabajo complicado, pero en todo el pueblo no he encontrado ni uno solo con los huevos bien puestos para hacerlo. Pensaba, no sé, que ustedes serían útiles. Aunque... al verlos jugando con ese cacharro como señoritas... Necesito hombres de verdad, ¿me entiendes?

— Sí... sí, señor, lo entiendo a la perfección, nosotros somos los más cabrones de los alrededores -dijo César.

—No encontrará a alguien mejor -agregó Rubén dando un paso al frente. Bruno lo miró y le analizó con desprecio.

—¿Los mejores? -Rubén asintió. Bruno empuñó el arma-. ¿Ustedes son los mejores? -insistió. El muchacho se llenó de pavor.

— Ss... sí -le dijo Rubén. Y Bruno, sin previo aviso, accionó el gatillo acomodándole una bala cerca de los pies. El chico cayó de culo y el fiero hombre estalló en carcajadas.

—¡Ya después seré yo quien llegue a esa conclusión, no tú! -añadió Bruno, burlón, intimidando al resto del clan; sin embargo, César se le acercó sumiso y con un leve zumbido en los oídos por el disparo.

— Sólo intentábamos mejorar nuestra puntería para cuando pudiéramos conseguir un arma... como la suya -interrumpió César, convencido de que lograría persuadir al hombre.

—¿Y se puede saber para qué? -preguntó Bruno.

— Planeamos asaltar una tienda -respondió Enrique con

recato. Si Bruno lo deseaba, también podía hacerlo callar con un mortífero eructo de su calibre treinta y ocho, pero lo único que hizo fue mirar con interés a todo el grupo.

— ¿Dinero? –cuestionó el hombre.

— Las limosnas de la iglesia ya no son suficientes. Además, esas pinches perras entrometidas vigilan el templo a todas horas –respondió César.

— Codicia, incluso aquí –murmuró Bruno pensativo–. Quizá los juzgué demasiado pronto; cualquiera debe experimentar la dicha de tener una segunda oportunidad en la vida... Así que ustedes la tendrán de parte mía –añadió. Giró la pistola en sus dedos y se la ofreció a César.

Todos se quedaron pasmados.

— ¿Pa... para mí? –preguntó el chico.

— Sí, muchacho, tómala, es toda tuya. En su interior aún debe de haber balas. Úsalas sabiamente –dijo Bruno. César tomó el arma e inmediatamente la contempló.

— Qué puta belleza –expresó maravillado.

— El viejo hotel, quiero verlos a todos ahí mañana por la noche –dijo Bruno.

— Ese sitio está embrujado –dijo Rubén desde el suelo. César volteó hacia él y le apuntó con el arma. De haberla detonado, la bala se hubiera clavado en el pedazo de tierra que separaba las piernas del joven.

— Ya lo oíste, mañana por la noche. Si tienes miedo, mejor lárgate, percha –le dijo.

— Tranquilo, César Lucio, necesito a cada uno de tus achichincles; nada de volarles la cabeza, ¿me entendiste? –ordenó Bruno, tomándolo con fuerza de las mejillas. Sus ojos abisales le vaciaron el valor al muchacho.

— Sí, cuente con eso –respondió éste. Bruno sonrió y luego se fue del estacionamiento, elevando sus hombros cual alas de Abadón.

Rubén se puso de pie mientras el grupo entero observó el Mustang vainilla arrancando.

II

— ¿Todo bien con el camión? –preguntó Alvina a su padre.

— Todo perfecto, mi cielo, sólo revisaba las goteras. Ernesto me ha dicho que si no me encargo de ellas tendré que despedirme de sus favores, tal parece que varios chicos se han quejado con sus padres por el estado del transporte –respondió Lorenzo.

— El que va hacia el bosque gotea de todas partes y nadie hace reclamos al respecto; quizá el problema sean los pasajeros –dijo Alvina.

Lorenzo detuvo la inspección y se acercó a su hija.

— Bien dicho, ¿quieres saber qué pienso en realidad? Que ese viejo es un miserable, le daría la razón a cualquiera que busque perjudicarnos –le dijo el hombre a su hija. Aunque años atrás, Ernesto Mancilla, director de la preparatoria, fuera de los pocos en no darle la espalda (debido a la condición de Alvina) al permitirle emplearse transportando a los alumnos, aun cuando ese servicio estuviera de más en una escuela pública y en un sitio como Tala. Lorenzo le acarició el rostro tiernamente y, montándose por el capó, continuó revisando el aluminio del autobús–. No sabía que habías viajado últimamente en la ruta hacia "Las estaciones" –añadió, puestos los ojos en el trasto.

— Teodoro me lo dijo, él va casi a diario –mintió Alvina rápidamente.

— Debería tener cuidado, este pueblo ya no es lo que fue alguna vez. Existen personas por ahí que sólo buscan causar el mal. Fue bueno que encontrara nuestra casa desde su llegada –dijo Lorenzo.

— Sí –dijo Alvina que, con sus dedos en forma de piernas miniatura, recorría el flanco derecho del bus cual pradera ambarina–. Mamá dejó las empanadas en la sala, están frías, no tardan en cuartearse –añadió cambiando bruscamente el curso de la conversación, no tenía ánimos de hablar sobre Teodoro.

— Me lleva... Se ve peor de lo que creí –expresó Lorenzo al descubrir montonales de óxido haciendo de las suyas, de la escotilla al borde del techo del vehículo.

— Así no les gustarán a sus clientes, papá –continuó Alvina.

— Ah, sí, amor, descuida, tu madre se quiso quedar a descansar en el último minuto –respondió Lorenzo asomando la cara desde arriba–. Extraño, ¿no crees? Nunca pensé verla tomándose unos instantes para recobrar el aliento.

— Las cosas cambian –dijo Alvina, y paró el tránsito de sus dedos.

— Ya lo creo –respondió Lorenzo, volviendo con preocupación a su labor. Con esas últimas palabras, su hija dejó el garaje para entrar a la casa. En el comedor, el perfume de las cerezas y la masa aún flotaban imperantes; eran agradables, pero en cierto punto terminaban por indigestar el olfato.

Alvina se dirigió hasta la ventana y se topó con la rolliza silueta de Miriam de espaldas.

— Resiste, mujer, falta tanto que hagas como para que empieces a flaquear por un simple achaque. Bien lo decía mamá "Toda la vida sientes que avanzas con un grillete en el tobillo y cuando al fin piensas que te vas a liberar de él es porque has empezado a desvanecerte", vaya vieja llena de razón. Pero no, Miriam Duarte, no, señor; ese grillete va a tener que seguir soportando mi gordo tobillo por largo tiempo –se dijo Miriam. El pelo oscuro, adornado con medias canas, le caía por los hombros. La molestia en su cabeza le había impedido salir a ofrecer sus empanadas, por lo que descansaba sobre una silla de plástico en el patio. Detrás de ella, una figura blanca apareció, se sentó en el césped y recargó su cabeza en la carne de sus amplias piernas.

—Hacía mucho que no veías un atardecer desde casa -dijo Alvina. Su ligero vestido se extendió en el pasto como la cola de una sirena a la orilla del mar.

—Mi hermosa niña, el sol aún no se mete, no quiero que tu piel se convierta en un guisado -dijo la mujer.

—Está bien, las nubes empiezan a volverse grises. Mi papá dijo que estabas fatigada, yo también lo estoy, pensé que podríamos descansar juntas -expresó Alvina acariciándole las gruesas pantorrillas a Miriam. El verde del césped las sostuvo inmóviles al tiempo que la brisa de junio las arrulló.

—Se acerca una tormenta -dijo Miriam.

—Me gustan las tormentas -respondió Alvina.

Miriam sonrió por el comentario de su hija.

—¿Puedo saber desde cuándo? Recuerdo que te aterraban tanto como parecen horrorizarle a... Teddy -comentó Miriam, quien la noche anterior descubrió al chico sufriendo en el cuarto de costura por el aguacero. Recostado, Teodoro se movía de un lado a otro con las manos sobre los oídos cuando la mujer abrió la puerta, en busca de aquello que provocaba los constantes ruidos que escuchaba desde hacía días.

—¿Pasa algo? ¿Problemas con las ratas? -le había preguntado Miriam a Teodoro esa noche.

—Esos malditos estruendos de afuera no se callan -respondió el chico.

—Oh, es eso... Es sólo una tormenta, mi niño -trató de calmar Miriam.

—No me gustan las tormentas, no me gustan para nada -dijo Teodoro. La mujer le había mirado con lástima (su mísera apariencia le había conmovido el corazón), comprendiendo por qué se agitaba el cuarto de costura cada noche de lluvia.

—¿Puedo? -preguntó Miriam al llegar hasta Teodoro. Éste asintió permitiendo que la mujer se sentara sobre su improvisada cama–. Recuerdo una melodía que ayudaba a dormir a Alvina en noches como ésta. Deberías haber visto a esa pequeña correr debajo de la cama cada vez que los truenos aparecían de entre las nubes, ¿quieres escucharla? –le dijo. Y en ese instante, Teodoro se recostó sobre sus muslos.

— No sabía que podías cantar –expresó el muchacho.

— ¿De qué hablas? De haberme escuchado, la mismísima Lola Beltrán hubiera envidiado mi voz –respondió orgullosa Miriam. Y luego de aclararse la garganta, empezó a emitir unas suaves estrofas.

Si pudiera cubrirte de malvas, protegerte hasta que llegue el fin; arrullarte en un campo esmeralda y velar por tu tierno dormir.

Las palabras contrastaron con la tempestad. Cual arpa luchando valerosa contra un conjunto de percusiones, Miriam entonó en voz baja el arrullo que su madre cantaba para ella y Ricardo, y que luego ella replicaría con sus hijos.

Si pudiera invocar de los cielos, una hueste de oro y marfil, para que no te falte consuelo si es que algún día estoy lejos de ti.

La angustia de Teodoro desapareció poco a poco, la mujer le peinó la dorada cabellera con sus dedos e, ignorando el escándalo de afuera, continuó arrullándolo.

Mi oración de amor yo elevo, con quietud custodiando tu paz; maravillas y sueños perfectos te acompañen por la eternidad.

— Me gusta –susurró el joven antes de cerrar los ojos.

E-ter-ni-dad...

La relajación había viajado por todo el cuerpo de Teodoro y sin darse cuenta se había quedado dormido, escuchando el son en medio de lo consciente e inconsciente.

E-ter-ni-dad...

— Sólo tiene que aprender a lidiar con los relámpagos –dijo Alvina. Y Miriam palpó su melena tal como lo hizo con Teodoro antes de dejarlo dormitando en el cuarto de costura. Ella había regresado a la cama a las cuatro de la mañana, cuando la lluvia había disminuido su intensidad.

— ¿Tú crees? Ese chico parece necesitar más que eso –dijo Miriam.

Reuniones y más reuniones con Irene, musitó en su cabeza la joven.

Unos frenéticos golpeteos en la puerta irrumpieron el momento de las mujeres.

— Seguro es tu hermano –comentó Miriam.

— No creo, aún falta para que él llegue –dijo Alvina.

— ¿Sí? Pues entonces debo ir a ver quién es, si se trata de los hombres de la hipoteca les dejaré bien claro que pueden irse allá donde el viento da vuelta –expresó Miriam.

— ¿Siguen sin darse por vencidos? –preguntó Alvina.

— Son peores que chuchos, mi niña –dijo la mujer, su hija la notó agobiada–. Semana tras semana, es lo mismo con ellos.

— En ese caso iré yo, sé cómo tratar con animales corajudos –dijo Alvina, parándose al instante.

— Ah no, seré yo quien los mande al diablo –reclamó Miriam; pero al querer imitar a la chica, le fue imposible.

— Tranquila, mamacita, si son ellos les diré exactamente qué has dicho. Aguarda aquí, por favor –dijo Alvina y partió sin permitir que Miriam replicara.

De camino al recibidor, la joven no se imaginó sujetos con ropa formal trayendo malas noticias del banco, sino a Teodoro sosteniendo uno de los panfletos de Ricardo y buscando la paz interior. Cuando abrió la puerta, quien apareció frente a ella fue Irene, con el pelo recogido en una coleta y con un maquillaje ligero que exaltaba sus pecas.

— ¡Sorpresa! –exclamó emocionada Irene, y enseguida notó decaída a Alvina–. Qué cara tienes, si cierras los ojos parecerías una muerta.

— Ted... Teodoro no está –le dijo Alvina.

— ¿Y qué te hace pensar que vengo a buscarlo a él? El que cojamos no significa que me convierta en su novia o algo por el estilo –comentó la pelirroja. Alvina la odió por darle tan poco valor a lo que hacía con Teodoro–. Los hombres pueden llegar a creer que les pertenecemos sólo porque les abrimos las piernas, pero eso no es para mí.

Irene es libre de hacer lo que quiera con su vagina. El sexo es sexo, yo no busco amor –dijo, dudando sobre aquello; pues en su último encuentro con Teodoro había buscado, fugaz e inesperadamente, el rojo que la pálida chica tanto mencionaba.

— ¿Se siente igual si lo haces así? –preguntó Alvina.

— Es diferente, pero yo prefiero ahorrarme el dolor que causa ese sentimiento. Además, Bruno no soportaría que alguien me lastimara. Al último que me rompió el corazón lo borró de la faz de la tierra –contó Irene.

— Ese hombre no es bueno contigo –le dijo Alvina, recordando con escozor el incidente en el auto.

— ¿No? ¡Claro que sí! ¡Y mucho! no tienes idea –respondió Irene frenética, vacilante, luego desvió la mirada.

— ¿De verdad? No sé... –añadió Alvina indiferente y sin el valor –ganas– suficiente para contradecirla.

— Tienes una mala impresión de él, sólo es eso. Pero no deberías temerle –dijo Irene, recobrando la compostura–. Él no te teme a ti. Es más, cree que eres exquisita, una criatura única, extraordinaria. Tiene grandes planes para ti si estás dispuesta a ayudar.

— ¿Yo? ¿Cómo puedo ayudarles yo? –preguntó curiosa Alvina. Antes de obtener respuesta, se rehusó a seguir cruzando palabra con Irene–. Perdón, necesito volver con mi mamá, no... no se siente muy bien –añadió lista para cerrar la puerta, la pelirroja se lo impidió.

— Quieres sentir el rojo, ¿no? Bruno puede concedértelo una infinidad de veces. Ayudarte a escapar del rechazo, de la soledad. No necesitarás conformarte con lo poco o nada que te pueda dar Teodoro –le dijo Irene de forma misteriosa, sacó una tarjeta de su bolso y se la dio–. Toma.

"EL GALANTE FESTÍN"

Decía en grandes letras doradas sobre el rectángulo chedrón.

— Acaban de llegar en la mañana, Bruno pidió un montón –comentó Irene.

— Es el lugar en el que estuvimos ayer –dijo Alvina al leer la dirección de la tarjeta.

— Su palacio. Quizá es muy pronto para llamarlo así, pero Bruno no pierde el tiempo. Me ha pedido que me mude hoy mismo para ocuparme personalmente de la decoración, así que el bosque se acabó para mí. Puede que por ahora tenga que dormir en esa maldita cama llena de cucarachas, pero yo me encargaré de convertirla en un lecho de rosas.

— Buenas tardes, señorita –dijo Lorenzo, quien apareció detrás de Irene limpiándose las manos con un trapo. La pelirroja volteó para devolverle el saludo y, topándose de frente con él, se lamió los labios.

— Irene –dijo ella extendiendo la mano. Lorenzo le vio confundido y se la estrechó.

— Lorenzo Sayas Chávez, para servirle –se presentó el hombre.

— Sus manos son ásperas, ha de trabajar mucho –dijo Irene al sentirle la piel de la palma y las callosidades de los dedos.

—Lo necesario para mantener a mi familia, señorita –respondió Lorenzo.

—Olvide las formalidades, llámeme por mi nombre –pidió la pelirroja.

—Mi mamá está en el patio –interrumpió Alvina. Los ojos de Irene parecían estar igual de encendidos que su cabello al mirar a Lorenzo.

—Gracias, mi cielo, justo estaba por buscarla para preguntarle cómo se siente –dijo Lorenzo.

—Quizá sea la edad –comentó Irene.

—¿Cómo? –cuestionó Lorenzo.

—Conforme avanzan los años, es normal que las personas estén todas perláticas, con cualquier pinchito se andan deshaciendo –dijo Irene.

—Pues nosotros no somos tan viejos como parece. Más bien, son las preocupaciones las que lo acaban a uno: deudas, problemas, chismorreos... Lo cotidiano –rio el hombre con ironía–. Disculpe, no quiero entretenerla con mis cosas. Me voy para que sigan platicando –se dirigió a Alvina–. Mi amor, voy a estar con tu mamá.

—Sí, papá –le dijo su hija.

—Con su permiso, mucho gusto –añadió Lorenzo para la pelirroja y entró a la casa.

—¡Llámeme Irene! –exclamó ésta con una gran sonrisa. El encuentro con Lorenzo le había puesto un radiante semblante; no obstante, Alvina, viéndola expulsar avalanchas carmesí de esa manera por su padre, fue invadida por una inesperada rabia y, sin poder contenerse, cerró la puerta violentamente, haciendo volar sus delgados mechones blancos por el arrebato.

Con la madera cerca de su rostro, la pálida joven creyó que pronto escucharía reclamos de Irene, pero lo único que obtuvo fueron ligeras ráfagas de viento. Por la ventana del recibidor, pudo observarla alejándose por la acera con la coleta rebotándole, en forma de bucle, sobre la nuca.

III

— ¡¿Quién anda ahí?! –gritó Bruno al escuchar pasos acercándose. La antesala del viejo hotel estaba llena de maletas con él al centro, sobre una silla, limpiándose las uñas con ayuda de una navaja.

— El mismísimo demonio, querido –respondió Irene al aparecer por el corredor. Con paso veloz, había abandonado la casa Sayas para encontrarse con Bruno en su nueva posada. Estaba calmada, algo cansada por el trayecto, pero el que Alvina le cerrara la puerta en la cara la tenía sin el más mínimo signo de cólera, cualquier reacción que tuviera la chica no era sino parte del plan de Bruno.

— ¿Visitaste a la joven? –preguntó el hombre.

— Hice justo lo que me pediste –dijo Irene.

Bruno esbozó una sonrisa.

— Este mundo está loco, lo que a algunos les provoca repulsión, a otros les produce un delirante placer; ahí lo tienes, esa muchachita es justo lo que algunos llaman “una flor del desierto”. La pobre ha sido relegada toda su vida a no menos que mierda. No se imagina la cantidad de tipos que darían una fortuna por hacer eso que todos temen en este pueblo: tocarla. Fue difícil el camino hasta acá, pero el haberla encontrado a ella hace que nuestra cacería valga el doble.

— Además, ahora estás expandiendo los negocios –dijo Irene.

Y el hombre la sentó en sus piernas.

— Irónico, pero cierto –respondió Bruno.

— Sobre Alvina… no pensarás mantenerla para siempre

en este mundo, ¿o sí? Tal vez te ayude a conseguir bastante pasta mientras nos establecemos, pero después podrías dejar que se fuera. No sé, quizás Teddy decida tener algo con ella, creo que merece algo de felicidad en su vida –dijo Irene.

— Que le den a ese pendejo. Puedo tolerar que folles con él como un pasatiempo, pero en el momento en que se vuelva un obstáculo para mí, lo lleno de pólvora –respondió Bruno y le metió la mano debajo de la falda a la pelirroja–. La joven vendrá a mí gracias a ti, ya es muy tarde para volverte su protectora, ¿qué crees que sintió cuando te cogiste a su enamorado delante de ella? –añadió.

— Yo no... –quiso decir Irene.

— Sí, ya sé, tú sólo juegas con los hombres y sus pitos. Pero en este juego te has llevado entre las patas a esa tontita. No me vengas con estupideces, Irene, tú y yo sabemos muy bien que eres una cabrona sin alma. Las cogidas te la han succionado por completo –dijo Bruno con voz de trueno.

— Es sólo una niña –susurró Irene. Resentida, intentó alejarse de Bruno, cuyos dedos ya se habían abierto espacio por las bragas y le rozaban con lentitud el sexo.

— Así como tú lo fuiste, y ve en la gran puta que te has convertido. Se trata de preparar el terreno, usar el tiempo a tu favor y ¡¡taráan!!, habrás sacado una mina de oro de lo más profundo de una vagina –exclamó Bruno al acercarle la punta del índice a la vulva.

Algo dentro, muy dentro (no de la entrepierna, sino del pecho), atravesó a la chica. Cayó en cuenta de lo que había estado haciendo con una inocente, llevando a cabo cruelmente las intenciones de Bruno al pie de la letra.

— ¿Qué tenemos aquí? Qué rica cosita... –dijo Bruno, animoso.

— Para, estoy cansada –expresó la pelirroja, pero Bruno se acomodó la navaja en los dedos y, superando la protección de sus labios, le metió con fuerza el mango por la vagina. El frío e inhumano ultraje la cabreó–. ¡Te he dicho que no! –exclamó con fuerza, incorporándose; la navaja cayó al suelo. El hombre le soltó un bofetón en el rostro, lanzándola contra el montón de valijas.

— Pendeja, ¡¿cómo chingados que no?! Tú haces lo que yo diga cuando a mí me apetezca. Eres mía, ¿qué más quieres para entenderlo? Te he dado todo: dinero, lujos, un cofre repleto de diamantes... esas joyas valen más que tu propia vida, golfa –insultó Bruno.

— No tengo ánimos, sólo... es eso –dijo Irene con la voz entrecortada, el golpe contra las maletas le había sacado el aire.

— Sólo... dices mierda –parodió Bruno, la tomó del cabello y la arrastró unos metros hasta la pared.

— ¡Detente! –exclamó la pelirroja. El hombre la puso boca arriba y empezó a luchar para abrirle las piernas–. ¡No! –gritó la joven, tomándose las pantaletas para evitar perderlas.

— Grita, hazlo con fuerza... sabes que eso me pone como burro –dijo Bruno, y de un violento tirón desgarró la ropa interior de Irene, dejando el elástico descuajado colgando de su cintura.

La chica se llevó inmediatamente las manos a la entrepierna para cubrirse; no obstante, su atacante se encargó de retirarlas, aprisionándola como en una mesa de tortura, para luego empezar a penetrarla con brutalidad con los dedos.

Arranques como ése sucedían constantemente. Irene estaba acostumbrada; sin embargo, eso no cambiaba el hecho de que cada injuria contra su cuerpo se sintiera diferente. Cada una causaba un distinto tipo de dolor y cada una sumaba una nueva dosis de rabia contra Bruno. La ilusión que daba ante los otros, sobre un vínculo de aprecio y respeto hacia él, funcionaba debidamente para contener la dinámica que suponía su relación; pero en cierto punto era insuficiente para soportarla.
En el momento en que el hombre estaba listo para asaltar el rosáceo sexo de Irene, con el pene en lugar de la mano, unos las-

timosos sollozos invadieron la amplitud del sitio.

—¡POR FAVOR! –se oyó desde la parte más baja del edificio.

En el vestíbulo fueron los gritos furibundos de Irene los que mutilaron las inmediaciones.

—¡PIEDAD! ¡POR LO QUE MÁS QUIERA!

El clamor volvió, y la libido de Bruno –no pudiendo ignorarle– se desplomó con la misma facilidad con que llegó.

—Chingao, ese pendejo no podía escoger mejor momento –refunfuñó Bruno y detuvo el ataque contra Irene.

—¡AUXILIO!

—¡Ye te oí, cabrón! ¡Ya te oí! –expresó molesto Bruno y se puso de pie, dejando a la joven tirada en el piso.

— Eres un monstruo repulsivo –le dijo Irene, embebida de bilis, con una mirada iracunda. Bruno devolvió su miembro dentro de los pantalones y se acomodó el cinturón.

— Uno de dos cabezas, tú eres una de ellas, no lo olvides, lindura –dijo Bruno. Y antes de retirase, se reclinó hacia las extremidades abiertas de la chica para rozarle con sus yemas la vagina. Ésta quiso cerrar los muslos al instante, pero Bruno se lo impidió violentamente–. Bastará con un poco de zumo –añadió burlesco al retirarle los dedos, tomó un plato con desechos que estaba a sus pies, encendió el radio –reproduciendo una pieza de música instrumental de la gran María Grever– y se dirigió a los escalones que daban a la bóveda, donde alguna vez se guardaron los artículos que el dueño original robaba a los huéspedes.

La oscuridad en ese recóndito espacio fue acompañada por un frío antiguo, chillidos de ratas y aleteos de moscas. En el fondo, una figura gemía como un juglar en pena. Las tinieblas y la suciedad le cubrían la cara. Bruno caminó hasta él y le acercó los dedos que había estado introduciendo en el sexo de Irene.

— Hora de la cena, lame –ordenó Bruno. El hombre tomó una bocanada de aire y comenzó a llorar amargamente.

— Por favor, por favor –pidió el sujeto.

— He dicho que lamas –reclamó Bruno, y empezó a moler con su pie los genitales del tipo. Un desgarrador alarido explotó de éste al sentir los testículos agonizando bajo la suela del zapato. Bruno le introdujo los dedos en la boca y se los restregó por el paladar y la lengua–. ¿Qué tal sabe? Espero que delicioso, fue lo último que tu amigo probó antes de ser asesinado por la turba. ¿Ya me vas a decir qué fue lo que sucedió con el botín? Estoy seguro de que el idiota te lo dio a ti antes de que lo pescáramos... ¿Te lo gastaste en un burdel de Guadalajara? ¿Se lo metiste por la vagina a las putas citadinas? ¿O fue por el culo?

— Déjame ir, ya te dije lo que sabía –escupió el hombre cuando su verdugo le sacó los dedos.

Bruno exhaló impaciente.

— Nunca llegamos a un acuerdo. Hiciste una reverenda pendejada y tienes que pagar por ella. Pero tranquilo, te tengo buenas noticias, saldaste una parte de tu deuda sin saberlo y puede que eso me convenza de liberarte de tu sufrimiento más pronto –dijo Bruno.

— ¿Yo... yo hice eso? ¿De qué hablas? –preguntó el tipo.

— Estamos a la espera de... cierto ángel –respondió Bruno.

— Alvina... –susurró el hombre antes de que Bruno le volviera a pisotear la entrepierna y le arrojara el plato con desperdicios.

ASESINOS

I

1:10 pm

— ¡ALGUIEN QUE ME AYUDE! ¡NO RESPONDE! ¡NO RESPONDE!

Una serie de espeluznantes gritos se extendieron briosos mientras un cúmulo vivo rodeó la dulcería de don Antonio Aceves, un hombre que llevaba años abasteciendo al pueblo de las más coloridas golosinas. Las detonaciones habían alertado a vecinos y habitantes que caminaban esa tarde cerca del establecimiento. La primera había sucedido alrededor de la una y la segunda tan sólo cinco minutos después. Chocolates, pepitorias, muéganos y cocadas adornaron el piso del lugar al tiempo que figuras enmascaradas huyeron con apuro. En medio del desorden, Elodia Yáñez estuvo segura de ver a uno de los asaltantes dándose a la fuga, mientras llevaba una careta del "Pato Donald", por la parte posterior de la tienda.

— ¡Deténganlos! ¡Por Dios, hagan algo! –pidió don Antonio cuando por fin pudo ponerse de pie y llegar hasta la entrada. Una figura con máscara de ciervo escapaba botín en mano mientras que otro, con cara de payaso, recogía los billetes que caían de la talega. El mismo "cara de ciervo" había sido quien detonó el arma y llevó al suelo al pobre hombre.

Con una victoria forzada, el grupo se dispersó por las arterias del pueblo en busca de un escondite: un querubín saltó con asombrosa ligereza los muros de una casa abandonada al final del bulevar. Dos siluetas llevando, cada una, caras de muñeca se internaron en los callejones ocultos de la avenida Gracia. La última parte del clan, encubierta detrás de caretas de simios, tigres y lobos, se propagó como una fantástica estampida salvaje en dirección al templo. Aquella imagen hizo que los testigos recordaran los tiempos de feria, cuando se tenía la posibilidad de encontrar cualquier tipo de folclor por las calles.

De no haber sido porque el encargado de vaciar la caja registradora cambió de opinión en el último momento, todo hubiera salido justo como lo planeado.

Momentos antes de aquel suceso, las maquinaciones se explicaban con claridad mientras la presencia de la calibre treinta y ocho infundía osadía...

12:20 pm -40 minutos antes del asalto-

En la casa Sayas, Miriam y Lorenzo se preparaban para partir a su usual venta de empanadas. Ese día no lo harían en los pueblos aledaños sino en la misma Tala. Miriam se sentía agotada para hacer un viaje largo a las afueras.

— Amor, yo puedo ofrecer la comida, no tienes por qué ir. Además, aún tenemos dinero para terminar el mes, sobre la hipoteca... esos cabrones del banco pueden esperar o venir hasta acá a que los arrolle yo mismo. Nos las arreglaremos, tú descansa –dijo Lorenzo.

— Mi madre nunca se detuvo ni un día, ¿piensas que esta vieja no puede andar unas calles? Ve a ese autobús y enciéndelo –ordenó Miriam.

— Mujer testaruda... –susurró Lorenzo.

— Y que lo digas –bromeó Miriam.

— ¿Es caso perdido si sigo insistiendo? –preguntó el hombre.

— No tienes ni la más mínima oportunidad –respondió su esposa.

Lorenzo exhaló.

— Nadie puede contigo, cielo mío, pero en cuanto note esos ojos tuyos rindiéndose de fatiga se acabó, y ni una palabra más – amenazó Lorenzo.

— ¿Que qué? Yo decidiré eso, viejo hablador –refunfuñó Miriam a su marido.

Lorenzo salió de la casa y notó a Teodoro partiendo calle arriba, vestía totalmente de negro.

— ¡Teodoro! ¡¿Necesitas un aventón?! –le gritó, captando la atención del joven, pero éste simplemente le sonrió y le mostró el pulgar.

Será para la otra, entonces. Sólo no vayas con esos chicos, pensó Lorenzo.

— Él sabe cuidarse, ¿no te has preguntado cómo llegó hasta aquí? Alvina dice que es de un lugar lejano, que gracias a Ricardo dio con nuestro hogar. No quiero ni imaginarme por todo lo que pasó en su travesía. Si él no hubiera aparecido mi pobre niña seguiría sufriendo por su chiflado tío, ¿has visto cómo lo mira? Recuerdo a una jovencita que veía con el mismo amor a un muchacho, el mejor de todos, amable, noble, uno de los últimos caballeros sobre la tierra –dijo Miriam.

— Espero que hables de mí o tendré que buscar a ese sujeto –respondió Lorenzo con un brillo especial en los ojos. Miriam le sonrío amotinando sus gruesas mejillas.

— Arranca ya, bombón, llévame a las nubes –ordenó divertida la mujer. El velo sobre su cabeza contenía el dolor que la aquejaba desde muy temprano ese domingo.

Al emprender el viaje en autobús, Miriam se acomodó en el asiento, buscando calmar su malestar. La primera mitad del trayecto intentó dormirse, pero lo único que consiguió fue entrar en un estado intermedio, el cual le hizo sentir el paseo como ningún otro. Vio hermosura en el aleteo de las últimas abejas que sobrevivían en verano; mensajes ocultos en las vetas de los árboles; incontables formas producidas por las fracturas en el concreto que desaparecía bajo el camión; y a él, a Lorenzo, recobrando la juventud en un santiamén: la espalda se le enderezó, el cabello se le llenó de vida y la piel se le limpió de todo rastro otoñal. Al observarle la comisura de los labios alisándose, Miriam sintió deseos de unirse a su metamorfosis, avanzar por las filas y llegar hasta su esposo.

Es tan apuesto..., pensó la mujer, creyente de que todas esas visiones eran captadas gracias a que sus ojos actuaban como telescopios encendidos, pero en realidad los tenía rojos, irritados por la molestia en los sesos.

— Déjame oír esa canción que tanto te gusta –pidió adormilada Miriam. Lorenzo alcanzó a escucharla y empezó a reproducir uno de sus casetes preferidos. Una suave melodía se unió a las alucinaciones de su mujer, quien, al recargarse en el respaldo, sintió que era transportada de nuevo por el pequeño buque con el que su padre surcaba el mar que bañaba las costas de Nayarit; el recuerdo del hombre, lanzando las redes al agua, seguía tan vivo en su memoria que juró verlo dirigiendo la nave al frente. Sabino Duarte había terminado sus días como pescador en la tormenta del cincuenta y seis, cuando vientos asesinos y rencores marinos devoraron su embarcación entera.

Olas de agua salada sustituyeron las laderas y gaviotas aparecieron en el cielo para Miriam.

II

12:45 pm -15 minutos antes del asalto-

— Una vez vi un arma igual cuando el ovejero Pol encontró a uno de sus animales moribundo, por el ataque de unos coyotes, y decidió acabar con su vida volándole la cabeza de un disparo. Estoy seguro de que tuvo que lavar muy bien la lana para poder venderla, nadie hubiera querido cargar con un suéter adornado con sangre y restos de animal muerto, ¿dónde la conseguiste? -comentó Teodoro. Sus ojos estaban clavados en la calibre treinta y ocho.

— Trae acá -le ordenó César-. Fue un regalo, el hombre que me la dio es un visionario, ayer por la noche estuvimos hablando de negocios. Pronto nos dará una de estas nenas a cada uno para que resguardemos sus tesoros -añadió. Sin el estímulo del hombre, con ojos de acantilado, el asalto a la tienda habría tenido lugar semanas después... o quizá nunca.

— ¿Es una especie de pirata? -preguntó Teodoro.

— Uno aterrador -bromeó César-. Está convirtiendo el hotel abandonado en un paraíso -añadió. El sitio le sonó familiar a Teodoro.

— El viejo hotel... -susurró el chico recordándose a sí mismo en la cama con Irene y un auditorio claroscuro.

— ¿Lo conoces? -preguntó César.

— He estado ahí, es un basurero -respondió Teodoro.

— Pues espera a que le des un segundo vistazo. La pelirroja que nos encontramos en el bosque ha estado haciendo varios cambios en el lugar, vive junto a nuestro nuevo mecenas. Esa tipa hace que valga la pena soportar todo el polvo y el moho -contó César.

— Creí que te había parecido una cara de culo -dijo Teodoro.

—Segundos vistazos, lo acabo de decir. Las cosas cambian si los das. Tal vez antes pensé eso de ella, pero ahora es diferente, es un primor. Esas caderas... esas tetas... ten por seguro que es de esas tipas que sacuden tu mundo con tan sólo un beso –dijo César.

—Puede que al principio lo haga, pero hay algo que no termina de llenarte por más que busques en su interior –expresó pensativo Teodoro. Haberse sumergido en los ojos de Alvina durante su encuentro con Irene en el hotel lo había dejado embebido de ella; últimamente la joven rondaba en su cabeza, con cada evocación sobre piel blanca y ojos de gema las caricias de la pelirroja empezaban a sentirse de cartón.

— César, deberíamos ponernos las máscaras, la tienda del viejo dulcero está a sólo una calle –comentó Manuel, interrumpiendo su charla con Teodoro. La cuadrilla del estacionamiento caminaba por la avenida como si se tratara de una tropa. Aunque Rubén era quien tenía el récord con la pistola de balines, César estaba seguro de que debía ser él quien empuñara el arma de Bruno, por lo que la llevaba asegurada al cinturón.

— Enrique –llamó César. El chico se abrió paso entre el grupo y le entregó una bolsa de papel, en cuyo interior estaba un arsenal de facciones.

—Todo está ahí, hasta la favorita de mi viejo –dijo Enrique.

—Yo tomaré ésa, reparte las otras –dijo el joven cabecilla y le devolvió la bolsa al muchacho–. Teodoro, te quiero conmigo. Rubén y Manuel cuidarán la puerta. Enrique se ocupará del viejo mientras yo dirijo todo con el arma –ordenó al tiempo que Enrique repartía rostros ficticios–. Los demás buscarán en la bodega. Si tenemos que lidiar con algún entrometido seré yo quien decida qué hacer, ¿quedó entendido?

El batallón asintió. Sus verdaderas identidades ya estaban cubiertas. César sonrió y acomodó una cara de ciervo sobre la suya. Enrique se guardó la bolsa de papel y caminó detrás del grupo. Su gran altura le hizo sobresalir cual Goliat listo para la batalla.

Todos avanzaron confiados en su líder.

Al llegar hasta el comercio, el ciervo aulló para estimular a su milicia, cogió la pistola, abrió la puerta de cristal con una patada y apuntó hacia el frente. Don Antonio no se hizo presente.

1:00 pm

— ¿El circo de fenómenos llegó al pueblo? –dijo un joven detrás del mostrador. Tenía la misma edad de los asaltantes.

— Cierra el hocico, esto es un asalto –dijo el ciervo.

— Lindo juguete, deberías guardarlo lejos de los niños. ¿Vas a querer que envuelva tus dulces con celofán? –bromeó el chico. El bandido se vio solo dentro de la tienda.

— ¡¿Qué esperan?! ¡TODOS A SUS POSICIONES! –gritó César tras su careta de ciervo. Sus cómplices estaban inertes, la realidad del hecho les hizo errar por unos segundos. El joven les ignoró y siguió limpiando la repisa.

Al sentirse desechado por la víctima, César contrajo el dedo sobre el gatillo y plantó una bala en los recipientes con dulces de alfeñique, llevando al tendero hacia la pared para protegerse de la detonación. El estruendo trajo una nueva dosis de coraje, logrando que, a la una en punto, el resto de los secuaces entrara a la tienda para ocupar sus puestos. Cuando Enrique avanzó por la puerta, permitió que Teodoro descubriera la identidad del joven vendedor.

Agustín, pensó éste angustiado al verlo contra la pared. César se había encargado de azorarlo con el disparo.

— Muévete, ven hacia acá –pidió César, pero Teodoro estaba inmóvil viendo a su amigo. Sabía que el muchacho había conseguido trabajo por las tardes, pero nunca le pasó por la cabeza que el lugar donde estaría confinado sería la dulcería–.

Oye, idiota, despierta. Ocúpate de la caja registradora, saca todo lo que puedas.

Un estruendo proveniente del fondo, casi junto a la bodega, sacudió el comercio.

— Miren a quién encontré en el baño –dijo Enrique, que arrastraba a don Antonio con los pantalones a medio subir.

— Vaya, y yo que creía que los viejos de su edad ya no zurraban en el escusado gracias a los pañales –se burló César.

— ¿Por qué nadie ha vaciado la caja registradora? A estas alturas ya deberíamos estar casi listos para huir –cuestionó Enrique.

— Imbéciles, ni siquiera saben cómo llevar a cabo su ridícula broma –refunfuñó Agustín, y César notó de nuevo a Teodoro estático.

— La próxima bala que salga terminará en medio de tus ojos si no te callas, percha –dijo César. Y al escucharlo usando esa palabra, Agustín lo reconoció de inmediato–. ¡Tú!, ¡haz de una vez lo que te ordeno! –le exigió a Teodoro.

— No puedo... no puedo hacerlo –dijo éste.

— ¡¿Qué?! –exclamó César.

— Creo que la gente escuchó el disparo, varios mirones vienen hacia acá –comentó Manuel. La máscara de muñeca contrastó con su gruesa voz.

El atraco, que originalmente debía durar unos cuántos minutos, empezó a alargarse.

— Mantengan la calma –pidió César.

— ¡Miserables! –gritó don Antonio.

— Si no vacías esa caja todo se irá a la mierda, ¿entiendes? –le expresó el cabecilla a Teodoro, pero éste siguió mirando a Agustín. Verlo a merced de César y los otros le hizo sentirse culpable, *un ingrato*.

— Eres un hijo de puta, César –dijo Agustín.

—¡Cállate! –bramó César. Como Teodoro no reaccionaba, le dio un empujón–. Hazte a un lado, pendejo –externó agobiado y, arma en mano, fue hasta la caja registradora para meter el dinero dentro de un costal, descuidando su posición. Agustín notó la distracción y se abalanzó contra él.

III

1:03 pm

En el instante en que la bodega del comercio era saqueada –y Agustín intentaba detener a César–, Miriam y Lorenzo notaron un flujo de personas yendo hacia la dulcería. Desde que estacionaron el camión, muy cerca del templo, se habían estado ocupando de ofrecer las empanadas sin éxito. El malestar de Miriam le tenía con la visión borrosa, y un intenso dolor en la cabeza.

— Cielo, no puedes más. Mírate, estás empapada en sudor, regresemos a casa –pidió Lorenzo.

—Estoy segura de que don Antonio nos comprará todas las empanadas. Si nos damos prisa, podremos ofrecerle algo a toda esta gente. Ese hombre no es tonto cuando se trata de hacer negocios –dijo Miriam con ese gesto optimista que nunca dejaba de aparecer en los momentos difíciles.

Lorenzo la miró con inquietud. Aun así, terminó por aceptar las palabras de su mujer.

—¡Cabrón! –gritó César e intentó liberarse de Agustín, que luchaba por arrebatarle el arma. Enrique arrojó a don Antonio contra las repisas de las pepitorias y corrió en auxilio de César.

— Ocúpate de lo tuyo, marica –expresó Enrique y, tomando a Agustín de los hombros, lo impactó en el mostrador.

—¡TE VOY A VOLAR LA CABEZA! –gritó César.

—¡Hay demasiados chismosos afuera! ¡Hay que largarnos! –exclamó Rubén.

— Buenas tardes, ¿no gusta un delicioso postre casero? –preguntó Lorenzo a uno de tantos que empezaba a amotinarse frente a la dulcería.

— ¡Lorenzo, es mi hijo! –se escuchó gritar a Miriam. La mujer observaba horrorizada el interior de la tienda, donde una figura con máscara de ciervo apuntaba la pistola contra Agustín.

—¡Llamen a la policía!

—¡Tiene un arma!

Los gritos empezaron a replicarse y justo en el instante en que César accionó el arma de fuego, una masa enfundada tras la máscara del "Pato Donald" le entorpeció el tiro al cogerlo del brazo.

La bala destrozó el reloj que marcaba la una con cinco. El estallido aceleró el arribo de los vecinos y transeúntes cercanos.

— ¡Agustín! –gritó desgarradoramente Miriam. La vista se le empezó a nublar; sin embargo, se apresuró hacia la entrada de la dulcería para ir en rescate de su hijo.

—¡Traidor! ¡Traidor! –gritó Enrique y dio un puñetazo que proyectó a Teodoro hacia el suelo. César, sumido en el caos, tomó el costal con el dinero.

—¡Huyan, idiotas! –exclamó el ciervo.

Rubén y Manuel fueron los primeros en emprender la retirada. Sus máscaras de muñeca se perdieron por la avenida Gracia.

—¡Cobardes! –gritó Agustín.

Fuera, Miriam corrió con lentitud. Justo en el instante en que se acercaba a la puerta, la máscara de ciervo y otra de payaso salieron apresuradas impactándola y arrojándola contra un enorme tambo metálico de basura. Miriam sintió su peso completo cayendo estrepitosamente al asfalto.

Aquello fue atestiguado por Teodoro, quien incluso quiso ir en su ayuda, pero en lugar de eso se dirigió hasta la bodega y huyó por la parte posterior de la tienda.

1:10 pm

— ¡Miriam! –chilló Lorenzo cuando vio a su mujer tendida en el suelo. En el instante en que logró llegar hasta ella, el resto de los asaltantes empezaron a abandonar la tienda–. ¡ALGUIEN QUE ME AYUDE! ¡NO RESPONDE! ¡NO RESPONDE!

— ¡Deténganlos! ¡Por Dios, hagan algo! –bramó don Antonio, que se había acercado con dificultad hasta la puerta y veía con ira su dinero alejándose.

En el interior de la tienda, Agustín contempló incrédulo el desorden causado por quien no dudó se había tratado de César y sus compinches: la mercancía estaba desflorada, inutilizada para su venta; los anaqueles dañados y el orgullo de su patrón, deshecho.

Bola de imbéciles, se lamentó. Al incorporarse, las lunetas, dispersas por el suelo, amenazaron con hacerle resbalar. Montones de arrayanes y pirulís se molieron bajo sus pies cuando fue hacia don Antonio, que parecía entero y, dentro de lo que cabía, sano y salvo. El muchacho se sintió obligado a consolar al hombre, mas la tenue imagen del exterior que daban los cristales del aparador entorpeció sus intenciones al mostrarle a sus padres en la calle. La canasta de empanadas estaba regada por el adoquín y el cabello de su madre, liberado por el velo, corría libre por las piernas de su padre al sostenerle la cabeza. Aquello le hizo pensar, con sublime terror, en "La piedad" de Miguel Ángel.

— Mamá... –susurró incrédulo. Lorenzo clamaba por auxilio con los ojos llenos de lágrimas mientras que su esposa estaba inconsciente.

IV

El teléfono sonó por horas, la música del radio no había dejado que su estrambótico chirrido fuera detectado.

Alvina llevaba casi todo el día sola, sometida por la rutina que la mantenía –no hacía mucho– reclusa dentro de su casa. Las escapadas al bosque se habían acabado y los paseos en la calle no eran más. Acompañada sólo de viejos álbumes (de tapas apolilladas y páginas suspendidas en un tendedero de hilos adhesivos) que contenían fotografías sobre el pasado de su familia, la tarde entera se había ocupado en hojearles y repasar en su cabeza el asunto de su tío, de Teodoro, de Irene y de ese sujeto tan escalofriante, Bruno.

Inmersa en la cara de una Miriam de cuatro años, junto al abuelo Sabino, la abuela Guadalupe y Ricardo, Alvina acarició el plástico que protegía la imagen a blanco y negro, capturando con sus yemas los rostros estáticos. Le parecía que con tantos cambios acribillándole, el presente era abrumador, sin dirección.

Y a veces me pregunto qué pasaría, si yo encontrara un alma como la mía..., concluyó José Mojica con su singular tesitura de tenor y así la cinta se detuvo, dando lugar a una estridencia que vino desde la primera planta. La joven dejó los álbumes en la cama y se apresuró a atender la llamada.

— ¿Sí? –respondió Alvina.

— ¡Vins! Pensé que nunca ibas a contestar. No tienes idea cuánto tiempo llevo marcando, ¿estás bien? –preguntó Agustín al otro lado del teléfono.

— Creo que la casa se está convirtiendo en una gran jaula –dijo Alvina. Su voz se escuchó áspera tras la bocina.

—Mi mamá sufrió un accidente, mi papá y yo estamos con ella en el hospital –soltó sin más Agustín. La chica se congeló al oír lo que su hermano acababa de decir–. Ella... creo que está bien, pero tendremos que pasar la noche aquí para asegurarnos de que no corre peligro, mi papá dice que debo regresar a la casa contigo, pero no quiero dejarlo solo, está agotado por todo lo que pasó. Le he dicho que Teodoro te acompañará, ¿puedes hacerme un favor y arreglarte con él?

—¡¿Qué sucedió?! –preguntó angustiada la joven.

— Tranquila, te contaré todo mañana por la mañana, no pases la noche en vela –respondió el chico y terminó la llamada, dejando con dudas y miedos a su hermana. Quizá Agustín había intentado sonar calmado, pero ella detectó temor, el mismo que la acosaba en ese momento, en él.

Al regresar el teléfono a la repisa, Alvina empezó a jugar con un mechón de su cabello por los nervios, miró alrededor sin saber qué hacer y, de repente, el espacio de la casa, que acusaba de quererla contener en su interior se volvió insuficiente, casi sofocante. Detectó un aroma rancio a cerezas y luego caminó hacia el sofá, donde la penumbra la acogió. Lúgubre, decidió esperar junto al teléfono hasta recibir noticias de su madre, pero con el correr de las horas fue inútil. El aparato se mantuvo petrificado, sin emitir ni uno solo de sus eructos tintineantes.

Sumida en un sopor y aislada del tiempo, la joven olvidó encender las luces, por lo que, cual siniestro maniquí, su figura blanquecina resaltó en la total oscuridad de la casa, llegado el noctámbulo turquí.

Sigue sin sonar, se lamentó, y una centella azulada se coló por las cortinas, siendo la obertura del aguacero que comenzó a caer. La brisa gélida y el vocerío de las gotas invadieron las ventanas, obligando a Alvina a despabilarse y a correr para cerrar una por una aquéllas ubicadas en ambas plantas.

—¡Cállate! ¡No me dejas oír el teléfono! –le reclamó al cielo. Aún sin rastro de su hermano por el auricular, y faltando poco para la media noche, se recostó en su cama, convencida de que se mantendría despierta hasta oír la estridencia del teléfono; treinta minutos después, y al escuchar unos ruidos en el primer piso, supo que había tomado una siesta no planeada.

Diez pasos de la puerta al umbral de la cocina. Otros diez de regreso a la sala.

Silencio.

Los escalones vibraron. Cinco pasos y el recién llegado caminó hasta la habitación de Agustín. Alvina no tuvo duda que se trataba de Teodoro cuando su tradicional paseo terminó en el cuarto de costura. La paz de tenerlo en casa la inundó y sin darse cuenta se quedó dormida otra vez.

Esa noche caería la tormenta más violenta de junio, provocando que los árboles lucharan por mantenerse en pie, cables de luz se desprendieran de los postes y techos de lámina volaran como hojas de papel por los aires. El fragor se prolongaría inquietando a pequeños y grandes, entre ellos Teodoro, quien sin los arrullos de Miriam o el amparo de Alvina sufriría con cada trueno y relámpago al punto de ser llevado fuera de su habitación en plena madrugada.

— Lluvia bastarda –bufó Teodoro atemorizado y fue hasta la puerta de Alvina, girando la chapa varias veces, pero como de costumbre, estuvo cerrada. Sintiéndose indefenso, suplicó por ayuda en silencio. Lo sucedido en la dulcería lo tenía alterado, casi al borde del trastorno. La desesperanza lo atormentó. Inexplicablemente necesitó a Alvina a su lado, como nunca, como justo ahí.

Empero, cuando creyó que no habría nadie que le diera abrigo, la puerta se abrió, mostrando a la lívida chica de sus clamores.

—Entra –musitó Alvina. Sus miradas se fundieron por unos segundos hasta que la joven se giró y regresó al lecho. Teodoro invadió la habitación con incertidumbre y se recostó junto a ella–. Hoy no necesito callar la voz de mi cabeza con el sonido de la tormenta, te necesito a ti –añadió.

El muchacho recobró la calma, agradeciéndole infinitamente aquel favor inmerecido de compasión.

— No te des la vuelta –pidió Teodoro cuando Alvina intentó acomodarse de espaldas a él–. Una vez conocí a un hombre que decía que lo mejor antes de dormir era observar algo de lo que estés seguro te hará tener buenos sueños.

Alvina quedó prendida de su rostro, confundida.

—¿Entonces por qué me miras a mí? –preguntó la chica.

—Tú siempre me traes paz, no sé por qué o cómo. Aunque tus ojos nunca dejen de moverse, sé cuándo están clavados en mí –le dijo Teodoro.

—No te burles, por favor –pidió avergonzada Alvina y desvió la mirada.

—¿Qué? No, nunca lo haría. Yo de verdad los puedo sentir estáticos sobre mí. ¿Sabes? Me parece que si no se detienen es porque quizá les sea imposible dejar de llevar el mismo ritmo que los latidos de tu corazón, ¿lo has pensado? Danzando delicadamente con la música que proviene de tu interior –dijo Teodoro queriendo reconfortarla, Alvina se encantó con aquella manera de explicar sus nistagmos.

—Tal vez –confesó sonrojada–. Aunque no es sólo eso, mis ojos además son débiles, no puedo ver con claridad la mayoría de las veces, pero a ti... quiero verte lo mejor que pueda –añadió–. De pequeña solía usar unos anteojos graciosos, pero con el tiempo los dejé porque creí que sin ellos me sentiría más normal. Ahora me doy cuenta de que es lo mismo con o sin ellos.

— Yo no quiero que seas normal, todos los demás lo son y eso no los hace mejores –dijo Teodoro.

Los rubíes empezaron a rodear el corazón de la joven como rosas florecientes.

— Teddy... –susurró Alvina.

Teodoro sonrió involuntariamente.

— Hace tiempo que no escuchaba que alguien me llamara así –dijo el muchacho.

— Mientes. Irene lo hace todo el tiempo –dijo Alvina.

— Es diferente –confesó Teodoro.

— Creí que te gustaba todo lo que ella hace –expresó Alvina.

— ¿Podemos dormir? –preguntó Teodoro. No quería hablar de nada ni nadie, sólo necesitaba descansar, olvidarse de todo junto a aquella alba chica.

— ¿Ya no estás molesto conmigo? –preguntó Alvina.

— Puede ser –bromeó Teodoro.

Ella sonrió.

— Descansa –dijo la joven. Y dejó que Teodoro cerrara los ojos. Después de mucho tiempo sin tener ese tipo de cercanía con su amado, se permitió disfrutar todo lo que le producía el verlo dormir, sentir su calidez golpeándole el rostro y admirar su vulnerable figura. Lo que perdió, en el momento en que se volvió testigo de los actos sexuales de Teodoro e Irene, regresó a ella cuando acercó su boca y absorbió el aliento que él liberó con cada respiración. Sus labios no se tocaron, pero sus seres se volvieron uno.

Aquélla sería la última vez que los dispares jovencitos compartirían el lecho, y la última noche que Miriam pasaría con vida en el cruel paraíso de los mortales. En el hospital, la mujer daba su última exhalación al tiempo que su hija absorbía el hálito de Teodoro. Los médicos habían hecho lo posible para mantenerla lejos de la muerte desde su llegada, pero sus altos niveles de colesterol actuaron como asesinos y le provocaron un infarto de cerebro vascular grave. Lorenzo fue el único que la acompañó en el final, contemplando sus últimos latidos. Un remanente de vida, en el cerebro de Miriam, le hizo imaginar a su padre sobre un gran barco llamándola, y a su madre disfrutando de la brisa en proa; su esposo, sus hijos, Ricardo, e incluso Teodoro, la despidieron cuando subió en la nave, partiendo para siempre entre espuma y el azul de lo que parecía un mar cristalino e infinito.

CAPÍTULO CUATRO

VENDEDORES Y AMBULANTES

I

El paisaje la recibió con un caluroso abrazo. Estalagmitas esmeralda surgieron de la tierra, resguardando así el nacimiento de flores bailarinas, y espejismos argentados del pavimento. La vista era hermosa, el aire soplaba con gracia y el sol prometía brillar intensamente hasta que la luna lo relevara. Todo era abrumador, imposible de asimilar de una sola ojeada.

—¡Vuelve acá! –gritó Agustín en el momento en que Alvina levantó el rostro para olfatear los fragantes dominios externos. La pequeña tuvo que recurrir a sus anteojos para disfrutar con mayor facilidad lo que estaba ante ella, y a la vez, tratar de atender su molesta sensibilidad a la luz.

—¡Estoy bien! ¡Estoy bien! Te dije que no moriría –exclamó alegre la niña. Agustín meneó la cabeza y caminó fuera de la casa para interceptarla, pero ésta huyó por la acera–. ¡Alcánzame, Guso!

— ¡No es gracioso! ¡Detente! –gritó Agustín y, decidido a preservar su papel como hermano mayor, siguió por varias cuadras a la niña de cabello blanco que voló por el asfalto cual alevilla.

Imágenes de aquel nuevo mundo, que Alvina apenas exploraba, se manifestaron velozmente: casas de fachadas y personalidades diversas, de diseños pueblerinos que rehuían de las innovaciones de los postes eléctricos y las casetas telefónicas; árboles huérfanos, raíces inhumadas; callejones, terrenos baldíos, alquerías, tiendas de abarrotes ofreciendo paquetitos económicos de jabón "1-2-3", kits de "Uñas Cosmar", bálsamo aromático "Vicks VapoRub", y huacales repletos de "Cherry Coke". Todos los lugares que daban forma a Tala, y sus pintorescas pizcas de modernidad, le sonrieron invitándola a conocerlos. La experiencia fue grata para ella, no así para Agustín. Justo después de abandonar el cruce de Laurel con Melisa, el chico perdió de vista a su hermana. La niña había sido seducida por el modesto tianguis que cada jueves invadía el pue- blo. El alboroto custodiado por carpas de colores, el aroma a fruta y especias, las montañas de ropa usada y demás artículos llamativos, se extendían a lo largo de tres cuadras formando un escondrijo involuntario.

Un hombre, con jaulas para pájaros sobre su espalda, fue el primero que advirtió la presencia de Alvina. Al descubrirla, la comparó con uno de los raros canarios blancos que había criado con la esperanza de obtener varios pesos por su venta. La niña desapareció entre la multitud antes de que éste le dirigiera la palabra.

En medio del gentío, hubo quien enseguida la reconoció como la hija de Miriam Duarte, "La pálida de Tala" o "La descoloreteada". Los infantes que se toparon con ella no hicieron más que verla fijamente y correr hacia las faldas de sus madres. Alvina no se dio cuenta de las reacciones que provocó hasta que se detuvo frente a un comerciante de flores, quien, de entre las majestuosas plantas que ofrecía, tenía una gran violeta imperial que llamó inmediatamente su atención.

—Nunca he visto una flor tan hermosa, debe de ser la mejor bailarina de todas. Vamos, pequeña, ¡baila!, ¡baila! –dijo Alvina en cuclillas mientras la tomó de los pétalos como si fueran sus brazos. Las hojas magenta, con diminutas motas fucsias, se estremecieron entre las traslucidas yemas de Alvina. El vendedor, saliendo de su asombro al ver a tan peculiar criatura, le dio un manotazo sobre los dedos para detener el agravio a su mercancía.

— Estás arruinándola, mocosa del demonio –regañó el hombre. Alvina retrocedió por la infame sorpresa, cayendo entre los pies de la concurrencia. Un rayo de sol traspasó violentamente el cristal de sus anteojos, cegándola por segundos. Los empujones no se hicieron esperar. Una mujer le dio un pequeño pisotón y un joven la golpeó en el rostro con el codo, ocasionando que emitiera un leve gemido.

—Es la niña Sayas…

—Esa chiquilla trae mala suerte.

—No la toques, es horrorosa.

Los susurros fueron en aumento conforme Alvina fue detectada por más asistentes.

— Mamá… papá… Agustín… –dijo la niña alterada, las lágrimas empezaron a brotar de sus ojos.

—Aléjate, engendro.

—¡ANORMAL!

—Mi nombre es Alvina –comentó confundida ante una marabunta creciente de rostros temerosos y despectivos. Un ardor en sus muñecas la obligó a rascarse.

—¡Obsérvenla! ¡Está enferma!

—¡Háganse pa atrás!

—¡Tiene sarna!

—Es verdad, miren cómo se rasca.

—Qué asco.

La pequeña empezó a sentir cosquilleos en distintas partes de carne expuesta, su paseo bajo el sol había provocado que diversas marcas rojas aparecieran sobre toda su perlina dermis.

—¡Ayuda! Arde… ¡Arde! –gritó la niña, pero nadie la auxilió. Su hermano, que estaba a pocas cuadras del lugar, se percató de los chillidos.

—¿Qué le pasa, mamá? Esa niña me da miedo –expresó un pequeño y escondió el rostro tras las pantorrillas de una de tantas que miraban sin preocupación a Alvina.

Agustín se abrió paso entre la gente, y al detectar el alboroto se apresuró a llegar hasta donde su hermana padecía.

— ¡Alvina! -lloró el chico. Se quitó la playera y, cubriéndola lo más que pudo, la alejó de ese infernal ruedo donde sólo encontró maldad e indiferencia; de no ser por él, Alvina habría sufrido quemaduras mayores ese día, incluso podría haberse desmayado por el dolor y nadie se hubiera inmutado.

Cuando Miriam regresó a casa por la noche, y encontró a su pequeña hija sufriendo por ampollas en cara, brazos y piernas, se sumió en un llanto que empeoró al escuchar el relato de su hijo, en el cual la falta de humanidad en Tala fue la brutal protagonista.

Ésa había sido la primera vez que Alvina había sentido la crueldad del sol, que había experimentado el rechazo de las personas y que se había visto a sí misma como alguien distinta. El agridulce encuentro con el exterior siempre estaría acompañado de insultos y burlas, nada que la ayudara a sentirse cómoda consigo misma ni con el resto de las personas.

II

— ¿Te pasa algo? -preguntó Teodoro.

— Recuerdos, ese pequeño tianguis revive cada jueves desde que tengo memoria -respondió Alvina.

— Pues tus recuerdos no van a ayudarnos a vender las empanadas -reclamó Teodoro.

— Teddy... no quiero entrar ahí, intentemos en algún otro lado -pidió Alvina deteniéndolo del brazo. Teodoro le notó un ligero enrojecimiento en la muñeca, aunque la joven llevaba su crema protectora y una gruesa blusa de manga larga, las extenuantes horas bajo el sol seguían cobrando factura en ella.

Ambos llevaban toda la tarde moviéndose por Tala, intentando vender la tanda de empanadas que Alvina había cocinado usando la receta de su difunta madre. Desde la muerte de Miriam, no sólo habían tenido un fatídico duelo por días, sino también graves problemas económicos que amenazaban con dejarlos en la calle. Los pocos ahorros de la familia se usaron para comprar un humilde ataúd de pino, construido de tal forma que la robusta figura de Miriam no fuera comprimida grotescamente durante el sepelio al que sólo Lorenzo y los tres jóvenes acudieron. La ausencia de la mujer no era cosa fácil, la familia había perdido la base de su constitución. Aún por las noches, encerrado en el garaje, Lorenzo se tiraba al suelo y suplicaba por consuelo –lloraría por el resto de su vida aunque a la vista de sus hijos fuera el hombre inamovible que necesitaban como padre–. Agustín se refugiaba en sus dibujos, y Alvina en la esperanza de encontrarse de nuevo con su madre cuando las nubes se abrieran para ella.

— Es el mejor de los lugares donde podríamos hacer negocios y conseguir una buena lana por estas delicias; además, creí que los sitios así te gustaban, me dijiste que uno de tus favoritos era el mercado cercano a la plaza –dijo Teodoro.

— Ahí no, por favor... –volvió a pedir Alvina. El muchacho exhaló y se dio la media vuelta.

— Que quede claro que has sido tú la causante de que perdamos una fortuna –refunfuñó el chico y enseguida sintió a la joven aferrándose a su brazo. Las muestras de afecto por parte de Alvina habían aumentado con la partida de su madre. Cada que podía se tomaba con fuerza de él, como si estuviera haciendo lo posible por evitar que la vida se lo arrebatara. Teodoro no le correspondía, pero tampoco la rechazaba, en el fondo necesitaba aquella ternura como una especie de consuelo, él también había sufrido con la noticia. Al enterarse, Alvina lo vio llorar por vez primera. En el entierro, Teodoro padeció como un pequeño.

— ¡Andas de novio con la sarnienta! –se escuchó gritar a lo lejos. Alvina creyó que el chico la alejaría para evitar las burlas; sin embargo, éste continuó su camino, permitiéndole seguir con la cabeza en su hombro.

— Creo que era Nazaria –dijo Alvina.

— Me tiene sin importancia, camina más rápido –respondió Teodoro.

— ¿Temes que nos encontremos a tus amigos? –preguntó Alvina.

— ¿Qué amigos? Si te refieres a las perchas ten por seguro que nunca llamaría a esos pendejos mis "amigos", además ya no frecuentan el estacionamiento ni los alrededores de la plaza, su guarida se ha extendido más allá de donde cualquiera desee seguirlos –contó Teodoro.

— ¿De veras? –cuestionó Alvina.

— Deja las preguntas, Vins. Mira, esa vieja parece tener con qué comprarnos una empanada –dijo el muchacho.

— No, Teddy, espera –pidió Alvina, pero Teodoro corrió hasta una mujer de espaldas, cubierta con un rebozo jade y el cabello recogido en una peineta de plata.

— Señora, qué tal si por unos cuantos pesos le lleva un delicioso postre a su marido, sólo huela las cerezas –comentó Teodoro y destapó la canasta. Cuando la mujer reveló su identidad, el chico frunció el ceño.

— ¿Qué te hace pensar que alguien se llevaría a la boca esa inmundicia que traes en la mano? Basta con verla para darse cuenta que sabe a mil demonios –dijo la mujer.

— Usted... –se quejó en voz baja el joven. Se trataba de Elodia Yáñez.

— Ahora vete, su hediondera es asquerosa –gimoteó ésta.

— Seguí todo al pie de la letra... deberían tener buen sabor – dijo tímidamente Alvina al acercase.

— Querida... –expresó con sorpresa Elodia–. Sí, seguro que sí –añadió hipócritamente, dando unos pasos hacia atrás para evitar estar próxima a la chica–. Lamentablemente, mis alergias no me permiten comer algo como... eso.

— Basura. Vámonos, Vins, esta cabrona no sabe reconocer lo bueno ni aun teniéndolo en frente –dijo Teodoro.

— ¡¿Pero cómo me has llamado, muchacho majadero?! –exclamó Elodia, queriendo acomodarle una cachetada a Teodoro.

— No voy a repetírselo, pendeja –dijo el chico y, justo cuando la sangre de la mujer hervía por sus insultos, la melena dorada de éste saltó a la vista. El día del robo volvió a ella, dotándola de una brutal ventaja.

— No lo creo... ¡Pero si eres tú! Claro que eres tú, esos pelos tuyos son inconfundibles –arremetió Elodia con una sonrisa malévola. Teodoro la observó con extrañeza–. Ahora no me queda la menor duda de lo que vi esa tarde, de que te vi a ti... de espaldas cuando huías –dijo haciendo que el muchacho respingara.

— Está loca de remate, ¡se le zafó un puto tornillo! –exclamó Teodoro.

— No, no, no. No te hagas el tontito, escuincle baboso, sabes muy bien de lo que hablo –reclamó Elodia.

— Déjenos en paz, hemos perdido a mi mamá y... –trató de intervenir Alvina, pero un nudo en la garganta se lo impidió.

— Tu madre, tu pobrecita madre. Miriam ya tenía suficiente con su familia para encargarse de alguien como él. De verdad que no entiendo qué la llevó alimentar la boca llena de porquería de un delincuente –dijo de una manera perversa Elodia–. Y pensar que el pueblo era un lugar seguro, agradable, perfecto para tener una vida digna. Personas tan vulgares como éste... como esa mujerzuela a la que frecuenta, y ese hombre... –se quejó–. Es repugnante ver la clase de foráneos que nos invaden como cucarachas.

— Hay lugares que están hechos para ser nidos de bichos –rezongó Teodoro. Elodia rio de forma ácida por el comentario, no estaba dispuesta a ceder ante él.

— Y el grupo de holgazanes con el que te juntas tiene los peores. Gusanos horrendos que gustan de retar la ley de los hombres, de Dios. Barbajanes, ¿no les bastaba con las limosnas del templo? -preguntó Elodia y se le acercó a Teodoro-. Deberían avergonzarse de ser unos rateros... unos asesinos -le susurró. El corazón del muchacho volvió a sobresaltarse.

— No sé de qué habla -respondió Teodoro, evitando mirarla de frente.

Elodia se acomodó el rebozo y se cruzó de brazos, sintiéndose victoriosa.

— Sí que lo sabes. Puede que todos estén convencidos de que Miriam murió en el hospital, pero un verdadero asesinato ocurrió en la dulcería. Esos criminales no sólo mataron la tranquilidad de Tala, sino a una mujer -dijo Elodia.

Teodoro tomó con fuerza a Alvina y se alejó de la mujer que, soberbia, siguió gritoneándole injurias y acusaciones.

III

Asesino.

— No has dicho nada desde que nos encontramos con Elodia, ¿no tienes una historia para mí? Tal vez alguna sobre una mujer que era tan maleducada como ella -preguntó Alvina intentando provocarle un mejor humor a Teodoro.

Quizá la venta de empanadas había fracasado, pero las palabras de Elodia zumbaron con éxito en el interior de Teodoro. Aunque para Alvina no significaron nada, para él fueron duros golpes, no se sentía culpable de la muerte de Miriam, sino de no haberla podido evitar como tampoco pudo con su hermano. El fallecimiento del niño había ocurrido días antes de que emprendiera su viaje. Teodoro no sólo huyó de su hogar sino del recuerdo de Edgar, de cualquier fantasma que regresara en las noches de tormenta para reclamarle sus inútiles cuidados.

—No se me viene ninguna a la mente, ¿a dónde vamos? Ésta no es la ruta a Los Pocitos –preguntó Teodoro.

— Pensaba dar un vistazo en "Las estaciones", con todo lo que ha pasado no he hecho lo suficiente por encontrar al tío Ricky. Espero no tengas problema en acompañarme –dijo Alvina.

— Cómo negarme, si lo hago tendría que bajarme ahorita del camión. Además... pensándolo bien... el bosque está repleto de gnomos. Si logro capturar a alguno de esos malditos podré venderlo a un buen precio, al doble... al triple de lo que cuestan las empanadas. Con ese dinero no habría que ofrecerlas en la calle otra vez –dijo Teodoro animoso.

— Son peligrosos, ¿y si se vuelven contra nosotros? Tú podrías protegerme, ¿verdad? –cuestionó Alvina sonrosada.

— No será necesario, seguro que tú sola puedes con ellos – respondió Teodoro. Estaba distraído pensando en Elodia.

— Sí... eso creo –dijo Alvina desilusionada. Luego vio por la ventana la proximidad de "El bosque de las estaciones"–. ¡Nuestra parada! ¡Vamos, Teddy! –respingó enseguida. Teodoro se puso de pie y junto a ella dejó el autobús. Al descender, todos los pasajeros les siguieron con la mirada.

Cuando por fin se deshicieron de los curiosos, los dos ingresaron en la verde espesura. La hierba fresca rozó los tobillos del chico y los últimos rastros de polen jugaron en sus fosas nasales. Al observar a Alvina fundiéndose con el paisaje, le pareció una combinación perfecta, sublime. La chica lucía *como una criatura de las que viven sólo en los cuentos de hadas*, pensó Teodoro.

— Nunca me has contado sobre el trabajo de tus padres – dijo Alvina.

— ¿Qué? –preguntó el muchacho.

— Tu padre, tu madre... ¿A qué se dedican? –cuestionó la

joven mientras se movía por los arbustos. Teodoro la seguía disperso, sumido en sus pensamientos.

— A nada interesante –respondió Teodoro, y Alvina comprendió que interrogarlo sobre su pasado no sería la mejor de las ideas, por lo que cuando la entrada al bosque había quedado lejos, hacía ya un rato, optó por recurrir a aquello de lo que estaba segura despertaría a Teodoro del sopor del que era esclavo.

— Lo último que he encontrado del tío Ricky –*o mejor dicho lo único*, pensó Alvina– fue un pedazo de tela de su pantalón cerca de aquí, en un lugar que a mi hermano no haría muy feliz que yo visitara.

— ¿Por qué? ¿Es peligroso? Tranquila, yo soy bueno con los sitios así –comentó Teodoro audaz, Alvina sonrió al notarle de esa manera.

— Lo sé –dijo la chica.

— ¿Y? Dime dónde es –demandó Teodoro entusiasmado.

— Es detrás de aquellas ramas –le señaló Alvina.

— Entonces espera aquí, será mejor que revise la zona antes de que continuemos –dijo Teodoro.

— Creí que no era necesario que me protegieras –dijo Alvina.

Teodoro se ruborizó.

— No lo hago por eso, es sólo que... bueno... un aventurero como yo debe encargarse de cualquier riesgo antes de seguir con su camino –dijo Teodoro.

Los chicos se miraron por unos instantes, luego el muchacho se internó más allá de los arbustos y enramadas. Teodoro había estado actuando diferente desde la aparición del Mustang vainilla y de su dueño. Seguía renuente, pero los sonrojos parecían atacarlo cada vez con mayor facilidad.

¿Será acaso que...? Se preguntó la chica.

No pasaron más de unos segundos para que Teodoro comunicara su hallazgo.

— ¡Vins! ¡Es mejor que vengas a ver esto! –la voz del joven interrumpió sus conjeturas mentales. Alvina sujetó la canasta de empanadas y apartó la hierba para descubrirlo mirando con interés las botellas regadas en el césped.

— Diamantes olvidados –dijo Alvina.

— ¿Diamantes? –preguntó Teodoro.

— Ahora parecen más unos hongos, pero siempre se me figuraron pequeñas gemas brotando del pasto –dijo Alvina.

— Sí, puede ser. ¿No dijiste que habría riesgo de andar por este sitio? No veo nada que haga pensar eso –comentó Teodoro decepcionado al no haberse topado con colosales plantas carnívoras ni con una tribu de pigmeos salvajes. Alvina se puso en cuclillas para observar mejor los recipientes de cristal. La refracción del sol arrojó destellos en su faz. El chico analizó los alrededores y, cuando le pareció que todo se congelaba dentro de una cápsula de vidrio y brillos multicolores, repentinamente comenzó a encontrar fascinante aquel escenario–. Aunque... he de reconocer que es bastante interesante –dijo, acomodándose a un lado de la joven–. Tienes razón, lucen como diamantes.

— No me agradan los diamantes, prefiero los rubíes –dijo Alvina, interrumpiendo aquella mística contemplación.

— Pensaba que todas las chicas amaban esas piedras –dijo Teodoro.

— Yo no, su falta de color las hace poco especiales –respondió Alvina.

— ¿De qué hablas? Vaya que tienen color, pueden tener el que sea al reflejar miles de arcoíris desde su interior, sólo mira hacia allá –le pidió el chico. Alvina observó refulgentes gamas proviniendo de las botellas. Un sinfín de tonalidades se dispersaba por los follajes y la corteza de los árboles. El desfile tornasol los atrapó.

— No... no había pensado en eso –expresó maravillada Alvina.

— Ahora puedes hacerlo –comentó Teodoro y empezó a adquirir un gesto melancólico–. Ojalá hubiese podido enterrar a Edgar en un sitio así, creo que cualquiera querría descansar aquí… a mí me gustaría, la luz nunca faltaría, el cristal atraparía el sol al igual que a la luna.

— Tu hermano… lo amabas –dijo Alvina.

— El amor sólo trae tristeza, si no eres capaz de proteger a quienes amas, entonces no los mereces –respondió sombrío Teodoro, el cielo empezó a llenarse de nubarrones plañideros.

IV

— Se tardaban un poco más y la lluvia los hubiera sorprendido. Debo recordarte que esa crema tuya no resiste al agua –dijo Agustín. Alvina descansaba en su habitación, ella y Teodoro habían regresado más pensativos que de costumbre.

— Queda muy poca, pronto el frasco estará vacío –dijo Alvina.

— ¿Es por eso que fuiste con Teodoro a vender empanadas? Vins, el dinero… no deberías preocuparte –dijo Agustín.

— La lluvia ha estado apareciendo a la misma hora desde el día que enterramos a mi mamá –contestó Alvina. Cada tarde, mientras peinaba su cabello, veía por la ventana el agua caer, las gotas se acoplaban perfectamente a sus lágrimas. Con frecuencia, la vista a la calle le hacía imaginarse a Ricardo deambulando en la acera; sin embargo, en ese instante, era Miriam a quien veía, caminando de vuelta a casa. La ficticia escena era acompañada por melodías celestiales que venían desde la planta baja.

— Puede deberse a cualquier cosa, asuntos atmosféricos, ca- sualidades. Lo único que sí es seguro es que hemos tenido el junio más lluvioso de los últimos años –dijo Agustín.

— ¿Recuerdas todos los anteriores? –preguntó Alvina.

— La mayoría –respondió su hermano al tiempo que la música de “Señor Jesús, el día ya se fue” comenzó a reproducirse desde el principio–. Mi papá escucha esa canción todos los días, sólo se queda en el comedor y la repite una y otra vez.

—Era la favorita de mi mamá, la aprendió de unos misioneros en donde vivía antes de que se mudara por la muerte del abuelo. Estuvo tan feliz cuando por fin la encontró en una cinta –respondió la chica–. Creo que la compró en uno de nuestros últimos viajes a la ciudad.

— Pues espero que mi papá se canse de ella, si no escucho otra cosa voy a terminar como Van Gogh –bromeó Agustín.

— Su sonido es angelical, estoy segura de que ahora mi mamá la canta mientras camina sobre el aire, todos deben de amarla ahí arriba. Quisiera estar con ella –dijo Alvina, y sus ojos se empezaron a mojar al mirar a su hermano.

—Vins, no llores, no quiero que te unas al gris que reina en Tala. Velo de esta forma, mi mamá ya no tendrá que lidiar con los tipos de la hipoteca, de lo contrario les hubiera partido la nariz a puñetazos –dijo Agustín.

—La última vez los amenazó con la manguera, les dijo que si no se iban terminarían empapados ellos y su montón de papeles –contó Alvina, y ambos hermanos rieron–. Era tan parecida a Teddy; par de valentones de lengua suelta...

La chica se secó las lágrimas con la manga de su blusa.

—A él también parece haberle afectado lo de mi mamá al igual que a nosotros, ¿sabes si está mejor? –preguntó Agustín. De repente Alvina se sobresaltó al regresar la vista hacia la calle.

— ¿Qué hace? Si sale ahora, se empapará –dijo la joven. Agustín creyó que intentaba cambiar de tema otra vez–. ¿Por qué lleva su mochila? –le preguntó angustiada a su hermano.

— ¿De qué hablas? –cuestionó Agustín. La chica vio de nuevo por la ventana.

—¡Se va, Agustín! ¡Se va! –exclamó ésta afligida.

—¡¿Quién?! –preguntó el muchacho.

—¡Él! ¡Debo detenerlo! –respondió Alvina. Se puso de pie y corrió fuera de su habitación hacia el pasillo.

Agustín se acercó confundido hasta la ventana y vio a Teodoro caminando por la acera, no parecía que la lluvia le molestara en lo más mínimo.

— Él –dijo meditabundo Agustín–. Pues sí, parece que nos deja.

La joven avanzó apresurada. El olor a cereza y tierra mojada invadían la casa. No hacía mucho que Teodoro acababa de cerrar la puerta tras de sí, listo para recibir la lluvia sobre su cuerpo y quizá un nuevo destino.

Alvina sintió que moría con cada escalón que dejaba atrás. Cuando llegó hasta la puerta, la abrió violentamente.

— ¡Teddy! –gritó. Teodoro paró su ida.

— Hola, Vins –contestó él de espaldas.

— ¡¿A dónde vas?! –preguntó la chica. La respiración se le empezó a agitar–. Te vas a resfriar con la lluvia... y tú... tú odias los rayos, son peligrosos, dijiste que conociste a un hombre que fue atacado por unos cuantos, ¿lo recuerdas?

Le temes a las tormentas, entra conmigo, nunca dejaré que vuelvas a sufrir con ellas ni con el recuerdo de Edgar, meditó en su corazón Alvina.

— Y sobrevivió... Además, no ha habido rayos ni relámpagos estos últimos días –Teodoro volteó hacia ella–. Parece que hoy tampoco los habrá. Sólo agua, mucha para el camino.

— Entonces... ¿Te marchas? –preguntó Alvina desolada.

— Creo que ha llegado el momento de seguir, los viajes son así, nunca terminan –le dijo Teodoro.

— Pero aún debemos vender las empanadas mañana, lejos del pueblo tal y como lo hacía mi mamá. No puedo hacerlo sin ti –dijo Alvina.

— Tonterías, puedes hacer cualquier cosa sin ayuda de nadie, los que te hayan dicho lo contrario son unos idiotas –respondió Teodoro.

No lo hagas…, una triste súplica de ella.

— Fue bueno conocerlos, nunca pensé que encontraría personas como ustedes. Tu madre… siento lo que le pasó –dijo Teodoro con la voz entrecortada–. Despídeme de Agustín y Lorenzo.

— No te puedes ir, no ahora –susurró para sí la chica. Los ojos estaban a punto de explotar, liberando así cataratas salinas–. ¡No te puedes ir! Ellos… deberías despedirte por ti mismo, es de mala educación que te vayas así nada más. Mi papá se entristecerá cuando se dé cuenta que ya no estás ahí para ayudarle, y Agustín… no creo que esté muy feliz de perder a su modelo principal.

¿Y qué hay de ti? Una abrumadora interrogante de él.

— Es tarde y las gotas siguen –dijo Alvina.

Quédate, por favor.

— No te preocupes por la lluvia, lo bueno de ella es que se evapora y se va sin dejar rastro, así debería ser todo en la vida –*como el dolor*, pensó Teodoro.

El amor sólo trae tristeza, si no eres capaz de proteger a quienes amas, entonces no los mereces.

— Cuídate, Vins. Por cierto, tomé una empanada para el viaje, de verdad te quedaron deliciosas, esa puta Yáñez no sabe de lo que se ha perdido –añadió el joven ambulante y siguió su camino. Alvina entró en desesperación, quiso tomarse la falda y correr hacia él para impedirle que se fuera, pero no lo hizo, sólo lo vio marchándose.

La lluvia cayó indiferente.

¡No me dejes! ¡No me dejes!

— Y así como llegó, se va, ésta casa se siente cada vez más sola –dijo Agustín recargado en el marco de la puerta.

Alvina hizo caso omiso a su hermano y entró desorientada a la casa, subió las escaleras, apoyándose de la pared, y regresó a su cuarto para desmoronarse. Parecía que desde que había conocido a Teodoro estaba tan frágil como las alas de una libélula. Había llorado incontables veces, su corazón se había marchitado y vuelto a nacer tanto como una Rosa de Jericó. Estaba deshecha. Al darse cuenta de que jamás lo volvería a ver, se sintió abandonada, más sola que nunca.

¡¿Por qué?! ¡¿Por qué?! Se preguntó devastada, yendo de un lado a otro, queriendo descifrar la inesperada partida de Teodoro. *¿Habrán sido las palabras de Elodia? ¿El fracaso con las empanadas?* ¿La visita al bosque? *Lo último que dijo, de pie en los diamantes olvidados, le mostró triste, puede haber sido eso...*

Cualquier razón que se le ocurrió le pareció estúpida, no suficiente para tranquilizarse. En un instante pausó su andar y decidió ir detrás de Teodoro para pedirle que se quedara; sin embargo, supo que nada de lo que le pudiera decir lo haría cambiar de opinión.

Sofocada por el dolor, se llevó las manos al rostro y gritó en su interior. Miriam y Teodoro la habían dejado a merced de un mundo que la rechazaba.

Se había quedado sin el rojo del cambio.

No todos te rechazan, hay varios que darían lo que fuera por estar contigo, creyó escuchar diciendo a Irene. Y con los ojos empapados miró hacia el frente.

No muy lejos de su vista se encontró con que la tarjeta chedrón, llamándola a "El Galante festín", aguardaba bajo la cama, oculta cuasi mapa del tesoro. En otro momento, la invitación de la pelirroja le habría parecido una desfachatez, pero en ese instante la iluminó como un resplandor al final de un túnel.

AMANTES

I

—Si no comes, terminarás en los huesos, ¿quieres facilitarnos el trabajo de ocultar tu cadáver? Bien, entonces hazlo. Las ratas están ansiosas por devorar tu cena. Yo me voy, la fiesta está a punto de comenzar, Bruno se ha encargado de invitar a tantas personas que estoy segura de que tendremos una noche de locos –dijo Irene y pateó el plato de cobre, sobre el suelo, hacia el famélico hombre captivo–. Quién se imaginaría que alguien de verdad accedería a venir hasta acá, ¿eh? Por cierto, mantén la boca cerrada o Bruno por fin cumplirá su promesa y te cortará la lengua –añadió. Luego recordó que el amenazado en cuestión había detenido el último intento de Bruno para ultrajarla. La joven se vio tentada a retractarse de sus palabras y quizá ayudarlo, pero siguió con su camino. Cuando volvió a la primera planta fue interceptada por una figura masculina, ataviada en una bata gris, que la tomó por sorpresa.

—¿Qué hay ahí abajo? –preguntó el muchacho recién aparecido.

—¡Virgen Santa! ¡Me asustaste! –exclamó alterada Irene.

—Perdón, ¿estás nerviosa por algo? –dijo el chico.

—Ratas, ahí abajo hay ratas... y no, no estoy nerviosa, sólo odio que las personas se aparezcan de la nada –contestó fastidiada a Teodoro. El joven había llegado al viejo hotel hacía algunas horas, totalmente empapado y sin rumbo fijo.

—¿Son ratas parlanchinas? ¿Puedes hablar con ellas? Una vez conocí un chico que tenía una de mascota, la trataba como si fuera un cachorro; estaba seguro de que podría entrenarla para hacer trucos de circo, cruzar aros de fuego y bailar en una pata. Yo siempre supe que eso no era posible, esos animales son estúpidos, odio esos ojos rojos suyos... –contó Teodoro.

— Cállate, cotorro –dijo Irene y le plantó un beso para detener su historia–. Hablando de ojos rojos, ¿sabe Alvina sobre tu nueva residencia? –preguntó al liberarle los labios.

— Sabe que tuve que irme, nada más –respondió Teodoro.

— Triste, ahora debe de estar destrozada, eres un cabrón... todos ustedes lo son. ¿De verdad nunca notaste cuánto te ama? Puede que las ratas sean estúpidas, pero los hombres lo son aún más –dijo Irene.

— No vine aquí para que me compares con pinches ratas de campo, igual sólo pienso quedarme esta noche para recuperar las energías –aclaró Teodoro.

— Pues elegiste la peor para visitarnos –le dijo Irene.

— Si lo dices por la fiesta... de todas formas no planeaba unirme –dijo Teodoro.

— En otra ocasión te hubiera obligado a bajar para que las viejas adineradas te pusieran un ojo encima y ofrecieran fortunas por pasar el rato contigo. Agradece que las cosas no estén como para hacer eso –dijo Irene.

— No quiero estar con nadie –se quejó Teodoro.

— ¿Ah sí? ¿Ni conmigo, Teddy? Sé que no sólo estás aquí huyendo de la casa de esa chica, viniste a verme, a hacerme tuya –le susurró la pelirroja.

— Deja de llamarme Teddy –le pidió Teodoro.

— ¿No es así como ella lo hace? No suena igual cuando yo lo digo, ¿verdad? –preguntó Irene y se recargó contra la pared del pasillo–. Quién lo diría, tú también la amas, ¿te costó darte cuenta de eso?

— No seas estúpida –dijo Teodoro encendiendo la ira de Irene.

La joven se fue hacia él y lo tomó de la barbilla.

— Jamás, ¿me escuchas? Jamás me vuelvas a llamar así –amenazó la chica y lo miró enardecida por unos segundos, luego lamió su mejilla–. Piérdete, no quiero que Bruno sepa que estás aquí –añadió. Teodoro se liberó de su mano y se alejó de ella con recelo.

Aquella noche pintaba para ser una de las más escandalosas que Tala había tenido en su historia. Otros podrían haber estado completamente emocionados, mas Irene se encontraba melancólica. Cuando se preparaba para el festejo, le llevó varios minutos ponerse sólo las medias. Se sentía confundida, perdida.

Al cinco para las diez, los corchos de las botellas volaron lejos. Copas rellenas de sidra y licor de frutas adornaron con colores cristalinos el salón del recién remodelado hotel. Aunque aún había bastante que hacer por el antiguo edificio, Bruno se las ingenió al crear paisajes elegantes para los asistentes, lechos cómodos en las habitaciones de la segunda y tercera planta, y un apacible bar al fondo. El mismo olor a tierra mojada, que invadía el hogar de Alvina, Agustín y Lorenzo Sayas, flotaba por todo el lugar, combinándose con el aroma de los puros, el brandy y los exóticos perfumes de las acompañantes. En el interior de aquella gala, Bruno sobresalía como el gran maestro de ceremonias, su traje sastre color mostaza no le permitía pasar inadvertido.

La fiesta no contaba con hombres de sombrero de copa ni mujeres con elegantes abrigos de piel; al contrario, la vestimenta era extravagante y poco recatada. Un grupo de féminas portaba ajustados vestidos de cuero con adornos de gamuza púrpura. En una mano sostenían una copa de licor y en la otra la cadena del collar con que mantenían quietos a tipos "en cuatro patas" sobre el suelo; mientras que sacos pardos y camisas fuera del pantalón correspondían a aquellos que fingían ser dueños de grandes cuentas bancarias. Su apariencia era deplorable, pero ellos eran los cazadores más voraces.

— Galante, el sitio es una pocilga, pero no puedo negar que

sigues teniendo a las mejores putitas –le expresó con plena sinceridad un hombre a Bruno.

— ¿Qué dices, Cirilo, viejo malagradecido? –preguntó bromista éste al robusto sujeto junto a él–. Escoge a cualquiera de mis chicas y verás que el lugar pasa a segundo plano, todas ellas acaban de llegar hoy por la tarde, están nuevas, listas para hacer gozar a alguien con el tamaño de tu cartera.

— Y pienso hacer valer cada billete –respondió el tipo soltando una risotada que hizo vibrar su abultado abdomen.

— Laura, Marta, vengan acá –ordenó Bruno a dos jóvenes que aguardaban cerca de las escaleras. Ambas eran morenas, de cabello largo y ojos oscuros, casi como los de él; sus prendas dejaban al descubierto amplias estepas de piel tostada.

— ¡Ven, que me vengo! ¡Ven, que me vengo! –gritoneó un hombre con sólo los calzoncillos puestos (desde su llegada a la juerga se había ocupado descaradamente de barrer con la reserva del bar, por lo que con un último sorbo de tequila terminó haciendo desfiguros que tenían a los invitados muertos de risa. Ya había fingido ser una guacamaya volando por todo el salón, ya había emulado a una gallina poniendo huevos). Cuando las chicas pasaron a su lado, éste les dio un pellizco en las nalgas. La más delgada le arrojó disgustada su bebida; sin embargo, el tipo se gozó con el ataque, dejando escurrir el almíbar alcoholizado en su torso (atestado de verrugas y vello apel- mazado) al tiempo que realizaba jacarandoso una serie de embestidas sexuales hacia delante.

— ¡Impotente!

— ¡Cerdo gordinflón!

Le gritaron burlonas las jóvenes y siguieron su camino hasta llegar con Bruno y su impaciente cliente, a quien enseguida flanquearon con la tibieza de sus cuerpos.

— ¡¿Qué es esto?! –exclamó Cirilo al recibir las caricias, en pecho y rostro, de las muchachas–. ¡Largo! ¡Fuera de aquí! –añadió indignado y, dando de empujones y manotazos, se deshizo de las morenas.

— No hay necesidad de maltratar la mercancía, cabrón. Si las mujeres ya no son lo tuyo, puedo conseguirte algo más –le dijo divertido Bruno.

— No, no quiero a ninguna de tus nuevas adquisiciones, la quiero a ella –dijo Cirilo apuntando a Irene. Bruno sonrió, deslizó su mano por el dorso del viejo, hacia el bolsillo de su trasero, y le sacó la cartera de piel curtida.

— Seguro, te costará tres de los grandes –dijo Bruno.

— Sí, sí, tómalos –respondió el sujeto entre el barullo y la música de tugurio.

— ¡Irene! –gritó Bruno y le indicó con los dedos que se acercara. La pelirroja dejó su copa en la barra del bar y fue hasta ellos con movimientos encantadores.

— Buenas noches –saludó Irene.

— Hola, hermosa criaturita, ven con papi –dijo el regordete y se adelantó para devorarle los labios; asqueada, la chica quiso detenerlo, pero cuando Bruno le mostró tres billetes verdes aceptó la torpe boca sobre la suya. En momentos así, Irene sólo quería escapar de aquel cruel destino que la atormentaba, aquél en el que siempre había algo material de por medio para poder poseerla. Ese ciclo había sido iniciado con su padrastro, cuando por muy pocas monedas la dejó en manos de Bruno –y en la de una cantidad interminable de amantes transitorios– para que éste hiciera con su vida lo que le viniera en gana. Ella lo odiaba por eso, por haberla vendido al diablo y por ser el primero que estuvo en su interior, aniquilando la forma de doncella inmaculada que atesoraba con tesón en los días de su niñez. En cada nuevo postor, la pelirroja veía y sentía al hombre que la crio, haciéndola suya a la fuerza una y otra vez sin remordimientos.

— Irene, te buscan en la puerta –interrumpió de repente Enrique, apareciendo tras ella.

— Muchacho, lleva tu horrorosa cara lejos de aquí, estamos en medio de negocios; creí ser muy claro cuando te pedí a ti, a César y a los demás que se ocuparan de vigilar afuera –reclamó Bruno.

—Es que... es la chica... -dijo Enrique.

II

—Alvina -dijo César.

— Tu nombre es igual de raro, ¿por qué piensas que toda la gente de ahí adentro va a querer codearse contigo? -dijo Manuel. Él, al igual que César, Rubén y el resto del clan, aguardaba a las afueras del viejo hotel. Su valor podía tocar el cielo gracias a las armas que empuñaban con orgullo. Si Alvina hubiese presenciado el robo a la dulcería habría notado la misma calibre treinta y ocho en manos del asaltante enmascarado, con la cara de un ciervo, y de César en aquel instante.

—¿Agustín sabe que estás aquí? -preguntó Rubén.

—No -respondió Alvina.

— Lamento lo de tu madre -dijo César, recordando haber arrojado a la mujer contra el asfalto en el momento de su huida.

— Gracias -dijo Alvina, simulando una sonrisa. Empezaba a cansarse de esas palabras, estaba segura de que nadie lo sentía, nunca podrían hacerlo. *Tendrían que haberla conocido, experimentar su amor incondicional, su ácido humor e incansable espíritu*, pensaba-. ¿Qué es lo que hacen realmente aquí?

— Cuidamos que ningún indeseado moleste los negocios del jefe -respondió Rubén. Un ligero lamento se oyó a los lejos. La chica recordó inmediatamente las historias sobre fantasmas.

—¿Jefe? -preguntó Alvina.

—Como lo oyes -dijo Rubén.

—Agustín también tenía un jefe, pero después del asalto a la dulcería lo perdió. Don Antonio estaba más interesado en recuperar su dinero que en contratar un ayudante -contó Alvina.

— ¿Sabes lo que hay ahí dentro? -le interrumpió César-. Espero que no pienses que fantasmas, hay ocasiones en que los vivos dan más miedo que ellos. Y escucha, en ese sitio hay varios que te pondrán los pelos de punta.

La joven oyó temerosa lo que pareció ser una advertencia por parte de César; sin embargo, se aferró a la poca adrenalina que la había llevado hasta ese lugar.

Enrique e Irene aparecieron en la entrada.

—¡Bonita! Vine tan pronto me enteré que nos visitabas. Espero que estos buitres no te hayan estado molestado, no saben cómo tratar a una mujer, son un montón de perros que no piensan con la cabeza que tienen encima de los hombros, sino con la que les cuelga sobre los huevos –dijo Irene.

— ¡Vaya boca! Si estás tan segura de lo que dices ven y comprueba el tamaño de nuestra inteligencia –le dijo Manuel y se estrujó la entrepierna frente a ella.

— Mejor mantén eso dentro de tus pantalones si no quieres que te lo arranque con los dientes –respondió la pelirroja y le lanzó un beso al chico, convirtiéndolo en la burla de sus amigos. Luego, se ocupó con premura de Alvina–. Niña, deberías estar en tu casa. Sé que te dije que podías venir cuando quisieras, pero… bueno, cambié de parecer, vaya loca, ¿no? –le susurró nerviosa.

— Pero me dijiste que aquí hallaría el rojo, ahora lo necesito más que nunca. Mi familia no se encuentra bien, mi mamá ya no está y Te… simplemente lo necesito, eso es todo –le dijo Alvina.

— ¿Teddy? –preguntó la pelirroja.

— No tiene que ver con él. Me ayudarás, ¿verdad que sí? –pidió Alvina.

— Linda… –murmuró Irene al contemplar una doliente súplica en los ojos de aquella chica.

Quiero ayudarte, por eso te pido que huyas de aquí, esto no es más que un sucio muladar repleto de asquerosas perversiones, pensó la pelirroja.

— ¿Se puede saber por qué no le has dado el paso a nuestra

invitada de honor? -dijo Bruno apareciendo de sorpresa.

— Bruno -expresó Irene al sentir al hombre a sus espaldas.

— Maravilloso, aún recuerdas mi nombre -le dijo sarcástico a Irene, y se acercó momentáneamente a su oído–. ¿Qué esperas? Llévala y prepárala. El tiempo es oro, estrella mía.

— Hay una fiesta dentro -comentó Alvina con ingenuidad al percibir la música y el barullo.

— Tú lo has dicho, por qué no entras y nos acompañas. La lluvia ha parado hace ya un buen rato, pero si vuelve no queremos que te empape -dijo Bruno y le extendió la mano–. No temas...

La joven dudó en aceptar la invitación; no obstante, se sentía agotada de ser repudiada, de que nadie le dirigiera la palabra en el pueblo, de que la llamaran engendro o pensaran que era una enferma ambulante. Lo único que necesitaba era amor... un rojo intenso, sólo eso.

— No lo hago -respondió Alvina y, creyendo fervientemente que si dejaba morir el último rubí que Teodoro había cultivado en su corazón ya no habría más, tomó la mano de Bruno. En casa, nadie se había percatado de su salida. Agustín, sumido en la oscuridad del cuarto de costura, lloraba perturbado -sosteniendo con fuerza la máscara de una caricatura- el deceso de su madre; mientras que Lorenzo dormía en el comedor.

— Eso es -expresó sonriente Bruno, guiándola al interior de la morada. En el instante de su ingreso los asistentes quedaron prendidos de la pálida chica.

— Todo luce diferente -dijo Alvina, impactada por la presen- cia de tantas personas en ese sitio que estuvo abandonado por décadas.

— ¿Te gusta? Irene escogió el nuevo papel tapiz, debiste haber visto la cantidad de diseños que había para elegir -contó Bruno al llevar del brazo a Alvina, exhibiéndola descaradamente con los invitados. Irene les seguía de cerca–. ¿Ya te diste cuenta? No hay nadie aquí que no te vea con gran interés.

— ¿A mí? ¿De veras? –cuestionó Alvina inspeccionando el salón.

— Claro, yo tenía razón. Sólo hay que buscar el lugar adecuado para alguien como tú y todo tomará su curso –comentó Bruno.

Alvina se sintió intimidada y extasiada al mismo tiempo, los ojos no se posaban sobre ella con desdén, sino con cierta atracción. Con la progresión de su andar, estuvo segura de que ahí encontraría lo necesario para colorear su cuerpo y convertir su corazón en un rubí perfecto.

— ¿A dónde vamos? –preguntó Alvina.

— Hoy es tu noche, necesitas brillar –respondió Bruno.

Subieron la escalera y al llegar a la segunda planta la hizo entrar en una habitación de color esmeralda. Los daños en el concreto eran cubiertos sin cuidado por la oscura pintura.

— ¿Aquí? Pero no hay nadie. Quiero volver abajo –dijo Alvina.

— No comas ansias, antes de eso Irene me ayudará a transformarte en una joya o yo me pondré de muy mal humor –añadió Bruno mirando a la pelirroja sobre el hombro–. No quieres verme molesto, ¿verdad, estrella?

— No –respondió Irene. Su mirada estaba congelada como de costumbre, contrastando con la fogosidad que transmitía su cabello.

— Entonces obedece. Haz tu mejor trabajo con ella –exigió el hombre y empujó a Alvina hacia su grácil lucero carmín.

— Sí, claro –dijo la pelirroja.

— Quiero resplandecer, Irene –pidió Alvina, con una dulce y frágil inocencia, al haber sido entregada para su metamorfosis.

— Resplandecer... –meditó melancólica Irene e inusitadamente un brillo especial surgió en sus ojos, como si de una iluminación repentina se tratara–. De hecho, creo... creo que sé cómo lograr un radiante destello de gemas –añadió encantada.

— Me gusta cómo se oye eso, al fin vuelves en ti –le dijo Bruno con recelo–. Bueno, manos a la obra. Las dejo para que se arreglen, señoritas –añadió y, en el momento preciso en que abandonó la habitación, la pelirroja cerró la puerta mirando a Alvina con complicidad.

— Resplandecer, vaya que vas a resplandecer. Espera aquí, necesito buscar algunas cosas –comentó ansiosa Irene y salió.

— ¡No me moveré! –exclamó Alvina. Y la joven de cabellos encendidos, con un plan en mente, corrió por el pasillo hasta su recámara. En ella, Teodoro descansaba desnudo boca abajo sobre la cama. La entrada fue estrepitosa.

— Veo que te pusiste cómodo –comentó Irene.

— Toda mi ropa sigue mojada, además el color de la bata me recuerda a un roedor. ¿Qué buscas? –preguntó Teodoro.

— Cosas de chica, metiche –respondió Irene.

— Las ratas con las que conversas en el sótano han estado gimiendo, no suenan como animales; de hecho, estoy seguro de que tienen el tamaño de un humano –dijo Teodoro.

— En este pueblo puedes encontrar lo que sea –respondió Irene sin prestarle interés al joven. Las prendas volaron fuera de las maletas por su frenética búsqueda. Al encontrar un largo vestido blanco, repleto de brillos y cuya construcción se basaba en uniones de gasa y *chiffon*, sonrió alzándolo frente a ella. Se sentía pesado–. Éste es.

— ¿Vas a cambiarte? –cuestionó Teodoro.

— Basta de preguntas –respondió Irene y, pasando cerca de la cama para tomar su pequeña caja de maquillaje, se reclinó para darle un sutil beso en los glúteos al muchacho. Los labios dejaron una marca escarlata sobre la piel satinada de la retaguardia. Teodoro no se inmutó.

— Ese vestido se parece a Alvina –dijo el chico. La joven se presentaba en su mente cada vez de forma más intensa.

— Si quieres puedes quedártelo como recuerdo, pero no ahora... lo necesito –bromeó Irene lista para regresar con Alvina–. Por cierto, no salgas a menos que necesites usar el baño, tú ocúpate de recuperar las fuerzas, descansa –añadió. Aquello último le evocó a Alvina diciéndole lo mismo durante las noches de tormenta.

Descansa.

Irene se fue hasta la puerta y antes de salir, miró al joven, lucía nostálgico.

— Por ninguna razón vayas al sótano, a las ratas de ahí abajo no les simpatizan los extraños –pidió la pelirroja. De haber insistido un poco más, el final de aquella noche se hubiese tornado diferente.

— Entendido –dijo Teodoro–. Irene, ¿cómo...? –quiso preguntarle (sobre el rojo, no le desconocía sólo le repudiaba), pero su esporádica amante ya había partido a una habitación que estaba a sólo tres puertas de distancia: una esmeralda.

Fuera, Irene inspeccionó la nívea prenda en sus manos, palpó las costuras y comprobó que todo el brillo estuviera ahí.

Tendrá un verdadero destello de gemas, pensó distraída.

— Qué bello vestido –dijo Bruno interceptándola de golpe por el pasillo. La chica se sobresaltó–. Lo siento, ¿te asusté?

— Pensé que habías regresado a la fiesta –respondió Irene, su sonrisa se esfumó.

— ¿Eso te gustaría? Más te vale no estar confabulando a mis espaldas, puta –advirtió Bruno.

— Me pediste algo lindo para la joven y es justo lo que fui a buscar –dijo Irene, mostrándole ligeramente el traje–. Sólo creí que preferirías esperar a la sorpresa de verla bajando por las escaleras convertida en una reina.

— No te atrevas a dar por sentado nada, limítate a hacer lo que te diga –amenazó Bruno con el rostro a centímetros de

Irene.

— Sabes que así es -balbuceó ella. El hombre le acarició el cabello con las yemas.

— Mi favorita... mi estrella. A veces eres una real perra, querida. Una perra hija de la jodida y putísima chingada -insultó Bruno. Irene pasó un árido trago de saliva.

— La más perra de todas -contestó ésta desafiante.

— ¿Perra que mama no ladra? -preguntó con descaro Bruno.

— ¿Cómo? -dijo Irene.

—Ladra -le ordenó inesperadamente Bruno con un gesto maquiavélico.

— ¿Que haga qué? -preguntó indignada la pelirroja.

— Que ladres -volvió a pedir Bruno.

La ofensa, la punzante vergüenza.

— Bruno... -dijo Irene.

— Ladra, perrita -insistió el hombre.

La joven se sintió en extremo humillada por la petición, tentada a negarse a pesar de que la ira de Bruno se desatara, mas... con la mira puesta en el bien de Alvina (y no queriendo arriesgar sus planes), se deshizo de su orgullo y emitió unas voces que se compararon cómicamente a las de un tímido Cocker Spaniel. Bruno se mofó inmediatamente con una intensa risotada.

— ¿Puedo irme ya? -cuestionó abochornada Irene, padeciendo con la respiración del hombre al calcinarle, como el aliento de un volcán en erupción, los pómulos y las mejillas. Se esforzaba por no desmoronarse.

— ¿Irte? -preguntó aún riendo Bruno–. No veo por qué no, adelante -comentó y se hizo a un lado, con un noble ademán caricaturesco, para que la joven pasara. Irene creyó que recibiría algo más que amenazas abrasadoras, *un feroz jalón de cabello, un golpe en las costillas... una violación en pleno corredor*, temió, pero no sucedió nada. Al entrar en el cuarto, exhaló aliviada. Alvina esperaba por ella al pie de la cama.

—¿Te sientes bien? –le preguntó.

—Sí –respondió la pelirroja.

—Pareciera que... –quiso decir Alvina.

— Estoy perfectamente –interrumpió Irene de espaldas, limpiándose una diminuta gota de sal del lagrimal. Sólo me emociona saber cómo te verás con esto puesto –mintió y, tratando de recuperar la compostura, giró para presentarle lo que con tanto fervor transportó para ella por un camino invadido de espinas.

— ¿Eso es para mí? –preguntó Alvina. La pelirroja asintió–. ¡Es hermoso!

—Estaba segura de que te encantaría –dijo Irene y se aclaró la garganta, deseando que de ella no brotaran ladridos involuntariamente–. Recuerdo haberlo comprado cuando Bruno me mandó a este lugar, imaginaba que habría una ocasión especial para lucirlo. Yo misma me encargué de hacerle algunos arreglos para que terminara de ser perfecto. Póntelo mientras yo me ocupo de lo demás, es tuyo.

—Es pesado –dijo Alvina al recibir el vestido.

— Debe de ser por el brillo, date la vuelta –pidió Irene y vació la humilde caja (adornada con dibujos despintados de bailarinas de flamenco, cuyos tocados y abanicos apenas y sobresalían de las raspaduras en la placa de hojalata) encima del lecho, vomitando polveras con sombras picoteadas, montones de cotonetes con las puntas manchadas, esponjas triangulares con los bordes carcomidos, peines de plástico fosforescente, cepillos de madera y frasquitos de rímel a medio terminar.

—Todas esas personas... –dijo Alvina.

— Sí, bonita, están aquí para buscar amor de una noche, igual que tú –respondió Irene y, tras tomar el cepillo, acicaló la blanca melena de Alvina mientras ésta, después de unos segundos, comenzó a desvestirse con timidez para enfundarse en aquel primoroso ajuar. Al acomodarse la tela sobre los pechos, un aroma cautivante la invadió, su mundo vibró.

—Teddy... -exclamó Alvina con voz suave.

—¿Dijiste algo? -preguntó Irene.

—Su aroma, estoy segura de que es el de él -dijo Alvina.

—Sólo estás nerviosa. Mírame, relaja el rostro -pidió Irene y se dispuso a formar una máscara de color en sus párpados, pestañas y mejillas. El toque final a su creación lo dio un carmesí intenso sobre la boca. Cuando Alvina se vio ante el espejo, se quedó perpleja con su propia imagen, los labios sobresalían vehementemente como una gota de sangre derramada en un inmenso campo cubierto de nieve.

—No sabía que podía lucir así -dijo admirada.

— Simplemente hermosa -comentó Irene, y se dispuso a colocarle sobre la cabeza un tocado de plata, cuyas delgadas cadenas descendían por el cabello a los lados. Alvina dio la imagen de ser una novia lista para recibir a su futuro esposo.

— Me veo... bien -dijo la blanca chica, al tiempo que su boca se arqueaba hacia arriba en un gesto de alegría pura.

— Vamos, cariño, sé más justa contigo, luces espectacular -dijo Irene y por unos segundos se vio a sí misma como una copia de Bruno, una que se encargaba de ataviar la castidad de las jóvenes para venderla por una suma insignificante de dinero. Su reflejo la hizo sentirse avergonzada.

—Gracias, Irene -externó Alvina.

—No agradezcas, niña -contestó taciturna la pelirroja.

—Si Teddy pudiera verme ahora... ¿Crees que se enamoraría de mí? -preguntó Alvina plagada de esa enigmática inocencia suya.

— Seguro, no tengas duda de eso -respondió con sinceridad Irene.

Lo estuvo todo este tiempo sin darse cuenta. A pesar de todo lo que le di no pude causarle ni el más mínimo rojo, ninguno como el que tú le haces sentir, meditó la pelirroja.

Las jóvenes terminaron de admirarse en el espejo y salieron dispuestas a crear una entrada triunfal en el salón. Antes de cruzar el umbral para llegar a la gran escalinata, Irene se detuvo e hizo lo mismo con Alvina.

—Linda... -se dispuso a decir Irene.

No encontrarás el rojo que buscas en los tipos de ahí abajo. Teddy, tu Teddy, aguarda en mi cuarto. Ve y dile cuánto lo amas, desde que vino a mí no deja de querer regresar a tu lado, es un niño sin rumbo al cual tú pareces guiar. Hazlo, ¡hazlo!, deseó poder decirle Irene a Alvina con todas sus fuerzas.

—¿Sucede algo? -preguntó Alvina y, justo antes de que la pelirroja le respondiera, un estruendo corrió desde el sótano, subiendo por la escalera de emergencia que estaba al fondo del pasillo, casi a un costado de su habitación.

—No puede ser... -se quejó Irene al mirar el corredor.

—¿Irene? -preguntó Alvina.

—Cariño, escucha, vuelve a la recámara y espera por mí, prometo que no tardaré -pidió Irene.

—Pero la fiesta... -dijo Alvina.

—Por favor, ve -insistió Irene.

—De verdad quiero bajar, estoy ansiosa por ver qué cara ponen cuando descubran que puedo lucir... bonita -dijo Alvina.

El ajetreo volvió a atacar la calma de Irene.

—Ellos... no... Dios, sólo haz lo que te digo -ordenó impaciente la pelirroja y, sin más tiempo que perder, se alejó de Alvina con urgencia.

—Quiero que me vean -se dijo desanimada la joven.

—¡Hazlo! -le gritó encarrerada Irene. La blanquecina chica quiso obedecerla, incluso dio unos cuantos pasos hacia el cuarto luego de verla partir; sin embargo, las melodías del salón la llamaron de una forma seductora. Necesitó volver a sentirse deseada, anhelada por los presentes.

— Ahí abajo me esperan –dijo Alvina. E intentando mantener el equilibrio sobre unas zapatillas de tacón cubano, dio la vuelta, cruzó el umbral y tomó la escalera–. Perdón, Irene –musitó.

Mientras, no muy lejos, ante la pelirroja se reveló lo que sería el trágico inicio de una serie de desventuras aquella noche.

— ¡Teodoro! Mierda... –exclamó Irene al no encontrar al muchacho dentro de su habitación; no obstante, y sin perder tiempo, se dirigió hacia donde estuvo segura lo encontraría. Los bucles rojizos se le alborotaron por la prisa–. Mierda, mierda, mierda –repitió angustiada y, a medio camino de la escalera de emergencia, optó por retirarse las zapatillas para avanzar con mayor velocidad. Al abrir la puerta, que daba al sótano, suspiró esperando estar equivocada; pero, bajando por los mugrientos peldaños, sorprendió a Teodoro –vistiendo su ropa húmeda–, intentando retirar los grilletes de las manos del prisionero que ella misma se había encargado de llevar hasta Bruno–. Te lo advertí, te dije claramente que no bajaras a este lugar... ¡Puta madre! ¡¿Tenías que ser tan estúpidamente curioso?!

— ¡No te acerques más! Tú y Bruno están dementes, ¡¿Cuánto hace que tienen a este hombre aquí abajo?! Deja que Alvina se entere de lo que has hecho... ¡Deja que todo el pueblo lo sepa! –gritó Teodoro.

III

Aunque el pecho le fue insuficiente para contener sus latidos, al bajar por los escalones, Alvina se sintió una verdadera princesa, un hada en busca de sus dominios, una que –abriéndose paso por el salón– atrajo hasta la última alma presente.

Andante, triunfante.

Mientras caminaba con lentitud en busca de Bruno, quiso dejar atrás todo lo que la venía atormentando desde el inicio de su vida: las burlas, los desprecios, el desamor... el abandono. Quiso dejar de ver a Teodoro en cada uno de los asistentes. Simplemente quiso disolverse, unirse a las personas, encontrar el rojo y convertirse en una jovencita normal.

—Mi Dios y todos sus santos... –murmuró una mujer admirada al detectar a la pálida de Tala haciendo su angelical advenimiento, ésta se le quiso acercar para saludar, pero de repente sintió un jalón que le hizo girarse.

—Eres real... no puedo creer lo que ven mis ojos –le dijo un hombre moreno con una espesa barba. Vestía un traje caoba con un fuerte olor a tabaco.

—Lo siento, pero la pequeña viene conmigo –dijo otro sujeto, tomando a Alvina del hombro.

— Caballeros, la señorita es mía –un tercero entró a la discordia que poco a poco fue creciendo, trayendo a diversos hombres y mujeres que peleaban y discutían por estar con ella. Los brazos y las manos se entrelazaban como enredaderas para poder tocarla, aunque fuera un poco.

Enfrascada en la barahúnda, Alvina sonrió sin pensar. De sus ojos surgieron lágrimas de felicidad e incredulidad.

— Deja el llanto para después –Bruno apareció en la escena limpiándole las mejillas con los dedos–. Eres la reina de este lugar, Irene hizo un estupendo trabajo contigo.

—¡Bruno, te ofrezco todo lo que hay en mi cartera! ¡Déjame estar con la chica!

—¡Yo te doy todas mis tierras!

— Calma, señores, tendrán que esperar su turno. La señorita ya tiene quién la lleve al paraíso por primera vez –expresó Bruno causando una queja unánime, luego se apartó del gentío–. Sígueme, linda –le susurró a Alvina, guiándola del brazo hacia uno de los sofás del recibidor, donde paciente aguardaba una pareja cautivadora. Una mujer delgada con el cabello corto, de piel trigueña y facciones estilizadas vestía un conjunto color mandarina y zapatillas abiertas; el hombre a su lado se alzaba como un obelisco de rostro afilado, ojos rasgados y piel morena. Su melena se mantenía fija, totalmente engominada. Los dos fumaban cigarrillos, exhalando el humo al mismo tiempo–. Eva, Mariano, les presento a Alvina.

La introducción de la joven inmovilizó el ambiente, congelando en el aire el vaho plomizo que brotaba de los labios.

—Vaya... es única –dijo Mariano.
—Exquisita –agregó Eva.

Ambos se quedaron perplejos.

— Las palabras son inútiles cuando se trata de describirla. No hay versos que igualen su belleza, ni baladas que alcancen a contar las virtudes de su existir; sin embargo... –recitó Bruno.
—¿Qué dices? Basta de cháchara –dijo Mariano.
— Shhh... déjalo terminar –pidió Eva, y el tipo exhaló de tedio.

La autoridad de la fémina sobre él era clara. Bruno carraspeó.

—Sin embargo, para su suerte, yo poseo el don de hacer lo antes dicho posible –prosiguió Bruno.
—Entonces háblanos de ella, llénanos el oído –dijo Eva con inquietud.
— Según ordenes –le respondió complacido el Abadón y sujetó de la cabeza a Alvina, enmarcándole el rostro con las manos–. ¿Por qué no empezamos por admirar a esta inconcebible porción de luz hecha carne? Véanla bien, tráguensela, háganla suya con los ojos. Atraviesen los vergeles de sus pestañas y sáciense –aderezó y sostuvo la cara tensa de la joven hacia

Mariano y Eva, enseguida les sonrió y con la lengua se deshizo de un diminuto pellejo de res atorado entre sus dientes frontales; luego soltó a Alvina y caminó a su alrededor emulando a la antigua serpiente del Edén–. Su blanco contentamiento siempre indemne, siempre terco... es inigualable. Uno tendría que ponerse lagañas de perro en los ojos para poder contemplar su esencia absoluta, su condición divina de sílice, su seráfico emerger.

— Nadie nunca había dicho algo así de mí –musitó Alvina.

— *Nadie... nunca... nunca... nadie... Qué decepción* –cantó Bruno con una falsa modulación operística–. ¡Pero si ella ha bajado del cielo *por amor!* –añadió, alargando la última nota con un tétrico vibrato de tenor.

— Válgame, sí que sabes cómo vender a tus criaturas –comentó Mariano al escuchar las alabanzas que Bruno canturreaba. Tambores insonoros, bombos y platillos ficticios dieron melodía a sus estrofas.

— Sólo escucha... *Y el encanto insiste y no para de andar, que a través de cobas pretende triunfar, trasmitiendo en prosas y flores de azahar, lo que ni indulto papal ha de dar. Sal, espuma de mar, hielo, cuarzo, algodón de azúcar incoloro volando. Nata, cal, coral, talco, diente de león platinado llorando* –siguió entonando Bruno como poseído por las musas Terpsícore y Polimnia. Sus brazos ondeando completaron aquella escalofriante estampa ceremonial–. ¡Mi bella! ¡Mi bella! *Y el encanto insiste y no para de andar...*

— *Sal, espuma de mar, hielo, cuarzo* –recitó Eva de improviso. El compás imaginario que dirigía el canto de Bruno se había diseminado más allá de los lindes de su cabeza, convirtiéndose en una panacea de fácil consumo.

— *Algodón de azúcar incoloro volando* –continuó Mariano divertido y así los tres crearon un canon, conjurando el ánimo de la chica, donde Bruno era la voz antecedente y la pareja la consecuente.

Y el encanto insiste y no para de andar (Sal, espuma de mar, hielo, cuarzo), que a través de cobas pretende triunfar (algodón de azúcar incoloro volando), trasmitiendo en prosas y flores de azahar (Nata, cal, coral, talco), lo que ni indulto papal ha de dar (diente de león platinado llorando). Y el encanto insiste y no para de andar (Sal, espuma de mar, hielo, cuarzo), que a través de cobas pretende triunfar (algodón de azúcar incoloro volando), trasmitiendo en prosas y flores de azahar (Nata, cal, coral, talco), lo que ni indulto papal ha de dar (diente de león platinado llorando). Y el encanto insiste y no para de andar (Sal, espuma de mar, hielo, cuarzo), que a través de cobas pretende triunfar (algodón de azúcar incoloro volando), trasmitiendo en prosas y flores de azahar (Nata, cal, coral, talco), lo que ni indulto papal ha de dar (diente de león platinado llorando)...

Repitieron entre risas y algarabías Bruno y la pareja; entre rostros que daban vueltas y se desfiguraban por la tracción, entre bocas enormes, entre amalgamas y caries; entre un traje mandarina, entre humo, entre cigarrillos consumiéndose con brío, entre partículas de cera para cabello, entre carraspeos, entre desvaríos, entre miedo, entre pudor, entre erecciones disimuladas bajo el pantalón, entre la humedad del querer, entre el arrebato, entre el furor... las ganas, la impaciencia, el sadismo, la manía...

— ¡La prisa! –exclamó Eva (deteniendo los estribillos y el follón que tenían a Alvina atontada por el éxtasis lírico. La orquesta se derrumbó súbitamente llevando al suelo los instrumentos, las partituras y la batuta, todos ellos de un invisible mortecino. La tarola reventó en un estallido y la trompeta sopló un desafinado bufido) y, dejando el asiento, analizó a la joven cual pieza de arte. Los destellos de su vestido dificultaron el poder notar cada detalle que la conformaba–. ¿Cómo es posible que me tengas así de inquieta? –le dijo impávida a Alvina.

— Que nos tenga –le aclaró Mariano, volviendo a adquirir la seriedad de un magistrado.

— Si vienen conmigo podrán encontrar varias habitaciones disponibles en la planta de arriba, lejos de todo el escándalo –interrumpió Bruno queriendo cerrar el trato. La pareja no vaciló ni un segundo.

—Te seguimos –dijeron al unísono Eva y Mariano.

—Por aquí –indicó el hombre con ojos de acantilado y los orientó hacia las recámaras a las que todos en la fiesta aspiraban ocupar acompañados. Eva y Mariano caminaron delante de Bruno, mientras éste escoltó a Alvina. La chica supo lo que sucedería en el momento en que se quedara a solas con la pareja.

—Quiero esa habitación, me gusta el color –dijo Eva al detenerse frente a una de las puertas que revelaban el matiz de su interior.

—Azul –dijo Mariano.

—Pensaba en algo más... pasional. Les tengo el cuarto perfecto, es de un rojo exquisito, de alfombras tinto y adornos dorados. Vengan, sólo denle un vistazo y convénzanse –dijo Bruno.

Rojo, pensó Alvina.

— No es necesario, ella ya ha elegido, tú toma tu dinero y lárgate –reclamó Mariano.

Bruno rechinó los dientes, odiaba que cualquiera le hablara de esa forma.

— Como digas, Irene estará con ustedes en unos momentos para mostrarles algunos artículos complementarios para maximizar su goce –dijo Bruno.

—¿Juguetes? No lo sé, muy predecible –expresó altanera la mujer.

— Concuerdo, mi querida Eva. Vaya carencia de originalidad –se burló Mariano.

—Quizá deberían probar y después opinar –insistió Bruno.

—¿Qué insinúas? –interrogó Eva.

— ¿Que somos unos simples y arrogantes charlatanes? –cuestionó Mariano.

—Oh, no me malinterpreten... –quiso aclarar Bruno.

—Igual Irene debe seguir ocupada –dijo Alvina.

— ¿Cómo? ¿De qué hablas? –preguntó Bruno a la alba joven mientras intentaba mantener su sonrisa.

— Seguro que continúa atendiendo el alboroto al otro lado del edificio. No la he visto regresar desde que me dejó casi al pie de la escalera –le respondió Alvina causándole una súbita preocupación.

— ¿Todo bien, Bruno? –preguntó Mariano.

— Sí, mejor que nunca. ¿En qué estábamos? ¡Ah, sí! ¡Juguetes! ¿No los quieren? Pues no los tendrán. ¿Desean una habitación azulada? Seguro, es suya –alegó el hombre como tarabilla e invitó a los amantes a que ocuparan el cuarto–. ¿Buscan un manjar singular? A la orden, ¡tómenla! –exclamó con un trastornado apremio y arrojó a la joven dentro de la recámara, en donde la pareja empezaba a instalarse–. Diviértanse. Todo está bien aquí, estupendo, maravilloso.

— Bruno... no sé... ¿qué hago ahora? –preguntó con congojo Alvina.

Eva y Mariano se sentaron cada uno en los extremos de la cama y observaron ahogados de placer a Alvina. Sólo verla causaba asombro, escepticismo.

— Disfruta –le dijo Bruno antes de cerrar la puerta, dejándola petrificada de temor.

— No te preocupes, Eva es una experta cuando se trata de primerizas –dijo Mariano–. Acércate.

— ¿Eres un ángel? –interrogó la mujer, ladeando la cabeza como una cría de león hambrienta–. Sí, debes serlo, nunca he visto a alguien igual a ti. Creí recordar a un pequeño de una comunidad en Zacatecas que Mariano y yo... conocimos, pero no era más que un menonita. El chiquillo era hermoso, aunque no lo suficiente para hacerte dudar de su humanidad como tú.

— ¿Áng... ángel? Mi tío solía llamarme de esa forma –respondió Alvina.

— Quiero ver lo que hay debajo de ese vestido –dijo Mariano de golpe. La joven se estremeció, aferrándose a la tela de su ajuar con las uñas.

— ¿Qué pasa? ¿Es pena lo que te impide mostrarnos tu perfecta construcción? Descuida, no serás la única en paños menores –dijo Eva. Abrió las piernas y se deshizo de las pantaletas, revelando una espesa mata de vello púbico–. Me intriga averiguar cómo luce lo tuyo –añadió.

— Y a mí, desnúdate –pidió Mariano.

Mamacita, cierra tus ojos. Acurrúcate en las nubes y duerme… no quiero que me veas así, suplicó en su interior la joven.

— Vamos, no nos hagas esperar más –insistió Eva. Y Alvina, nerviosa, se desabrochó el vestido. Sacó sus brazos de las mangas y lo dejó caer al suelo, provocando un fuerte chasquido. Sus manos se fueron de inmediato hacia los senos–. Venus de marfil, no cubras el esplendor con el que has sido dotada. Libérate como la mariposa que eres.

— Quítate todo –dijo la dupla al unísono.

Ante la petición, la chica pensó en huir, escapar de lo que aquellos planeaban hacerle; no obstante, el deseo en sus ojos la detuvo, la convenció, por lo que (bajando el rostro) se despojó cohibida del sostén y las bragas. Su cuerpo desnudo, y totalmente blanco, en medio de aquel cuarto marino causó una fascinación inexplicable en la pareja, la cual –sin poder resistir más– se puso de pie. Alvina no imaginó que la mujer sería la primera en tocarla directamente en la ingle, muy cerca de donde nadie jamás (o eso le había dicho su madre) debía osar invadir.

— Buena chica –dijo Eva. Y Mariano, no queriendo quedarse atrás, comenzó a pasarle los labios por los hombros.

— Qué delicia –musitó él.

Alvina suspiró y miró hacia el techo, intentando sentir algo de las caricias de aquellos extraños, de experimentar la llegada de un cabello oscuro y piel bronceada.

— Sal... espuma... hielo... cuarzo –pronunció dulcemente Eva, y con cada palabra dio un restregón con sus dedos en la vagina de la joven. El ardor en el sexo le carcomió las entrañas, pero ni con eso, ni con las acciones de Mariano, o el conjuro compuesto por Bruno sucedió la tan anhelada metamorfosis. Al pasar los minutos, todo siguió igual, no hubo colores ni oleadas dentro del pecho de Alvina.

Ninguno sospechaba lo que ocurría muy por debajo de sus pies. En el sótano, Teodoro luchaba con Irene para permitir que el prisionero huyera.

IV

— ¡Corre! –gritó Teodoro.

— ¡No sabes lo que haces! ¡Bruno los matará a todos! –gritó Irene mientras Teodoro la sostenía, la frente le sangraba por los arañazos de la pelirroja.

Con las pocas fuerzas que le permitían andar, el hombre subió las escaleras y llegó hasta el corredor, listo para ir por la libertad que había perdido hacía ya varios días; el fondo del pasillo se le presentó como una gran bocanada de alivio. Las llagas de su piel, lamidas por los roedores; la cabeza encrespada de mugre; su extrema delgadez y su escasa vestimenta le daban el aspecto de un cadáver, uno que abandonaba con tropel su sepulcro. Una joven, que iba en compañía de una mujer de edad avanzada, gritó en cuanto le vio; al detectar el aullido, Bruno, que ya caminaba con premura por los pasillos, dio vuelta a la izquierda y siguió en dirección del sótano.

Detrás de las puertas se podían escuchar gemidos, sollozos y risas; algunos de mujeres y otros de hombres. El fugitivo estuvo seguro de oír balidos surgiendo de la estancia a un costado del cuarto grana. Los sonidos le asquearon; sin embargo, supo que era lo que sucedía en ese lugar, ya antes había visto a Bruno e Irene haciendo cosas grotescas frente a él, pero saber que en todo el edificio se dispersaban millares haciendo algo igual, o incluso peor, le turbó.

— ¿Vas a algún lado?

Una voz, luego un golpe en el rostro que lo llevó al suelo. Bruno había aparecido sin clemencia al final del corredor.

— ¡Alto! –gritó Irene, emergiendo del otro extremo. La caída del prófugo le hizo detenerse–. Oh no, ya es tarde... –se lamentó. Teodoro surgió casi detrás de ella, tenía rasguños por toda la cara y la playera desgarrada.

— Ese malnacido –susurró el joven al descubrir la escena.

— No, no te le acerques –pidió en voz baja Irene; no obstante, Teodoro la hizo a un lado, brioso.

— ¡A ti te quería ver, viejo cabrón! –gritó el chico.

— ¿Qué ching...? ¡¿Qué hace él aquí?! –reclamó Bruno.

— Lo... lo siento, sólo necesitaba pasar la noche –quiso explicar Irene.

— Eres un desgraciado, ¡déjalo ir! –exigió Teodoro.

— Cierra la boca, niñito imbécil, no tienes ni la más mínima idea de qué ha hecho este maldito para merecerse lo peor. Irene, mueve el culo hacia acá y llévatelo de nuevo al sótano, esta vez rebánale la lengua y los pies si es necesario –ordenó Bruno.

— No te atrevas, Irene –musitó Teodoro.

— Muchacho, retírate –amenazó Bruno al tiempo que se alzó el saco y mostró una calibre cuarenta y cinco acomodada en su costado–. Ya piérdete, ve por un trago o algo –añadió, su cara empezaba a contraerse en un gesto de fastidio.

Teodoro se mantuvo firme. El hombre en el suelo admiró lo que sucedía con temor, pero al no soportar más la altivez de Bruno se proyectó contra él y le plantó los dientes en la pantorrilla, haciéndolo aullar de dolor. Su lamento retumbó por todo el lugar, provocando que varios huéspedes salieran de las habitaciones.

— ¡AHHHH! –se desgañitó Bruno y lanzó al sujeto lejos de una patada–. ¡Te voy a romper la puta madre, jodido rabioso! ¡Te voy a sacar la humanidad por el culo!

— ¡Qué escándalo traen! –se atrevió a interrumpir un tipo.

— ¡NADA! –respondió Bruno encolerizado y el sujeto retrocedió, luego bajó el rostro para contener su malestar–. Animal, me ha atravesado la carne –se quejó en susurros mientras que su atacante, con la boca llena de sangre, trastabilló hasta ponerse de pie, reanudando así su huida. Irene intentó seguirlo al igual que Teodoro, pero Bruno logró detener a este último al tomarlo de la pierna–. ¡Tú no!

— ¡Suéltame! –gritó Teodoro.

— Ven para acá, ahora sí me las vas a pagar, mocoso entrometido... –dijo Bruno y de un jalón lo acercó a su esternón, constriñéndolo con los brazos.

— ¡No! ¡Miserable! –clamó Teodoro con lo poco que le quedaba de aire.

— ¡Dios santo!, ¡¿qué sucede?! –exclamó una mujer desde el umbral de su recámara. Vestía sólo una bata transparente que cubría poco de su avejentada figura. Ella y otros más murmuraron por lo que veían.

— Chingada madre... ¡PIÉRDANSE! ¡VUELVAN TODOS A SUS ASUNTOS! –bramó Bruno. Teodoro forcejeaba por zafarse de sus garras y justo al coger la pistola, que descansaba en las costillas del moreno, ésta se detonó acomodando una bala en las entrañas de la vieja semidesnuda.

Un chillido en seco. Incredulidad.

Y enseguida... los testigos horrorizados por la sangre, y los clamores agónicos de la anciana. Huyeron (la mayoría carente de ropa) por los pasillos, creando una avalancha de carne que llevó el caos al salón.

— ¡YA PARA! –gritó desgarradoramente Irene al seguir al fugitivo.

— ¡Ayuda! –exclamó el hombre.

Las paredes azulosas, contenedoras de conjuros y libertinajes, fueron atacadas por el griterío.

— ¿Qué sucede ahí afuera? –preguntó Mariano.

— Esa voz... –dijo Alvina, víctima de un placer forzado.

— ¿Qué voz? –cuestionó Eva al dejar de lamerle la entrepierna.

— ¡AYUDA! –gritó el fugitivo.

— Me lleva... ¿Qué no pueden mantenerse callados? Bruno nos prometió que el lugar estaría tan tranquilo como un cementerio –refunfuñó Mariano, pausando sus caricias, abrió la puerta y asomó el rostro para exigir silencio, no obstante, en ese momento el fugitivo brotó de la nada chocando contra él y fracturándole la nariz con la frente. El estruendo hizo gritar a Eva. Alvina se cubrió con las manos cuando vio al hombre caer estrepitosamente cerca de la habitación.

— ¡Todo se va a ir a la mierda! –se quejó la pelirroja al presenciar el incidente con uno de los clientes más estimados de Bruno.

— ¡MARIANO! –gritó Eva, el hombre intentaba detener el sangrado, que brotaba de sus fosas nasales, cuando ella salió en su auxilio–. ¡¿Qué te han hecho?!

— ¡Ese malnacido me ha embestido como un burro! –chilló Mariano.

Eva, de cuclillas junto a éste, escuchó los lamentos de su amado; no obstante, al buscar al agresor, no pudo creer lo que veían sus ojos. El famélico tipo, reincorporándose, yendo hacia Irene y arrojándola de un manotazo lejos de él. La cabeza de la pelirroja chocó con tal fuerza, contra uno de los portarretratos de la pared, que un ojo se le salió de la cuenca y rodó en el suelo hasta llegar a los pies de Alvina.

— ¡DIOS MÍO! ¡HA PERDIDO EL OJO! -gritó la chica.

— ¡Es un demente! -aulló Eva, queriendo alejarse con Mariano.

El hombre, plenamente alienado, se giró para acabar con el escándalo, mas al toparse con la delicada figura de Alvina su albo porte le hizo reconocerla al instante. La joven contemplaba la escena desde el marco de la puerta, con el magistral vestido de nuevo sobre ella.

— Ángel -dijo estupefacto el fugitivo.

— ¿Qué? ¿Me ha llamado...? -expresó confundida Alvina e involuntariamente dio unos pasos hacia delante.

— ¡ERES TÚ! ¡MI ÁNGEL! -gritó el hombre.

— No puede ser... es... es... -tartamudeó Alvina y, con el pulso al límite, observó con detalle al sujeto, obteniendo de él fuego con- tenido detrás de un iris castaño, un jinete inexperto adorando la vitalidad de un corcel, un peluquero improvisado en el baño de su casa y un pacifista interino que vivía de sus fantásticas anécdotas. El hallazgo fue indiscutible–. ¡TÍO RICKY! -exclamó. Y con la explosión de esas palabras fue dotada de un impulso que la hizo correr hacia el hombre. El prisionero de Bruno e Irene no era otro que su amado tío.

Alvina no cupo de felicidad al tenerlo junto a ella otra vez.

— Mi amor, mi niña -dijo Ricardo entre lágrimas al recibirla en los brazos, pero la impresión y su pobre estado anímico lo llevaron de rodillas al suelo.

— ¡Dios mío! -exclamó Alvina estrechándolo con fuerza–. ¡¿Qué ha sucedido contigo?! Estás muy mal, apenas y puedes sostenerte en pie.

— Ahora que estás conmigo ya no importa -sonrió Ricardo y con los huesudos dedos le palpó el cabello–. Pero tú... ¿Qué estás haciendo en este lugar? Miriam... Lorenzo, ¿cómo es que han permitido...?

— Tampoco importa –dijo Alvina. Y sin responderle ni dejarle acabar, le encajó su rostro en el hombro–. Te he extrañado tanto –lloró como dinamita–. No lo encontré, no lo encontré, el rojo no está dentro de estas paredes ni en ninguno de los invitados de Bruno.

— Bruno... –repitió Ricardo con desprecio. Sus ojos se empaparon ante el pesar de Alvina–. Dulce pequeña, por supuesto que no hallaste eso que buscas. Aquí no hay nada que sea digno de ti. En este sitio sólo hay horrores, está plagado de demonios que se hacen pasar por humanos –sollozó y estrechó con fuerza a su sobrina, aún sin saber a qué se refería ésta. No muy lejos de ellos, Irene logró incorporarse, interrumpiendo con su sombra el tan esperado encuentro. En la mano, sostenía cabreada un mortífero pedazo de cristal. Al descubrirla, Alvina la observó espantada.

Una chica sin un ojo..., recordó contando a su tío el día que había llegado a casa. En el piso, el falso ojo turquesa destelló.

— ¡Ahí estás! –exclamó Bruno haciendo su aparición. Tenía la cara amoratada y a Teodoro inmóvil con el arma fija en la nuca–. ¡Ni pienses que escaparás de mí! –añadió, clavando enseguida los ojos en Ricardo.

— ¡TEDDY! –gritó Alvina.

— Vins... –murmuró Teodoro.

— Tú y tu amiguito creyeron que sería sencillo burlarse de un lugar olvidado entre las dunas del desierto, les pareció fácil hacer lo que yo venía planeando por años... todos mis contactos, mis putas, mis ideas... todo estaba listo, pero luego tú y ese imbécil aparecieron jugando a ser los grandes inversionistas, jugando como mariquitas... ¡Jugando con fuego hasta quemarse! El viejo Victorio estuvo conforme cuando el pueblo entero vio morir a uno de ustedes en la plaza, pero yo supe que debía encontrarte también a ti para tener una completa paz –dijo Bruno.

—No se puede vivir con tranquilidad sabiendo que hay alimañas que gustan de usar la ingenuidad de las personas para su beneficio –dijo Irene, completando así la historia de Bruno.

— ¿De qué hablan? No entiendo –lloró Alvina, esperando una explicación de Ricardo.

— Ángel, perdóname, nunca fue mi intención traer esto conmigo... creí... creí que lo había dejado atrás, pero cuando la vi a ella caminando fuera de la casa... esa noche... –sollozó Ricardo.

— ¡CÁLLATE! ¡YA NO MIENTAS MÁS! –gritoneó Bruno y le apuntó con el arma–. Ponte de pie, ¡hazlo, pedazo de mierda! –ordenó. Pero Alvina fue quien obedeció. Su impecable ajuar había sido ya estropeado por el desaseo de Ricardo, creando una infame réplica del Sudario de Turín.

—No dejaré que lo lastimes –dijo con firmeza Alvina.

—Cariño, hazte a un lado. Eva, Mariano, llévensela de aquí –pidió el Abadón. La mano con la que sostenía la pistola le temblaba de coraje.

—Olvídalo, Bruno. ¡Esto es una locura! Queremos nuestro dinero ahora mismo para largarnos –dijo Eva. Ella y Mariano aguardaban como viles espectadores en el piso, no tenían la menor idea de las oscuras circunstancias que habían obrado para llevar puntualmente a todos aquellos personajes a enfrentarse en aquel reducido, casi miserable, pasillo.

—Ya la oíste, nos vamos –dijo Mariano.

— ¿Qué mierda alegan? Sólo tengo que ocuparme de este asunto y todo volverá a la normalidad. No tendrán miedo, ¿o sí? La última vez que los vi haciendo de las suyas torturaban a una chica hasta que a la pobre le dieron convulsiones, pensé que este tipo de situaciones les excitaban. Que a ti, Mariano, se te paraba con un espectáculo así –dijo Bruno.

— No si nuestra integridad física se ve comprometida –reclamó Eva.

— ¿Temen que les meta plomo en la cabeza? –cuestionó Bruno con el semblante desfigurado de locura y hastío–. ¿Es eso?

—¡Baja esa puta arma! –gritó Mariano.

— Son un montón de lunáticos –expresó perturbado Teodoro.

— Irene los llevará a la salida y sanseacabó –indicó Bruno.

— No, no nos iremos con las manos vacías –respondió Eva.

— ¡Jodida mierda! ¡Ya basta de pendejadas! –gruñó exasperado Bruno–. Les he dicho que no hay devoluciones, puta trastornada –añadió y, accionando el gatillo, le voló los sesos a la mujer. Acto seguido, hizo lo mismo con Mariano (no dejando siquiera que éste reaccionara), regando sangre, trocitos de sesos y cuero con hebras de cabello por el suelo y los muros. Irene y Ricardo temblaron con cada disparo, Teodoro sollozó y Alvina chilló horrorizada–. ¿Por qué tienen que complicarlo todo? Quejas, sólo quejas... ¡SE SUPONE QUE ES UNA CELEBRACIÓN!

— Vete a la chingada –dijo Teodoro sobrecogido.

— Eran de tus mejores clientes... –musitó Irene con el único ojo sobre su rostro totalmente abierto.

— Unos se van y otros vienen. Con esta chica tendremos a millonarios hijos de la reputa haciendo fila; pagando lo que sea por la valiosa oportunidad de hacerla pedazos desde el interior, de ver si es capaz de soportar dentro a tres o a diez, de cruzarla con un dálmata para ver si así obtienen cachorros impecablemente blancos –se burló grotescamente Bruno.

— ¡NO! ¡Ella no pertenece a este mundo! –gritó Irene.

— Estrella, ¿me vienes ahora con esas estupideces? El chico te ha hecho blanda –dijo Bruno y meneó la cabeza, chasqueando con la lengua sobre el paladar–. ¡Este cabrón no ha venido más que a jodernos! –exclamó y zarandeó a Teodoro para aprisionarlo con su antebrazo–. Acabaré contigo y después con aquel remiendo de hombre –le susurró.

— ¡NO! Por favor, haré lo que quieras –gritó Alvina y comenzó a avanzar hacia el enloquecido hombre. El asesinato de la pareja le había helado hasta la médula. No dejaría que algo así le pasara a aquellos que amaba.

— ¡Detente, ángel! –pidió Ricardo.

— ¡No des un paso más, blanquita! –advirtió Bruno.

— ¡¿Vins, qué haces?! ¡Este sujeto está loco! –exclamó Teodoro. Pero Alvina siguió caminando lentamente para llegar a él. Bruno retrocedió y con el arma apuntó directamente a la chica.

—Teddy... -susurró la joven, alzando sus brazos.

— ¡No te lo repetiré otra vez, niña! -amenazó Bruno. Aunque la chica representaba una mina de oro para él, en ese instante no toleraría que nadie se interpusiera en la consumación de su venganza. Cegado por el odio, Bruno se creyó capaz de disparar una bala que atravesara a la joven y diera con el cráneo de Ricardo.

— ¡Recibe a la jodida muerte, ENGENDRO! -gritó la pelirroja.

Y entonces todo se detuvo en el corredor, Irene tomó con enjundia el cristal y corrió hasta Alvina. Ricardo rodó por el suelo para evadir el ataque. Cuando el arma se detonó, la pelirroja ya había proyectado a la chica a un lado, salvándola de una muerte segura. Teodoro fue ensordecido por el disparo.

— ¡Teddy! -bramó Alvina, lista para ir en auxilio del chico. Pero Irene se le adelantó, se lanzó hacia ellos y sin dudarlo clavó el pedazo de vidrio en la yugular de Bruno. Una fuente espesa brotó al instante del hombre, empapando la solapa mostaza de su saco.

— ¡Bastardo de mierda! -chilló la pelirroja con todas sus fuerzas, mutilando la vena y liberando así el odio que llevaba acumulando contra él por años.

El hombre manoteó para encontrar auxilio, hasta que los dedos se le contrajeron en el cuello intentando detener el flujo desproporcionado de borbotones escarlata. Irene exhaló en paz mientras vio a su captor dar de tropezones, pero en un último y repentino esfuerzo éste empuñó el arma y le acomodó una bala en las sienes a la pelirroja. Los caireles de fuego rebotaron en la carne que se esparció por las paredes y el cuerpo cayó sin vida. Alvina gritó al ser espectadora de otro brutal homicidio.

—¡Asesino! –exclamó Teodoro, notando cómo el hombre, casi favorecido por la asistencia del mismísimo Belcebú, luchaba por sostenerse.

Con los ojos inyectados de muerte e ira, Bruno logró colocar el arma hacia Alvina, dispuesto a usar su última bala. En aquel segundo, que la chica recordaría como el momento más largo de su vida, Teodoro posó sus ojos ámbar en ella y a través de las pupilas le susurró al alma dulces palabras.

Después, una detonación.

SOÑADORES

I

—Mi papá cuidará bien de ti y del tío Ricky, el pobre ya casi ha recuperado el peso que perdió y se ve de mejor humor. No puedo creer todo el tiempo que estuvo preso en el viejo hotel, y peor aún que César y sus perchas fueran quienes lo salvaran y detuvieran el circo de ese hombre. Qué mal que desaparecieran sin antes ser reconocidos por su "hazaña", eso les hubiese encantado. Ha pasado un mes y la gente aún habla sobre lo sucedido. Esa improvisada Sodoma y Gomorra que encontraron dentro nunca se borrará de la memoria de Tala. Uno se imaginaría que lo peor que podría afligir a un pueblo como éste sería una sequía o que el Padre Marino perdiera la cabeza y aumentara la cuota de las limosnas –dijo Agustín mientras esperaba sentado junto a su hermana, sobre un montón de maletas, en la acera. Alvina no le respondió–. De verdad voy a extrañarte Vins, incluso esos largos silencios en los que estoy seguro divagas con gnomos y hadas.

— Los gnomos se fueron con Teddy, no he visto ni uno solo desde que partió –dijo Alvina.

— ¿Sigues pensando en él? No tiene caso, la tarde en que se fue debe de haber caminado sin descansar para poder enfrentar la lluvia. Seguro que ya está muy lejos de aquí, acumulando nuevas historias que contar a todo aquél con el que se tope –dijo Agustín, ignorante de lo que en verdad había sucedido con Teodoro.

— Sí... muy lejos –dijo misteriosa Alvina y melancólica en demasía–. No dejó nada, lo único que encontré en el cuarto de costura fue una máscara del "Pato Donald", dijiste que el robo a la dulcería lo hicieron personas con el rostro cubierto con algo así. Me contaste sobre animales, payasos... pero nada de una cara de ese personaje –dijo ella, pero Agustín no respondió al respecto, sabía que Teodoro lo había salvado durante el asalto, lo conocía tan bien que nada habría podido ocultarle su identidad, ni siquiera una máscara de esa jocosa caricatura.

— Los dibujos animados no son ladrones –*pero sí asesinos*, se dijo Agustín para sus adentros.

— Lo mismo pensé –comentó Alvina causándole una sonrisa a su hermano.

Calle arriba se empezó a dibujar la forma del autobús de Lorenzo.

— ¿Prometes que te cuidarás? Me enteraré si has estado desafiando al sol –dijo Agustín y acarició la cabeza de su hermana, que era cubierta por el sombrero de flores. Con Teodoro ahí los últimos meses había intentado ignorar las escapadas de la chica al exterior, pero sin ninguno de los dos presentes para cuidarla eso lo dejaba intranquilo–. Aun si hay días nublados debes evitar los rayos sobre tu piel –añadió.

— Esos días se acabaron –dijo Alvina.

— Es verdad, no parece haber más aguaceros a la vista –respondió Agustín.

— Creo que voy a extrañarlos –dijo Alvina.

— El próximo año tendrás todos los que quieras –comentó Agustín en el instante que Lorenzo estacionó el vehículo frente a ellos.

— Siento el retraso, Guso. El señor Horace tardó horas en salir –bromeó el hombre sosteniendo una amplia sonrisa, casi tan rígida como el mármol. La noticia del viejo hotel le había hecho prometerse mantener a sus hijos lejos de algo así, aun si eso significaba luchar incansablemente por superar la pérdida de su esposa, dejar la frecuente somnolencia y portar una sonrisa inmutable, le parecían suficiente por el momento.

Agustín pudo ver al señor Horace surgiendo de la ventanilla.

— ¡Meglio tardi che mai! -gritó Horace.

Esa tarde los dos hombres acompañarían al joven hasta la capital, en donde emprendería su viaje rumbo a Italia. Agustín nunca sabría cómo fue que Alvina consiguió el dinero necesario para no sólo pagar su boleto sino también cubrir todos sus gastos; al principio se había negado rotundamente a aceptarlo, pero finalmente cedió: gracias a ella realizaría su sueño de dedicarse a las artes en el viejo continente. Le estaría eternamente agradecido por eso.

— ¡La calma è la virtù dei forti! -respondió Agustín.

— Basta de confabular, jilguerillos, dejen los balbuceos para después -comentó divertido Lorenzo y dio inicio a la carga del equipaje de su hijo.

Agustín se había encargado de guardar lo justo: ropa, pertenencias personales, fotografías de su familia y sobre todo sus herramientas de trabajo. La pila de maletas, que poco a poco fue depositada en el autobús, no llevaba sino fragmentos de los diecisiete años que pasó en Tala. En ellos encontraría inspiración el futuro artista en el que se convertiría, transformando aquel pueblo en un lugar mágico, tal como su maestro se lo había dicho.

— No olvides ni un solo lápiz -dijo el señor Horace cuando Agustín trasladaba un pequeño maletín.

— Ni uno solo -respondió el joven y acomodó la última valija al fondo del vehículo. Luego descendió. Al cerciorarse de que todo estaba listo, dio un largo respiro y contempló su hogar, supo que dejaría atrás el castillo en el que su hermana vivía presa. Estuvo seguro, sin embargo, que ella también encontraría su propio camino, *si no es que no lo ha encontrado ya*, pensó. Desde que era una niña tenía la determinación de un ejército entero, eso la llevaría lejos.

—Lo prometo -le dijo Alvina.

—¿Qué? -preguntó Agustín, asaltado por su hermana en su contemplación.

— Cuidarme del sol. Pero tú promete que vivirás tu sueño intensamente -dijo la chica.

Agustín sonrió y la abrazó.

— Lo intentaré, tú haz lo mismo. Vins, de verdad no sé cómo agradecerte... -le dijo Agustín.

—Ya lo hiciste un sinfín de veces, con eso es suficiente -interrumpió Alvina.

— Jamás me dirás cómo fue que lo obtuviste, ¿verdad? - preguntó Agustín. Alvina negó con la cabeza. —Bien... ¡Oh, espera! ¡Lo olvidaba! -dijo y fue en busca de su portafolio. A su regreso le dio una pieza de papel a la chica-. Ten, como parte de mi interminable agradecimiento.

—¿Qué es? -preguntó Alvina.

—Lo hice el día de campo en que tú estabas molesta con Teodoro; antes de que él empezara la pesca con mi papá hubo un momento en que se sentaron juntos bajo la carpa, él no paró de contemplarte ni un segundo -respondió Agustín. Alvina extendió la hoja para encontrarse con una imagen a lápiz de Teodoro observándola mientras ella miraba a la lejanía. La joven recordó aquel momento, pero creyó que el muchacho había estado viendo el arroyo. Al ver sus ojos ambarinos perfectamente imitados por los trazos de Agustín, sonrió-. ¿Significa que te gusta?

—¡HIJO, el autobús espera! -gritó Lorenzo.

— Conservo varios de los días en que modeló para mí... pero si alguien encuentra el dibujo de un chico desnudo en tu habitación perderá la cabeza, así que creí más conveniente darte ése -dijo Agustín.

— Éste es perfecto -contestó Alvina. El claxon retumbó dos veces por toda la avenida.

—¡Ya voy! ¡Ya voy! -exclamó divertido Agustín-. Cuídate, hermanita -añadió y la besó en la mejilla.

— ¿Nos vemos después? –dijo Alvina, sustituyendo un "adiós".

— Nos vemos después –respondió sonriente Agustín. Al abordar el autobús, se acomodó junto a su fiel cómplice y maestro.

Cuando el vehículo se puso en marcha, el chico se despidió de Alvina sin cesar por la ventanilla. La joven agitó la mano por varios minutos. Aun cuando ya no pudo ver la grisácea máquina, siguió observando la misma dirección, las memorias de semanas atrás llegaron a ella...

II

— ¡Ángel, por dios santo! ¡Cuidado! –clamó Ricardo al ver que su sobrina era el blanco principal de Bruno, quien no pudo detonar la pistola –ni siquiera gritar de dolor– cuando Teodoro lo tacleó, frenando así la masacre que había ocasionado incluso estando moribundo. No obstante, el osado movimiento había acabado –involuntariamente– justo en la ventana al fondo del corredor, trayendo así una fatal caída que fue acompañada por una lluvia de cristales, destellando frágiles, al compás de los cuerpos volátiles, con la luz de la luna.

Rubén, que orinaba detrás del hotel, fue el único testigo de los hechos. Argumentaría a los oficiales que Bruno había volado desde la segunda planta hasta acabar incrustado en las puntas del viejo barandal que custodiaba la entrada posterior. Aunque Teodoro había tenido el mismo destino, Rubén no comentó sobre él.

La certera estocada había atravesado a Bruno por el pecho y a Teodoro por el costado. Cuando Alvina llegó hasta el siniestro lugar, los cuerpos colgaban del hierro mientras la sangre corría como raíces, como espesos riachuelos con brillos de rubí. Bruno murió al instante, pero Teodoro pendía sosteniendo un último hálito de vida.

— ¡Tengo que sacarlo de ahí! ¡Necesita nuestra ayuda! –pidió Alvina a su tío con jaloneos.

— Es tarde, ángel –se lamentó Ricardo.

— No, no puede ser... ¡No! –exclamó Alvina y, tomándose el vestido con las manos, se movió en medio de la oscuridad. Ricardo se detuvo en una montaña de escombros y se recostó. Del otro lado del hotel, la música aún corría, pero el barullo iba en detrimento. Aquellos que no huyeron del salón estaban regados por el piso, víctimas del alcohol.

Rubén había corrido a alertar a sus amigos.

Cuando la chica se acercó a Teodoro, suspendido en el metal, notó que sus ojos ámbar estaban abiertos.

— Teddy... –musitó lastimosamente Alvina y avanzó despacio. El chico se movió en espasmos. Al detectar la presencia de la joven, su rostro se prensó intentando mostrar una sonrisa–. ¡¿Por qué lo hiciste?! ¡Tuve que haberte detenido! –exclamó y rompió en llanto.

– No debí dejar que hicieras esto por mí, no debí dejar que te fueras de casa; quise correr hacia ti para pedirte que no me abandonaras, que te quedaras conmigo...

Lo hubiera hecho, pensó Teodoro casi moribundo.

— Te amo, te amé desde el primer momento en que apareciste delante de mis ojos... sólo quiero tu rojo llenándome para lucir como las demás y entonces me quieras como yo te quiero a ti... –clamó Alvina. Con un último esfuerzo, Teodoro le puso la mano sobre el pecho impregnándola de sangre, de rojo. La chica la tomó con dolor mientras interminables lágrimas cayeron desde sus mejillas al vestido–. No puedo dejar que los rubíes desaparezcan.

Alvina se vio embestida por una fría soledad; sin embargo, instantes después una sensación cálida la rodeó. La primera gota escarlata golpeó su nuca; luego, otras más sus hombros. Todo se volvió acuoso.

—¿Qué...? –susurró la chica. Sin darse cuenta se había acercado tanto a Teodoro que empezó a empaparse de su sangre. Incrédula, descubrió espesas líneas grana corriendo en ella.

—E... e... eres un dia... dia... mante –logró decir Teodoro. Aunque la chica lucía más como un rubí por la coloración escarlata, él la vio destellando con una intensa luminosidad nacarada, una que lo ayudó a hallar su propia redención.

Al subir la mirada, Alvina se encontró con los iris ámbar, no hubo necesidad de más palabras, lo mismo que vio en ellos antes de que su dueño cayera por la ventana volvió en forma de una caricia, haciéndola sentirse llena de él, de su rojo, del rojo final que había surgido del amor máximo: el sacrificio.

Cuando el joven ya no pudo seguir aferrándose a la vida, se sintió aliviado. Quizá no había podido evitar el deceso de su hermano ni el de Miriam, pero pudo salvar a aquélla a quien sin saberlo también amó desde el principio. La imagen de Alvina se evaporó paulatinamente con la llegada de la muerte, su pálido rostro fue lo último que vio cuando la oscuridad nubló su vista.

Teodoro sintió que caía en un sueño, uno del que nunca despertaría.

— ¡TEDDY! ¡TEDDY! –gritó Alvina desde lo más profundo de su ser. Creyó que moría junto a él–. ¡No te vayas!

Los lamentos fueron desgarradores.

Justo cuando Ricardo luchaba por recobrar las fuerzas e ir hasta su sobrina para consolarla, escuchó pasos acercándose. César y todo su clan hicieron acto de presencia, acompañando aquel inusitado velorio.

— ¿Lo ven?, les dije que el viejo Bruno se había muerto junto con Teodoro –masculló Rubén.

— Mierda... –comentó Manuel.

— ¿Eso significa que podemos quedarnos las armas? –preguntó Enrique.

— Más que eso, vayamos adentro a agarrar todo lo que esté a nuestro alcance –respondió César asombrado por la escena.

Luce como una brocheta humana, pensó.

— Pero César, qué tal si... –temió Rubén.

— ¿Qué tal si qué? ¿No ves al jefe destripado? Dije "todo lo que esté a nuestro alcance": carteras, joyas, varo... lo que se te ocurra que pueda tener algo de valor, percha –dijo César.

— Entendido –respondió Rubén. César y su grupo se dispusieron a partir, ninguno tenía interés de observar a la muerte hacer su trabajo.

— ¡No, espera! –exclamó Alvina y soltó la mano de su recién fallecido amado.

— ¿Tú también quieres una parte del botín? –preguntó César.

— Quiero que me ayuden... –pidió Alvina. Las lágrimas, que habían estado corriendo de una forma siniestra en conjunción de la sangre, la noche y su blanquecina apariencia, crearon una máscara de dolor en su rostro. Los rubíes se esfumaron–. Ayúdenme a sacarlo de aquí.

— ¿Por qué haríamos algo así? No les debemos nada ni a él ni a ti –respondió César.

— Háganlo por caridad, se los ruego –pidió Alvina.

— ¿Caridad? No conozco a esa puta –se burló César.

—¡Muchacho! –gritó Ricardo.

—¿Quién es ese pendejo? –murmuró Manuel.

— Dime, ¿quieres algo más valioso que el dinero? ¿Qué tal el reconocimiento de toda Tala por haber detenido a Bruno y sus turbios negocios? –cuestionó Ricardo al acercarse con dificultad a su sobrina.

— ¿Y tú quién chingados... o qué chingados eres? –interrogó César.

— Tu pase a la historia de Tala –respondió Ricardo. Alvina lo tomó del costado para ayudarle a mantenerse de pie.

— César, ¿a qué se refiere ese tipo? –preguntó Rubén.

— Cierra la boca –ordenó César–. ¡Explícate! –demandó.

— Los cerdos deben venir en camino, cuando lleguen y hagan su investigación necesitarán a un villano y a un héroe... al villano ya lo tienen –dijo Ricardo dando un vistazo al cadáver de Bruno–. Escucha, si haces lo que ella pide, yo me encargaré de que tú y tus muchachos sean coronados, no con oro ni joyas, sino con la admiración de un pueblo entero, ¿qué te parece?

César fue abordado por la duda, la desconfianza; sin embargo, el renombre, aunque fuera ofrecido de súbito por un miserable, era un regalo al que nadie podía negarse fácilmente.

— ¿Y cómo sé que no mientes, que cumplirás lo que dices? –preguntó César a Ricardo, dejándose llevar por su sed de poder.

— Muy fácil, yo me quedaré aquí con alguno de tus muchachos, él dará su declaración y yo reafirmaré todo lo que diga. "Señor oficial, este chico y sus amigos me salvaron, los otros fueron detrás de aquellos que lograron huir, ¡son unos héroes!" –fingió decir Ricardo–. ¿Te gusta cómo se oye?

III

— Huelo cerezas –dijo Ricardo sonriente desde la sala.

— La empanada está lista –dijo Alvina.

— ¿Sólo una? –preguntó el hombre a su sobrina.

— No necesito más –respondió ésta.

— ¿Irás a visitarlo? La última vez fueron arándanos, ¿ahora una empanada? Ángel… –dijo Ricardo.

— Cuando partamos pasará tiempo hasta que pueda volver a hacerlo, déjame al menos por ahora –dijo Alvina.

— Así que estás decidida a acompañarme, ya sabes qué dirá tu padre al respecto –respondió Ricardo.

— No tiene por qué quedarse, él también puede venir con nosotros, todos necesitamos nuevos paisajes qué descubrir, nuevas personas con las que entablar una charla. Los cambios nunca son malos –expresó con ilusión Alvina.

— Eso suena bastante convincente. Meses atrás hubiera dicho cualquier cosa para negarme a llevarte conmigo. Ahora ya no me siento capaz de hacerlo –dijo Ricardo–. Nadie debería conocer el mundo sólo a través de historias, algunas veces éstas pueden ser una total mentira –añadió para sí, meditando en un botín abandonado por su peso infractor y ultrajante, mientras su sobrina salía de la cocina con premura.

Un pozo en el centro de un baldío, omitido de todo plano hecho por el ser humano, recibía en su interior las riquezas y bienes de todos los pobladores de “El Arenal”.

— Regresaré antes de que mi papá lo haga –dijo Alvina y tomó su sombrero y sus gafas.

— Espera, voy contigo –dijo Ricardo que, terminando de enterrar el botín junto a aquella incómoda reminiscencia, volvió en sí y se puso de pie para interceptar a su joven sobrina–. Los días me han devuelto las fuerzas, sé que puedo caminar más de diez metros sin sentir que desfallezco. Quiero visitar a Miriam, ponerme a cuentas con ella, decirle que su casa no se ha convertido en un centro para encontrar la paz interior.

— Bien, no tardes, el autobús pasará en unos minutos – dijo sonriente Alvina. Para fortuna de su tío, ciertas cosas nunca cambiaban en un pueblo como Tala. El mismo camión que viajaba hacia "El bosque de las estaciones" aún pasaba por el cementerio, lo que permitió a ambos viajar juntos; no obstante, y a pesar de esa peculiar coincidencia, ninguno conversó de camino a sus respectivos destinos. El hombre se bajó kilómetros antes de que se pudiera ver el bosque y ella esperó el final de su ruta.

En el amplio campo de "Las estaciones", el verano todavía mantenía húmedos los follajes. El aroma de la débil niebla acariciaba la nariz, como un paño de seda, de los visitantes; y su vastedad hacía casi imposible ubicarse con facilidad al estar en lo recóndito de sus inmediaciones. Alvina lo sabía, y amaba que esas características la recibieran con una inusual familiaridad.

Serena y meticulosa, se internó en el mágico paraje, buscando de inmediato la clemente umbría, las evocaciones tangibles, la anhelada necrópolis de vidrio y yerba. No muy lejos de donde una vez hubo sólo diamantes olvidados, apareció una cruz de madera adornada con flores y arándanos secos.

— Teddy… –musitó Alvina a su amado peregrino y dejó la empanada envuelta en celofán sobre el pasto, luego se quitó los lentes y sacó una piedrecilla brillante de su bolso. La gema, que tintineaba intensamente con la luz del sol, le hizo verse a ella misma encabezando el clan de César mientras éstos llevaban el cuerpo de Teodoro por el bosque. Alvina se había movido entre los árboles con dificultad por el pesado vestido y el cansancio acumulado por la larga caminata hasta ahí, pero nada la detuvo sino hasta llegar al sitio exacto donde deseaba que el cuerpo de Teodoro reposara (César y su séquito se habían marchado enseguida, planeando reunirse con Rubén y con su nueva fama de héroes; sin embargo, en las entrañas del bosque tuvieron un siniestro encuentro con el "Pato Donald", quien, valiéndose de un rudimentario filo, se ocupó de convertirlos en parte de las raíces de extensos manojos de hiedra maloliente que crecerían fúnebres con el tiempo. Rubén, luego de dar su testimonio, junto a Ricardo, había tenido el mismo –y precursor– destino a las afueras de Tala, pero él se desvaneció entre perros, ratas, cucarachas y coyotes en el viejo vertedero del pueblo. *¡Al bosque! ¡Fueron al bosque!*, fue lo último que había dicho). Para ella, las botellas regadas por el sitio nunca dejarían de ser fragmentos brillantes imitando diamantes, quizá algunas veces más en forma de setas, pero siempre diamantes.

Diamantes, meditó Alvina con una sonrisa liviana. Aquél que sostenía en sus manos era el último de un botín descubierto entre las costuras del imponente vestido con el que Irene la había ataviado. Alvina recordó a la pelirroja emocionada por hacerla lucir como una gema y hablando de los arreglos en el traje, Irene lo había sabido todo desde el principio.

— Incluso quizá su propia muerte –se dijo Alvina y bajó la mirada. La piedra le devolvió una refracción de su cara. Después de todo lo vivido en los últimos meses, seguía siendo la misma chica de piel extremadamente clara, ojos débiles y cabello como luz de luna. La intensa búsqueda por conseguir los matices de una joven normal, ese ébano y castaño que siempre soñó para su cabello, o esas mejillas bronceadas de esplendor solar, había sido inútil. No obstante, lo que vio reflejado la hizo sonreír.

No me agradan los diamantes, prefiero los rubíes.

Pensaba que todas las chicas amaban esas piedras. Yo no, su falta de color las hace poco especiales.

¿De qué hablas? Vaya que tienen color, pueden tener el que sea al reflejar miles de arcoíris desde su interior...

Alvina creyó oír las voces surgiendo más allá de sus recuerdos, luego sonrió y adoptó el mismo semblante que Teodoro antes de narrar una anécdota.

—Una vez, conocí a un chico asombroso, contaba las mejores historias, incluso más que el tío Ricky. Sus ojos eran especiales, de un color que jamás haya visto en mi vida, eran sagaces y tan profundos... –comenzó a platicar Alvina al viento–. En ellos me vi reflejada durante los momentos más felices y los más tristes de mi vida. Su presencia era irreal, casi imaginaria. Era hermoso. Su voz, su piel, la forma en que respiraba, el aroma de su sudor, el número de veces que parpadeaba al día. Era como ningún otro en incontables sentidos –añadió. Y por horas reveló todo lo que había vivido con Teodoro, como si escribiera un diario de tinta invisible abastecida por memorias.

El recuerdo de una gota de fresa en la barbilla... El recuerdo de un santo embustero...

El recuerdo de unas bayas levitando... El recuerdo de la compañía nocturna...

El recuerdo de un corazón roto y la crónica de su rencor...

— El recuerdo que tengo de él aún hace estremecer mi mundo –dijo Alvina cuando la historia llegó a su fin, luego suspiró y cavó un pequeño pozo al pie de la cruz para depositar la brillante piedra–. Muéstraselo a mi mamá, he empezado a ver los arcoíris, son hermosos –suplicó. La tristeza la acompañaría por siempre, pero en ese momento sintió paz, una que Teodoro le transmitió antes de morir. Él también había visto los arcoíris, no sólo viniendo de los "diamantes olvidados" en el bosque, sino de aquél que Tala había relegado toda su vida.

Descansa...

—¿Ángel?

Ricardo apareció tras los arbustos.

—¿Tío Ricky? ¿Cómo...? –preguntó Alvina.

— Tengo el sentido de orientación de un viajero, ¿recuerdas? –bromeó Ricardo–. No creías que iba a dejar que regresaras a casa por tu cuenta. Sólo espero no haberte interrumpido, si es así, puedo aguardar por allá.

— No, está bien, ya es hora de partir –respondió Alvina. Y, con la brisa infundiéndole ánimo, se puso de pie.

— Es un buen sitio para que el chico descanse, es justo el corazón del bosque –comentó el hombre observando la tumba–. Es raro, pero esas botellas sobre el suelo no parecen un montón de basura, más bien lucen como...

— ¿Diamantes? –preguntó Alvina.

— Extraño, ¿verdad? –le dijo Ricardo.

— No tanto –dijo la chica.

Alvina caminó hacia su tío, regresó las gafas a su rostro y, antes de abandonar por completo el sepulcro, miró sobre el hombro una última vez. Estuvo segura de que el destello de aquellas botellas la guiarían en sueños, aun si había oscuridad siempre encontraría el camino hacia Teodoro.

Siempre extrañaré las noches de tormenta, pensó.

Fin

NOTA DEL AUTOR

Me gustaría agradecer a Ruby Vizcarra, a quien conocí cuando terminé de escribir esta novela y con quien además hubo algunas coincidencias muy curiosas, como por ejemplo la piedra a la que hace referencia su nombre (con una mínima diferencia en la última letra) y aquella que persigue la protagonista en su incesante búsqueda del amor; o el que ambas pertenezcan al estado de Jalisco. Sin duda, conocerla me ayudó a corregir algunos datos acerca del albinismo –que ya había incluido en la trama–, a darle autenticidad al personaje de Alvina y principalmente a tratar el tema con la pertinente claridad que requiere.

Ruby, agradezco tu tiempo y la lucha que día a día llevas a cabo a favor de personas con esta condición. Esta historia representa mi admiración hacia ti y hacia todos aquellos que, poseyendo una apariencia de luz estelar (y evitando que la palabra "albinismo" les defina), siguen adelante, persiguiendo sus sueños y mostrando a la sociedad el inmenso número de colores que yace en su interior.

www.ingramcontent.com/pod-product-compliance
Lightning Source LLC
LaVergne TN
LVHW091407190726
843491LV00006B/1304

* 9 7 8 6 0 7 9 7 6 4 1 4 2 *